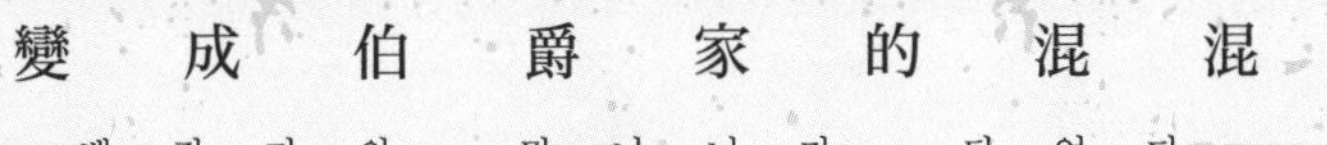

變成伯爵家的混混

백작가의 망나니가 되었다

1

Author
Yu Ryeo Han

Illustrator

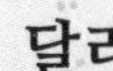

CONTENTS

prologue

我一睜開眼便發現，這裡是《英雄的誕生》的世界。

這是一本以穿梭次元的少年為主角的小說，並描述了大陸上無數英雄的誕生以及他們之間所發生的衝突。

我則穿到了這個小說的世界中，甚至成為了伯爵家的混混少爺。

而穿梭次元的少年第一個抵達的村莊，就位在伯爵家的領地中。

問題在於，隨著村莊眾人被趕盡殺絕，主角的個性因此變得扭曲不堪。

更嚴重的是，對此毫不知情的混混少爺還跑去招惹人家，最後落得被痛揍一頓的下場。

「這樣下去可不妙啊……」

雖然我面臨的處境似乎有點糟，感覺還是有機會拚一波看看。

chapter 001

當我睜開眼

男子感受到有人正輕拍著自己。

那雙粗糙的手帶來的觸感不禁讓人聯想到疲憊不堪的父母，卻也令人感到溫暖不已。

「少爺，已經早上了。」一道穩重的嗓音傳來。

我頓時感到一陣毛骨悚然，不由得睜開了眼。

然而映入眼簾的，並非是從窗戶透入的耀眼陽光，而是一位老人的欣慰眼神。

「您竟然馬上就醒了？」

「什麼？」

「家主久違地說想與您一同用餐，看來應該沒問題。」

男子越過老人的肩膀照了照鏡子，與鏡中那位似乎未滿二十歲的紅髮男子一臉不情願地對上了眼。

看來這傢伙就是他本人了。

「凱爾少爺？」

男子將注意力轉往那道滿心憂慮的嗓音上，那位看似管家的老人正望著他。

然而現在問題重點並非那些憂慮和擔心。

男子聽得一清二楚，凱爾少爺這稱呼……有點莫名熟悉啊。

緊接著，一個姓名便脫口而出。

「凱爾．海尼特斯？」

老人彷彿在看待親孫子般望著他，「是的，正是少爺您。看來您還沒醒酒呢。」

對於這肯定的答覆，男子自然而然想起了比凱爾．海尼特斯更為重要的姓名：「比克羅斯……」

「您是在說我的兒子嗎？」

「主廚……」

「是，我兒子正是主廚。有需要讓他為您做點什麼解酒料理嗎？」

男子頓時眼前一片漆黑，並感到頭暈目眩，他用手扶住垂下的腦袋。

「少爺，您還在宿醉嗎？要不要叫醫生過來？還是您想馬上洗個澡？」

男子看著垂落眼前的紅色髮絲，那是一抹與他原本的黑髮截然不同的鮮紅。

凱爾．海尼特斯、比克羅斯、比克羅斯的父親，羅恩。

這是自己昨晚讀到一半就睡著的小說——《英雄的誕生》當中的初期角色。

他猛然抬頭環顧四周，這是一間與韓國截然不同風格、讓人聯想到歐洲古宅的臥室，整個房間裝飾得非常精美豪華。

「少爺？」

「冷水。」男子對裝得慈眉善目的老人——羅恩說道。

「您說什麼？」

他需要一點東西來提神。他望向羅恩，再次越過他的肩膀看著鏡中的凱爾．海尼特斯。

「還好好的嘛。」看來還沒被主角痛揍。

這張眉清目秀的帥氣臉蛋引起了他的注意。

當他一睜開眼，就變成了凱爾．海尼特斯。

在《英雄的誕生》故事初期，被主角揍到奄奄一息的混混——凱爾．海尼特斯，就是現在的自己。

「少爺，您應該不是要用冷水洗澡，而是想喝冷水吧？」

凱爾將目光轉向羅恩。此人雖然表面上裝得慈眉善目，實際上卻把自身的殘忍個性和真面目全部隱藏起來。

「麻煩給我一杯水。」他拜託羅恩道，總之得先喝杯冷水讓腦袋清醒。

「我馬上準備。」

「好，謝謝。」

羅恩的表情瞬間變得有點微妙，然而男子並沒有察覺到這點。

由於臥室內只有溫水，於是羅恩離開臥室去拿冷水。獨自留在房內的凱爾下了床前往浴室。若這裡真的是小說世界，那最大面的鏡子應該會在浴室內。

跟預料中一樣，浴室裡確實有一面全身鏡。

凱爾．海尼特斯非常注重外貌和身材，他甚至在浴室裡設置了一面巨大的全身鏡。

透過鏡子，一眼就能看出男子身材相當不錯，幾乎算是天生的衣架子。

此人正是小說中描寫的凱爾．海尼特斯。

「的確是凱爾。」

在《英雄的誕生》中對長相的描述格外詳細，所以當他一照鏡子時，便覺得這肯定是凱爾了。

人在經歷過度震驚和詫異後，會變得異常平靜嗎？凱爾……不，金綠秀冷靜地回想起昨晚的一切。

昨天是個普通的假日，因為他難得不想透過手機閱讀，而是想看一些紙本的奇幻小說，所以才跑去租書店借書；他甚至借了一整套回家，打算一整天都泡在書堆裡。

那本書的書名正是《英雄的誕生》。

當時他讀到第五集時，不小心睡著了。再度睜眼時，就成了第一集裡被主角痛扁一頓的角色們之一——凱爾．海尼特斯。

「這跟小說劇情也太像了吧？」自己難道是穿越了……？

由於一切太過荒唐，情緒反而冷靜了下來。接著他自然而然回想起小說初期的內容。

《英雄的誕生》是講述存在於西大陸和東大陸的英雄們的誕生，以及發生在他們之間的糾紛與成長的故事。主角理所當然是韓國人，還是一位在高中一年級就穿越的男學生。他甚至變得和龍一樣長壽，也不會衰老。

「這樣下去可不妙啊……」他竟然會被這種角色痛扁。

不過重要的是，至少現在的他還沒遭到痛扁。

凱爾將視線從鏡子移開，並泡進裝滿熱水的浴缸裡。他一頭靠在浴缸上，就這麼望著布滿了昂貴大理石的天花板。不過在凱爾所居住的領地中，幾乎遍地都是大理石。

「我也沒什麼好留戀的。」凱爾望著天花板道。

作為金綠秀的人生，真的沒什麼值得留戀的事物。

他是個身無分文的孤兒，也沒有愛得死去活來的戀人，更沒有值得捨命相救的朋友。他之所以活著，純粹只是因為死不了。

對，死不了。

他非常討厭死亡，也很討厭疼痛。

父母在他兒時因車禍雙雙去世，唯獨他一人倖存，所以他不喜歡痛苦和死亡。無論如何，好死不如賴活嘛。

「因此，首先要確保我不會被揍。」

凱爾並不清楚現在的時間點，但他可以肯定目前還沒遇見主角，而理由相當簡單。

「側腰還沒出現疤痕呢。」

海尼特斯伯爵家的混混——凱爾．海尼特斯，他在遇見主角前，因獨自喝酒鬧事、隨意亂丟東西，不小心被斷裂的桌腿刺中側腰，因而留下一道淺淺的傷疤。

他還真是個搞笑的傢伙。之所以留下傷疤並非是與其他人起爭執，而是因為獨自喝酒索然無味，才會亂發脾氣砸東西。

他在傷口癒合後遇到了主角，而後在又遇見的某一次中，他被主角痛揍了一頓。

「嗯……」

凱爾雙手抱胸，開始陷入沉思。

他無從得知在第一集大快人心的劇情過後，凱爾的後續會是如何。但主角崔漢則會經歷許多奇遇，克服重重困難，與伙伴們一起成長為典型的英雄。

不久之後，一個能展現英雄氣概的時代即將到來。凱爾目前居處的壚韵王國，以及東、西大陸各處都將爆發戰爭，這真的是能讓英雄們大顯身手的時代。

凱爾皺了皺眉……應該說是附身到凱爾的金綠秀才對。他的人生座右銘非常簡單，那便是「細水長流，不要受傷，自在地生活並享受小確幸」。

「首先……我才不要挨揍。除了這點之外，其他就按照原定故事進行，剩下的讓主角自己看著辦吧。」即便沒有刻意回想小說前半部內容，但就連每個角色的外貌描述，都清晰地浮現在腦海裡，內容詳細到讓人起疑的程度。

凱爾泡在熱水裡舒緩疲勞的同時，他的思緒也跟著清晰起來，接著他得出了結論。

「這倒值得一試。」

首先，避開大陸上的戰爭，安穩地活下去，這的確值得嘗試看看。畢竟跟金綠秀相比，這個混混的家世好多了。而且他還身處西大陸的角落，在地理位置上非常適合躲避戰爭。而事實上，小說中也有不少領地沒受到戰爭波及。

「少爺，您在浴室裡嗎？」

羅恩的聲音從門外傳來，凱爾想起了他的真實身分。這位從東大陸渡海而來的前職業殺手，表面上慈眉善目，內心其實相當陰險。

「嗯，我馬上出去。」他自然而然地對老人省略了敬語。

此時凱爾也重新領悟到一件事，並在心裡決定未來的計畫。首先，要把這個老頭推給主角，讓他遠離自己。

羅恩明明可以一擊擊斃凱爾，卻看他可憐，像對待一隻小狗般放過他。雖然臉上總掛著慈祥的笑容，實際上對凱爾沒有半點感情。在主角崔漢揍了凱爾一頓後，他便跟自己的兒子比克羅斯，隨同崔漢離開此處。

凱爾披上浴袍，走出了浴室。

於外頭待命、笑得慈祥無比的羅恩，小心翼翼遞上放有水杯的托盤。

「少爺，請用水。」

凱爾接過水杯，逕自從老人身旁走過。他實在不想與如此恐怖的老人對到眼。

「嗯，謝啦。」

羅恩的表情再次變得微妙，但此時凱爾已經從他面前走過了。凱爾一邊喝著冷水一邊思考著：這裡到處都是強得要命的傢伙。

這裡的強者實在太多了。

主角所到之處，總會遇到實力強大或隱藏祕密的人類及其他種族。

至少得擁有能保護自身的力量。

若想在即將遍布戰爭的大陸上長命百歲，就必須要有一定的實力。當然也不能強過頭，否則肯定會遇到更多麻煩事。

凱爾回想起早期出現的無數奇遇，那些讓主角與他的同伴們變強的力量。

他想到幾個容易獲得且過程中不會遭受什麼痛苦的奇遇，打算從中挑選一個來遇遇。

「少爺，我來替您更衣。」

「好喔，謝啦。」

接著侍從們推門而入，與羅恩一同上前服侍更衣。凱爾沒注意到羅恩臉上掛著平時不多見的冷漠表情，只是看著侍從拿來的衣服說道。

「這次我想穿得簡單一點。」

凱爾拒絕了輕飄飄的華麗服裝，他喜歡任何能讓他自在行動的輕便衣物。

「是，少爺。」

負責服裝的侍從馬上拿出幾套輕便衣服，凱爾選擇了其中最簡單的一套換上。換好衣服後，他微微皺起眉頭，服裝輕便歸輕便，卻還是過於華麗這點，令他不太滿意。不過，鏡子裡的他看起來依舊很帥氣。

果然他不只長得帥，還有一副衣架子身材。

俗話說的好，時尚的完成度在於臉。他對著鏡子整理了一下衣著，接著看向羅恩，對方臉上依然掛著慈祥的假笑。

「羅恩，走吧。」

「是，少爺。」

凱爾跟在羅恩身後走著。即便不清楚這座宅邸的路線圖，只要跟著羅恩走就行了。與凱爾對到眼的侍從和侍女們全都縮著身子，待恭敬地問好之後，便飛也似地逃離現場。

凱爾倒是沒打過人。

他只是愛酗酒及喜歡四處玩樂，然後偶爾喝醉時會亂砸東西而已，畢竟是混混嘛。據說除了幾個他喜歡的人之外，他從來不把其他人當人對待。

不過沒人來打擾也還不錯。凱爾在內心輕鬆地想著。

老實說，要是穿越到模範人物的身體裡，反而會更麻煩。混混這個身分，倒是可以讓他無拘無束地行動。

「我要開門了。」

「好。」凱爾朝羅恩頷首。

在書中，凱爾對於從小像親爺爺般養育自己的羅恩非常親切，就像對待父親一樣。凱爾不但會老老實實地應對羅恩，還會像對待人那般對待他。當然，羅恩對凱爾的內心想法則是完全相反。總之，凱爾覺得面對羅恩很方便，因為只需要老實回答問題，像對待人那樣對他就行了。

「祝您享用一頓美味的早餐。」

「好，羅恩，你也要記得吃。」

凱爾毫不猶豫地經過羅恩面前，進入了餐廳。

現任海尼特斯伯爵家主，德勒特．海尼特斯，身為凱爾繼母的伯爵夫人，以及伯爵夫人的兒子和女兒，四人全盯著凱爾。

「今天也來遲了呢。」

凱爾的視線落在向他搭話的家主德勒特身上。

《英雄的誕生》一書中，是如此描述凱爾對父親的感情——凱爾唯一會聽從的人便是他父親。多虧有德勒特．海尼特斯伯爵的存在，才能將凱爾這個混混栓在領地內，不讓他跑到外面胡鬧。

然而遺憾的是，凱爾的父親與這部小說中其他無數強大的父親不同，他既沒有強大的力量，也沒有崇高的權力，只是稍微有點錢罷了。

當然，凱爾對這點相當滿意。這種家庭環境，正適合他過上恰到好處的生活。認為凱爾厭惡自身而避開他的繼母，對比自己年長的兄長感到敬畏、但卻比兄長更聰明的次子，還有對哥哥避之唯恐不急的可愛小妹。

即便如此，他們也不會欺負凱爾，而凱爾也不會欺負他們，彼此只是像陌生人一樣相處。這是一個多麼適合獨自安靜享受生活的環境啊。

「坐下吧。」

「是，父親。」

凱爾望著眼前與早餐二字不符，擺滿了豐盛餐點的餐桌入座。接著他感受到一股異樣氣氛，便抬起了頭。

「有什麼話要說嗎？」

「呃……沒有。」

德勒特目不轉睛地盯著凱爾，其他家人也是相同反應。凱爾一一對上了每位家人的視線，然後他們都各自急忙移開視線，繼續用餐。

看來我讓他們很不自在呢。

凱爾將目光轉往餐桌。

餐桌上的豐盛佳餚，與他獨自生活時隨便應付的早餐相比，簡直是天壤之別，這讓凱爾的嘴角不由自主地上揚。

他先用餐刀將香腸對半切開。

光是肉汁就截然不同。

不知道是因為手工香腸的緣故，還是因為廚師的煎功了得，當他切下的瞬間，肉汁便流淌而出，表面煎得金黃的色澤也讓人食指大動。

鏘啷！

此時，一道聲響傳來，似乎有東西掉到地上。凱爾與弟弟巴森四目相對，很快他便看到巴森手中似乎少了叉子。

「抱歉。」

巴森的個性與書中的描述一樣，他冷靜地道了歉。

同時間，負責侍餐的侍從迅速上前遞出一把新叉子，並撿起了掉落在地的叉子。見狀，凱爾再次認知到身為貴族的尊爵不凡，接著重新專注在早餐上。

凱爾發現了穿越到小說世界的第一個好處：早餐既豐盛又美味，讓他的胃獲得極大的滿足。

他的嘴角始終掛著笑容。

「唉……」因此沒能聽到弟弟巴森發出的嘆息聲。

凱爾一一掃視眼前的餐盤，接著把叉子伸向一盤由不知名的水果所製成的沙拉。他已經吃了肉、湯和麵包來果腹，開始被新東西吸引注意力。

他插起一顆外型類似柳橙，顏色卻與綠葡萄相似的水果，接著放進嘴裡輕輕一咬。

「嗯——」

香甜的果汁瞬間充斥在口腔中。雖然他很討厭帶酸的水果，但這香甜到極致的滋味讓他不由自主發出滿足的讚嘆。

就在此時，凱爾剛好與望著自己的父親德勒特對上了眼。

「凱爾。」

德勒特先喚了凱爾的名字，卻猶豫著該如何繼續說下去。最後他只是皺著眉頭，嘴唇微微動了動。

凱爾對這微妙的氣氛感到有點彆扭，於是像隨手扔出一顆石頭般，隨口說了句感想。

「很好吃。」

「是啊，味道就像垃圾……什麼？你說好吃？」

「對，都很好吃。」

這次凱爾品嘗了另一種水果，香甜的滋味再次擴散在口中，讓他嘴角勾起好看的弧度。反正凱爾這個混混根本不懂什麼貴族禮儀，他想怎麼吃就怎麼吃。

雖然在與父親交談時不該做出這種行為，而且父親甚至還有家主這層身分在，但那又如何？他可是混混耶。

果然當混混最棒了。

即便隨心所欲地過日子，大家也都見怪不怪。只要不被主角痛揍一頓，真的算是美好的人生啊。

如凱爾所料，沒人責怪他的無禮之舉。德勒特反而露出尷尬的笑容，不斷點頭。

「沒錯，很好吃。我真高興看到你吃得這麼香。」

這果然是唯一疼愛凱爾的父親會表現出來的模樣，他就連凱爾的無禮也包容了。但老實說，如果真的關心孩子，就應該從他的性格開始矯正才對。

不過凱爾認為，既然自己並非真正的凱爾，有這種想法也毫無意義。

「是，父親也多吃點。」

弟弟巴森再次發出訝異的聲音，而這次並沒錯過的凱爾，悄悄將視線移回盤子上。十五歲的巴森，比自己附身的凱爾小三歲，是個各方面都讓人感到相當介懷的存在。

巴森與凱爾這個混混不同，他聰明、穩重、相當負責任，是家族推舉出的下一任家主人選。而成為凱爾的金綠秀認為這個判斷很正確。

與其管理領地整天煩東煩西，不如以領主哥哥身分，在某個偏僻領地遊手好閒比較好。

凱爾沒打算毫無理由地拿巴森開刀。雖然聽到弟弟對自己發出嘆息和失望的聲音，但他也無可奈何。

往後當巴森成為領主，雖然以他的個性並不會殺死凱爾，但要是凱爾還希望將來能不受傷害地在鄉下過安穩生活，就不該去招惹巴森。

如果真的行不通，那就提前撈一大筆，接著前往不會爆發戰爭的地方就好。

凱爾裝作沒事，繼續用餐。

當大家都吃完早餐後，父親德勒特率先從座位上起身。他似乎對這頓早餐非常滿意，嘴角滿是笑容。

確實很美味呢。

如果每天早餐都這麼豐盛，那麼即便放棄睡覺，他也要每天下樓來吃。

德勒特先看著隨自己起身的家人，最後則與長子凱爾四目交接。

「凱爾，你有需要什麼嗎？」

雖然對德勒特突如其來的關心感到訝異，凱爾仍是坦率地回答了：「請給我一點錢。」

「好，我會給你很多。」德勒特隨即便答應了。

果然是有錢人家。

作為開採大理石和生產葡萄酒的領地，在戰爭前物資最豐富的時期，他們正在拚命賺取大量金錢。

「嗯，請盡量多給我一點。」

凱爾能感受到弟弟和妹妹盯著自己的視線，但他並不覺得丟臉。相比在外喝酒鬧事，伸手要錢頂多算是撒嬌吧。

而且他身上得有點錢，接下來的計畫才能順利進行——不會讓自己受傷，卻能獲得強大力量的奇遇。

為了把握那個奇遇，他需要一些資金。

「好，我會盡可能多給你一些。」

聽到父親肯定的答覆，凱爾露出了滿意的笑容。但當他回到自己的臥室，看到副管家漢斯遞給他的支票後，瞬間目瞪口呆了。那是由王國財務部和魔法部聯合發行的支票，凱爾看著這張支票，心臟狂跳不已。

怎麼會這麼多？

難道海尼特斯家不是有點小錢，而是非常有錢嗎？

原書中的確提過凱爾有很多零用錢，但他並不清楚實際數字。直到看到支票上的數字時，他才真正感受到何謂「很多」零用錢。

一千萬加隆，等同於韓國的一千萬韓元[1]！

如此一來，計畫就會有所不同了。凱爾的腦袋迅速運轉起來。

「少爺，那我先告退了。」

副管家遞上支票後便行禮告退，但凱爾並沒有給予任何回應。

副管家漢斯見狀，也只是露出習以為常的表情，朝門口走去。不過因為凱爾從座位上站起身，他很快就停下了腳步。

「羅恩，我要去書房。」

聽到凱爾的發言，不但漢斯感到驚訝，連羅恩也是如此。

「您……您是說書房嗎？」

凱爾感到相當疑惑，這個陰險的老頭竟然語帶驚慌地反問他，難道去書房有什麼不妥嗎？

1 約新臺幣二十三萬元。

「對。」

他得去書房才能制定計畫，臥室裡既沒有像樣的書桌，也沒有紙張，只有許多看起來相當珍貴的酒瓶。

「那個，少爺。」

「怎麼了？」

「那個……目前還沒進行書房的早晨打掃。」

凱爾看著一臉為難的副管家。

「是嗎？沒差，一天沒打掃也無妨。」

「不，這可不行！」

副管家的反應出奇地激烈，接著他笑容可掬地伸出一根手指。

「請您再等一小時！我會盡全力把書房打掃乾淨，讓它看起來不像是十年前用過一次後就再也沒進去過的地方，而是像昨天才用過的那般乾淨！」

「好吧，隨便你。」

只是等個一小時左右，倒也無所謂。

「那我去向領主報告這件事。」

「雖然不必這麼麻煩，但如果你想報告就去吧。」

「是，少爺，我這就出發。」

「嗯，好。」

副管家得體地關上門，過程中沒有發出任何聲響，不知為何看著他離去的背影，總有種視死如歸的感覺。聽說目前有三個副管家在角逐管家職位，所以他才會表現得如此熱情吧。

「羅恩。」

「什麼？」

「怎麼回事，你怎麼那樣心不在焉的？」

「抱歉。」

「沒那麼嚴重，你不必道歉。」

羅恩再次露出微妙的表情，然而凱爾只是小心翼翼地把珍貴的支票放進衣服內袋。話說回來，經歷這一連串混亂的過程，他還沒過問今天的日期。

「今天是幾月幾號？」

對其他人來說，可能會覺得這個提問很奇怪，但管家羅恩還是用慈祥的嗓音答道：「今天是巴里斯曆七百八十一年三月二十九日。」

「嗯，這就有點麻煩了。」

「什麼？」

「沒事。」

凱爾再次握緊內袋裡那張一千萬加隆的支票，能依靠的就只有錢了。

巴里斯曆七百八十一年三月二十八日已然是昨天的事。主角崔漢從闇黑森林中逃脫而出後，抵達了哈里斯村。他在那裡重新感受到人情味，並結交了可以稱之為家人和朋友的存在。

然而就在昨天，全村的人卻被來路不明的組織屠殺殆盡。

這是就連看過前五集的凱爾，也不得而知的祕密組織所為。看到這種情況，可能有人會這麼說：還以為他很強呢，結果村莊被屠殺時崔漢在幹嘛？

沒錯，確實可能會有這種想法。

但是這本《英雄的誕生》之所以不叫《英雄的力量》或《英雄們的戰爭》，是有原因的。正如誕生的涵義，這是講述一個人經歷各種苦難、克服過去的痛苦，最終成為英雄的故事。

在過程中萌生出友情與愛情，敵人和盟友也隨之出現。

這種時候不可或缺的就是「覺醒」。即便崔漢擁有爆發性的天賦，還在闇黑森林中生存了至少幾十年，但他仍是一位無法對他人痛下殺手的良善之人。雖然他很擅長擊殺怪物，但面對人類時，他始終保有心中柔軟的一面。

為了讓崔漢成為英雄，書中出現了一段極其無理的劇情。

有一位阿姨把崔漢當成親兒子照顧，而為了治癒那位阿姨的病，他便進入闇黑森林尋找珍貴的藥草。

當深入闇黑森林的他，終於找到藥草返回村莊時，留在村莊的只剩下慘遭屠殺的村民屍體、被燃毀的房屋，以及正想離開的屠殺者們。

這是崔漢第一次失去理智，對人類痛下殺手。當然，他的對手可是祕密組織，他們往後還是偶爾會出現在故事中，並與崔漢發生衝突。

直到殺光所有祕密組織成員，崔漢才恢復理智。然而，他並沒有從他們身上獲得任何情報，因此陷入了深深的絕望中。當他埋葬村民們的屍體時，他便發誓：「我要殺光造成這一切的所有元凶！」

此時，崔漢經歷了首次殺戮和生離死別的悲痛，精神嚴重衰弱。當然，後來他遇到了許多同伴，重新感受到對人類的各式情感，最終成為真正的英雄。

「羅恩……」

「是，少爺。」

「麻煩你拿杯冷水給我。」

「我明白了……」

羅恩離開臥室後，獨處的凱爾用雙手捂住了臉。

問題在於，身心受創的崔漢首次離開哈里斯村後所抵達的城市，正是海尼特斯家族領地的中心都市——威斯頓。

在那裡，凱爾意外與崔漢糾纏在一起，並惹怒了他，招來對方一陣痛揍。崔漢則因此獲得他第一位手下兼同伴——可靠的主廚，比克羅斯。

我原本打算提前去哈里斯村幫忙的……

不挨揍的最佳方案算是泡湯了。

事實上，除了不挨揍之外，凱爾也有點想拯救那些曾為崔漢帶來心靈慰藉的村民們，但也無能為力了。

崔漢現在正以滿腔怒火且相當瘋狂的速度前進，自己只能小心行事，避免被明天抵達威斯頓市的崔漢痛揍。

避開主角也不是個好方法。

自己必須與崔漢有所牽扯，才能讓比克羅斯和羅恩結識崔漢，接著三人才能離開領地，正式開始旅程。

若想促成此事，就只有一個答案——讓他們搭上線，事成後便抽身。以及初次見面時，盡可能讓雙方留下好印象。

「少爺。」

「啊，羅恩，謝謝你。」

凱爾接過羅恩遞來的水杯並喝了一口，他眉頭微皺問道：「這不是冷水吧？」

「這是檸檬水。」

果然是個陰險的老頭。明知原來的凱爾和金綠秀一樣討厭酸味，卻硬要端檸檬水過來，明明製作起來比冷水還麻煩。凱爾雖然對酸味感到不爽，但因為害怕這位老職業殺手，他也只能悶聲喝下檸檬水。

「真好喝呢。」

「少爺，您過獎了，馬上就可以前往書房了。」

「好。」

看著羅恩慈祥的笑容，凱爾感到一陣寒毛直豎，他緊緊握住懷中面額一千萬加隆的支票。

果然，能依靠的就只有錢了。

chapter 002

相遇

當美食佳餚擺在眼前時，讓人無暇思考其他事，只能不由自主讚嘆出聲：「哎呀，真是太好吃了。」

副管家漢斯聽到凱爾的發言，不由得一愣。此時，凱爾獨自坐在餐桌前，漢斯則隨侍在側。海尼特斯伯爵家除了早餐外，其餘時間用餐都是自行解決。畢竟各自有各自的行程安排，這也是逼不得已的。

誰說貴族是個輕鬆的職業？

尤其如果進入行政或政治領域，並接受了某一職位，就必須按照緊湊的日程行動。德勒特伯爵作為領主，必須處理領地事務，因此難以一同用餐；弟妹們會配合學習日程安排用餐時間；伯爵夫人則要與領地內有權有勢的家族交流，或是忙於文化事業。

話說回來……

凱爾突然想起某事，接著放下了手中的叉子。

觀察到這個變化的漢斯露出「果然如此」的表情，開始緊張起來，因為他不知道那把叉子何時會朝著自己的臉飛來。

凱爾根本沒空管漢斯緊不緊張，直接陷入沉思，看都沒看他一眼。

藝術家和工匠中隱藏著許多高手。

壚韻王國在藝術和建築方面相當發達，特別是雕刻藝術相當興盛，而這都源自於壚韻王國擁有豐富的大理石資源。多虧如此，海尼特斯家族領地作為全國第五大大理石產地，藉此積累了相當多財富。

此外，領地大部分都被山地占據，因此儘管位於王國的東北部，日照仍然相當充足，於是在山間開墾了葡萄園。雖然此處生產的葡萄酒產量稀少，卻被視為葡萄酒中的極品。

然而，比起這些資訊，凱爾滿腦子都在思考關於「強者」的事。他甚至連午飯都沒吃，一直待在書房思考這件事。

這塊土地上怎麼會有這麼多高手，又不是什麼武林世界。

彷彿就像武林般，隨便在路上都能遇到某位世外高人。因此，凱爾下了一個決心——不要隨便招惹任何人。

看似普通的廚師其實是劇毒專家，縫紉店的裁縫師則會射出鐵線，採取最殘忍的殺人方式。

這個世界便是這種地方。

「唉。」

凱爾深深嘆了口氣，他好不容易才制定出一個無論面對任何情況都能存活下來的計畫……

「少爺。」

一道小心翼翼的嗓音傳來，讓原本想再長舒一口氣的凱爾抬眸望去，原來是副管家漢斯。

「怎麼了？」

「需要為您重新準備餐點嗎？」

「什麼？」

看著凱爾皺著眉頭，瞪大雙眼的模樣，漢斯在內心暗自嘆息。

看來他要掀桌了。

漢斯不明白為何伯爵大人偏偏指派自己來服侍凱爾，他只能強忍心中委屈，等待凱爾做出反應。

而凱爾的反應卻是——「這麼好吃的東西，為什麼要重做？」

「什麼？」

晚餐是比早餐更加豪華的正餐，凱爾再次拿起餐刀切肉。不是因為他作為金綠秀時，從未吃過這些東西才覺得美味，而是這種豪華的滋味也很合凱爾本人的胃口。

真不知道凱爾以前到底過得多優渥，居然只要不是高級品就會讓他感到不舒服。但對此他非常滿意，因為大家都會主動拿優於高級品的極品過來。

凱爾咀嚼著一塊外熟內嫩、一切開便會流出肉汁的美味牛排，並用相當輕慢無禮的態度詢問漢斯。

「漢斯，這些料理是誰做的？」

「這是比克羅斯副主廚做的。」

真是個讓人食欲全消的回答……

比克羅斯，外表乾淨俐落，不同於擅長暗殺的父親羅恩，他則是專精於劍術的高手。有潔癖的他每天都會擦拭打磨那把滴血不沾的刀，並以此斬斷對手的脖頸。

那傢伙很擅長拷問別人耶……

對於將凱爾痛揍一頓的崔漢的劍術，比克羅斯可說是深感佩服，並決定要跟隨他。父親羅恩則為了協助崔漢，與他簽訂了契約，也為了自己的兒子跟隨在兩人身旁。羅恩與外表不同，實際上極其疼愛兒子。

凱爾望著那塊煎至五分熟、還帶著紅色血絲的牛排，連嚥了好幾次口水。

那紅色血絲，之後應該不會變成我的血吧？

他再次切了一大塊牛排放入口中，朝望著自己的漢斯道：「真是太好吃了。我記得他是羅恩的兒子吧？想不到他是一位這麼出色的廚師。」

「我會將您的話轉告比克羅斯主廚……他要是知道您對他讚譽有加，他一定會非常高興的。」

「哦，是嗎？那就告訴他，這些料理相當美味，讓我大飽口福。」

「是……」

漢斯一臉不明所以地看著凱爾，而他只是暗自下定決心——不要招惹比克羅斯，要給他留下好印象。

接著凱爾繼續安心地享用餐點。只要讓比克羅斯和崔漢搭上線，等到他們離開領地，所有問題就會迎刃而解了。為此，凱爾也制訂了相關計畫。

晚餐也如同早餐時的場景，凱爾將所有食物吃得一乾二淨。他帶著滿意的微笑站起身，視線落在跟隨一旁的漢斯身上。

「漢斯，你怎麼突然變成我的專屬管家了？」

一到晚餐時間，漢斯便告知凱爾，德勒特伯爵指派他成為自己往後的專屬管家。雖然凱爾不清楚在崔漢離開後，海尼特斯伯爵家的情況為何，但漢斯可是副管家之中最有可能升為正式管家的優秀人才。

漢斯微微頷首答覆道。

「伯爵大人聽說您整天待在書房，連飯都不吃，特意吩咐我一定要確保您按時用餐。因此現在由我專門負責您的用餐事宜。」

準確來說，漢斯是專門來服侍凱爾吃飯的。

「是嗎？父親也真是多此一舉，我自然會好好吃飯。但要不是有你提醒我，我恐怕會在書房待到錯過晚餐呢。」

凱爾剛才正忙著把前五集裡所有奇遇，用韓文抄寫在紙上，當他離開餐廳時，朝漢斯一笑。

「漢斯，往後就麻煩你了。」

「別、別這麼說，小的今後會努力的。」

即便漢斯的答覆有點結巴，但凱爾並不在意。他一打開門便看見管家羅恩在外等候，這讓他不由得皺起眉頭。

「羅恩，我不是叫你去吃飯嗎？」

就是因為不想看到他，所以才把人支開，結果對方偏偏不走，總是像隻跟屁蟲跟在身邊。即使自己待在書房時，他只是候在門外，還是令人感到不太自在。

「少爺，我必須侍奉您。」

凱爾看著笑得和顏悅色的羅恩，咂了咂舌，接著便發起脾氣。

「夠了，我不需要你服侍，快給我去吃飯。為什麼叫你去吃飯也不去？不准跟過來，要是敢有所違背……你知道我的脾氣吧？」

凱爾再次用眼神威脅羅恩不准跟來後，逕自朝書房走去。接著他用餘光偷偷觀察，只見羅恩板著一張臉，而漢斯則是朝著自己嘆氣。

我是不是不該發脾氣？

由於老職業殺手的表情太過嚇人，凱爾只好趕緊轉頭，快步走進了書房。

此時書桌上空無一物。

他在晚餐前努力用韓文寫下的文件，已經被燒得一乾二淨。雖然這裡沒有人看得懂韓文，但還是得以防萬一，於是他提前吩咐過，任何人未經允許不得進入書房。

反正我都記得。

從以前開始，金祿秀對於自己感興趣的領域，就有著極佳的記憶力。即使過去多年，漫畫或小說裡的人物姓名和外貌，他全都記得一清二楚。不過若是不感興趣的東西，不管怎樣就是記不住，即便努力可能會有所不同。

凱爾靠在椅背上，思索著接下來的行動。

總之，明天先去見崔漢一面，接著……

他的嘴角慢慢上揚。

得去撿個盾牌回來。

他既想長命百歲，也想避免跟人打鬥。

為此，他最需要的是防禦力，第二需要的是治癒力，第三是比誰都快的速度，第四則是不會傷及自身卻能殺死別人的力量。

當然，最優先的行動是避開戰場，以及任何可能會有血光之災的地方。

凱爾一一修正著這個看似簡陋的計畫，隨著飽腹感逐漸湧現，他緩緩閉上了雙眼，直到入睡時他仍在思索著。

這樣即使面對挨打的情況，也能安然度過。

不破之盾。

他想著自己即將擁有的第一個無形之力進入夢鄉，嘴角的弧度始終不減。這類奇遇本來就不是誰的所有物，先下手為強才是真理。

這是個重要的日子，為了放鬆心情並且好好表現，究竟需要什麼呢？凱爾認為，首先得先吃一頓豐盛的早餐。

雖然他覺得自從來到這個世界就不停在吃，但他決定今天要盡情享受，畢竟從明天開始連吃早餐的時間都不夠了。

「咳、咳咳，我聽說你昨天在書房睡著了。」

「不知不覺就睡在那了。」

他隨意答覆父親德勒特的提問，只專注在用餐上。雖然他完全不正眼看父親的模樣顯得相當傲慢，但作為一個混混，這種行為可說是屢見不鮮。

凱爾率先結束用餐，逕自站起身。椅子被推開的地面摩擦聲，引得所有人朝他看去。

「我先告辭了。」

即便一切行為都不合乎禮節，但凱爾的父親德勒特似乎對兒子感到相當滿意。他看了看被吃得一乾二淨的餐盤，又看了看凱爾，隨即露出笑容。

「好，你去忙吧。」

「是。」

今天的行程很緊湊，他得趕緊出門才行，然而德勒特卻暫時攔住了凱爾的去路。

「今天不需要零用錢嗎？」

「需要……」果然是有錢人家。

聽到會透過漢斯轉交零用錢的話，凱爾強忍著笑意，沒有道謝便離開了餐廳。即便暫時對上了弟弟巴森的視線，凱爾仍無視了那道目光，走出餐廳。

他對想要跟上來的管家羅恩擺了擺手。

「羅恩，我要出門了，不要來找我。」

不要來找我。

這是混混凱爾要離開位於領主城後方的伯爵府，前往威斯頓市喝酒的訊號。每當這時，羅恩總會面帶慈祥和藹的笑容，對他說路上小心。

「您今天不去書房嗎？」

但是今天，羅恩罕見地提出了問題。凱爾聞言，直接皺起了眉頭。

「羅恩，這不是你該過問的事吧？」

「我明白了，少爺……我會等您回來的。」

聽到「等」這個詞，凱爾的眉頭又皺得更深了。

「不要等我。」

凱爾朝伯爵府本館大門的其中一名僕人招了招手，接著與他一起走出大門。看著仍舊怒氣沖沖的凱爾，那位僕人完全不敢吭聲，只是默默跟在他身後。

凱爾走出了本館大門，距離庭院和伯爵府入口已然有一段距離。此時他才長舒一口氣，回頭瞥了一眼。透過即將關上的本館大門，看見羅恩的表情相當僵硬。

幸好把他甩掉了。

雖然凱爾在內心暗自慶幸羅恩沒跟來，他那張死人臉還是讓人怕得要命，畢竟人家可是職業殺手啊。

凱爾決定以後要對羅恩要更友善些，少惹他生氣，接著便走出伯爵府。當然，他是搭馬車離開的。

他們很快就抵達了目的地。

「少爺，是這裡沒錯嗎？」

車夫打開車門，小心翼翼地問道。他不斷地打量著眼前的店鋪，表情有點困惑。

「嗯，沒錯。」

凱爾走下馬車，即便在外人看來衣著相當華麗，但這已經是他所有衣物中最樸素的一套了。而當伯爵家的馬車一出現，周遭瞬間變得杳無人煙。

凱爾抬頭確認了店鋪的招牌——**與詩集共舞的茶香**

這是一間結合了詩集的複合式茶館。這棟三層樓的建築看起來既整潔又昂貴，而這間店的老闆的確是個有錢人，對方甚至是大商會的庶子，是個比凱爾還闊綽的富翁。當然，他也一直隱藏著自己的真實身分。

應該是在第三集吧？這個人會跑去首都，並在那邊遇見崔漢。他雖然是庶子，卻發誓要成為商會主人。

此人在崔漢面前哭著發誓，自己一定會成為商會主人。雖然凱爾只讀了前面的劇情，不確定他最後是否有成功達成目標，但作為主角的幫手，可能性應該滿大的。

車夫在一旁冷汗直流，只是愣愣地看著自己。

凱爾則對他下令道：「你走吧。」

「什麼？」

「這種話還要我說第二次嗎？」

「那個，不需要小的陪同嗎？」

凱爾推開了茶館大門，隨意答覆道：「不用，我會在這裡待很久。」

即便身後傳來車夫的驚呼聲，凱爾也沒有太在意，他的注意力全都在清脆悅耳的鈴聲上。

叮鈴。

這道清脆適當的鈴聲宣告了凱爾的到來。

凱爾站在門口環視著茶館。目前還是早晨，店內還沒有太多客人，但所有人一看到凱爾，全都露出了驚訝的神色。

畢竟在這塊領地上，凱爾可說是無人不知無人不曉。因為他經常砸壞店內物品，是商家老闆們最想避開的頭號客人

「歡迎光臨。」

然而，這間店的老闆卻親切地招呼著他。凱爾注視著站在櫃檯後方，長得像小豬般的男人。

那個人就是老闆吧。

那位有錢的庶子，比勞斯。正如書中描述，他圓潤的臉龐和體型，確實就像一隻小豬。他露出燦爛的笑容，顯得非常討喜。

他長得還真像小豬撲滿。

凱爾隨手掏出一枚金幣放在櫃檯上，並說出自己的需求：「我今天會在三樓待上一整天。」

比勞斯笑容滿面地看著凱爾，而不以為意的凱爾只是隨意指了指書架。

「隨便來杯茶，不要帶酸的就好。還有除了詩集之外，你們這裡有小說嗎？」

喀嗒。

店內迴盪著有人重重放下茶杯的聲響。凱爾一邊想著是誰把茶杯放下，一邊看向比勞斯。

比起詩集，他更喜歡小說。

「當然了，少爺，本店也有許多小說。」

「是嗎？那就替我挑一本最有趣的小說，跟茶一起送上來。」

「是，我明白了。」

凱爾的金幣落在了比勞斯胖乎乎的手上。比勞斯本想找錢給他，凱爾卻已轉身離開。

「我之後還會續杯，先不用找了。」

「但這實在是一筆大數目……」

一枚金幣，價值一百萬加隆，等同於一百萬韓幣。凱爾做了他一直以來都想嘗試的事。

「我有的是錢，就當小費吧。」揮金如土。

雖然比勞斯比自己更有錢，但那又如何呢？反正還有許多奇遇有辦法賺錢。凱爾朝一樓桌子的方向瀟灑地用下巴示意。

「要是你真的覺得太多了，那就請在場的人都喝杯茶吧。」

他一直都想試試看像這樣請客。因為他說了今天需要一點零用錢，便得到了三枚金幣，一共三百萬加隆。

「少爺，再怎麼說……」

「吼，吵死了，快去泡茶。」

他表現得像個名符其實的混混，凱爾肆無忌憚地像個奧客般行事，接著便走上了三樓。即便聽到身後傳來許多竊竊私語，但關於他混混的事蹟簡直是甚囂塵上，根本無需在意。

「果然。」

因為目前還是一大清早，所以三樓空無一人。凱爾選了最內側的角落坐下，然後便望向窗外。

是這裡沒錯。

這個位置能最清楚看到威斯頓市的正門，凱爾打算今天要在此處觀察崔漢。

他一大清早會在城門那邊被趕走吧？

崔漢埋葬了摯愛的村民後，按照印象中他們指引的方向移動著，而那方向正是威斯頓市。

崔漢高中一年級時來到闇黑森林，在那裡生活了數十年。雖然大多數的時間他都為了生存而奮鬥，朝著有點奇怪的方向變得成熟懂事，但總之他比想像中還理性。

他是要來領主城報告情況。

即便地處偏避，哈里斯村仍是海尼特斯伯爵家的領地。所以崔漢才會率先來到威斯頓市，因為哪怕是小型葬禮也好，他想讓村民好好安息。

此外，先前他因一時失去理智把所有屠村者全都殺光了，他打算打聽一下那些傢伙的消息。但比起復仇，哀悼逝者的亡靈更為重要。

說實在的，他還真是個重情重義的傢伙。

他可是睽違幾十年才遇到這些珍視的人，卻同時失去了所有人，心態上難免會有所扭曲。那時，凱爾一而再、再而三地挑釁崔漢，最終徹底觸犯了他的逆鱗。

他回想起凱爾在書中說過的話語。

「不過是死了幾十隻蟲子，這和我們領地有何關係？光是我喝的一杯酒，都比你們這些蟲子的命還值錢。」

聞言，崔漢笑著說道：「真是有趣的想法，我很好奇你的想法究竟會不會改變。」

「要不要試試看？」

那次的嘗試把凱爾打到半死不活，卻不至於喪命。而凱爾也很了不起，即便被揍得那麼慘，自始至終也沒有改變任何想法。

「可惡，我都起雞皮疙瘩了。」

凱爾看著自己手臂上起了一層雞皮疙瘩，他先是搓了搓手臂，接著趕緊喝了一口比勞斯送來的茶。但當他望向窗外時，立刻又起了另一層雞皮疙瘩。

就是那傢伙。

城門才剛開啟的清晨時分，一位少年走了進來，他身穿的衣服滿是被火焚燒過的焦黑痕跡，那就是崔漢。

凱爾並沒有立刻起身，而是觀察著對方。

通常搭馬車前來也需要花上一周的距離，他竟然發瘋似地用跑的過來。也正因如此，他的模樣變得狼狽不堪。當然，一部分也與他在村子經歷的事有關。

崔漢低著頭，有氣無力地進了城，隨即被守衛攔住。雖然不清楚守衛到底說了什麼，只見崔漢對他搖了搖頭。

應該是在問他有沒有身分證明吧。

威斯頓市的守衛大多性格溫和，但他們皆嚴格遵守規則，而這也體現出領主德勒特伯爵的個性。

「被趕出去了。」

正如預料中的那樣，崔漢毫無反抗，乖乖地離開了。經過一整天的奔波讓他恢復了一絲理智，因此他想著不要傷害無辜的人。

崔漢會先在外守株待兔，等到晚上再翻越城牆偷偷潛入。

然後到了晚上，他便會與喝酒尋歡的凱爾相遇。

吱呀——

由於只有凱爾獨自一人待在三樓，當他站起身時，椅子摩擦地面的聲音顯得格外響亮。

他走下樓，對位在櫃檯的比勞斯說道：「我暫時出去一下，之後會再回來。先不要收拾我的座位。」

「好的，少爺。我們待會見。」

凱爾無視了比勞斯圓潤臉蛋上露出的燦爛笑容，離開了茶館。

「他居然沒有砸壞任何東西！」

即便茶館裡傳出了這種話語，凱爾也不以為意。為了獲得不破之盾，他今天得做好準備才行。

不破之盾。

這並不是具體的物品。硬要形容的話，更像是魔法師的護盾，不過它的本質與魔法師的護盾大有不同。與其說是魔力，不如說是一種超能力。

然而可笑的是，創造了那股力量最終卻死去的人，是一位被逐出教會的侍神者。

真是混雜了各種奇怪的東西。

如同所有奇幻故事的歷史，這個世界也有古代歷史。在那個時代，魔法尚未普及，劍術和槍術也還沒發展到極致。

當時的社會中，能大展身手的反而是偶然獲得的天賦才能，而且並不能通過學習獲得。其中，最強大的力量便是超能力、神聖之力和自然之力，可說是非常原始的時代。

其中一些力量已經存在於大陸各地很長一段時間了，久而久之那些力量便會殘留在特定的地點或物品中，只要達到幾個特定條件，就能獲得這些力量。

古代之力。

通常都是英雄們獲得了這些力量，但這並非是他們的主要戰力，而是偶爾使用的輔助之力。這正是凱爾想要獲得的力量。

當然，其中並不包含神聖之力。

他並不想與神、天使或惡魔之類的存在有所牽扯，所以他最後想獲得的是與生俱來的自然之力。

這樣就不用努力了。

這正符合他想擁有的力量。劍術或魔法最終還是需要努力，對此他可是敬謝不敏。

與其他小說不同，《英雄的誕生》書中所描述的古代文明並沒有那麼強大。

隨著人類發展，魔法能利用自然的力量，精靈術也建立了各種規則。與之相比，古代原始文明所遺留下來的自然之力顯得微不足道，而超能力也是如此，一記劍氣就能輕易擊敗半吊子的超能力。

英雄們之所以把這些力量作為輔助力量使用，也是有原因的。

藉由蒐集這些半吊子的力量，就足以自保了。

真是個令人滿意的目標。

除此之外，凱爾還知道一種古代之力可以增強這些半吊子的力量。

為了達成這個目標，凱爾開始尋找埋藏在威斯頓市的古代之力，他知道該如何獲得這股力量。

「少、少爺，歡迎光臨。」

彎腰行禮的麵包店老闆整個人都快五體投地了。凱爾見狀，只是微微點頭，接受他的問好。

老闆倒吸了一口氣，似乎有些害怕。

覺得被自己這個混混嚇得瑟瑟發抖的麵包店老闆有點可憐，於是凱爾故意裝作沒看見，開始辦起正事。

「給我麵包。」

「什麼？」

凱爾指著麵包架上所有的麵包，斬釘截鐵地說：「從這裡到那裡的麵包——」

鏘啷——凱爾掏出的那一枚金幣在櫃檯上旋轉著。

「全都給我包起來。」

對著原地石化的麵包店老闆，凱爾繼續補充道：「順便問一下，我再給你兩、三枚金幣的話，應該夠買一星期的麵包了吧？」

原先盯著金幣的麵包店老闆朝凱爾望去，凱爾說的金額遠遠超過了麵包的價錢。

凱爾對著那雙顫抖的目光冷冷地說道：「你不賣的話，我就去別的地方買。」

「不、不是的，少爺！我會盡快準備好的！」

麵包店老闆呈現出與先前不同的恭敬態度，迅速行動起來。很快地，凱爾便扛著裝滿麵包的袋子走出了麵包店。

即便只是麵包，裝了一大袋後還是滿重的。凱爾因為這重量皺起了眉，他無視替他送行的麵包店老闆，逕自走到街上。

凱爾注意到，與他四目交接的人都驚恐地避開視線，而大多數的人甚至為了不要跟他對到眼，直接朝角落走去。

於是他悠閒地漫步在街道上。

這裡確實與韓國不同，真的是奇幻世界呢。

凱爾漫步在充斥著經典奇幻風格的市場，環顧著四周。

「嗯？」

「呃。」

每當他與攤商四目交接時，對方都會吃驚地避開他的視線。

嘖嘖，看來凱爾這傢伙確實幹了不少混帳事呢。

凱爾一邊在內心暗罵自己，一邊離開市場，朝威斯頓市的西邊走去。那邊是貧民窟的所在地，無論是多麼富裕的領地，總會有貧民存在。

通常人們都會想說：看來是那種只要給可憐人東西吃就能獲得的奇遇吧？

很遺憾，事實並非如此。

凱爾一進入貧民窟，就注意到那些窺探自己的目光。這裡或許是一個最懶散、也最拚命生活的人們共存的地方。

貧困的人即使不曉得領主的長相，也一定認得凱爾的臉。畢竟在市場、酒館或廣場，一無所有的人得更加了解誰是鬧事者，才能趨吉避凶。

「嘖。」

然而，或許是因為凱爾身上散發出的有錢氣息過於誘人，儘管他是個臭名昭著的混混，仍舊有幾道目光盯著他不放。凱爾徹底無視這些視線，加快了步伐。

他的昂貴皮鞋尖逐漸染上汙泥，一股難以辨別的臭味縈繞在鼻尖，讓他的臉不由自主地皺了起來。

他再次加快了腳步。

小山丘的一側，排列著密密麻麻的破舊房屋，形成了一片貧民窟，而他朝著山丘的頂端走去。隨著他越爬越高，跟隨的目光和腳步聲也逐漸減少，一部分也與凱爾銳利的眼神有關。

這裡好一點了。

當他脫離那股濃烈的臭味後，他從山丘頂端稍稍回頭，俯瞰整座威斯頓市。好笑的是，說是山丘，實際高度卻比領主城還低。

畢竟也不可能讓貧民窟的高度超過領主城。

凱爾從莫名的發愣中回過神，走向一棵被圍在圓形圍牆內的樹。那道圍牆有一定的高度，大約到凱爾的腰部左右，並圍成了一個圓圈。通往圍牆內的小木門早已腐爛，凱爾一推就碎了。

這棵樹至少已有幾百年的歷史，位於貧民窟的樹木通常會被當作柴火，或者被剝去樹皮，外表變得殘破不堪，這棵樹卻沒有遭遇那種命運。

答案隨即在凱爾耳邊響起，那是唯一一道從貧民窟下方開始，就一路跟隨他至此的目光。

「不、不可以靠近那棵樹！」

凱爾無視了那道聲音。

隨後，一道柔弱的嗓音再次傳來：「不可以，那棵樹會吃人！」

吃人的樹。

在這棵樹上上吊自殺的人，都在一夜之間變成了木乃伊。如果有血滴到這棵樹上，血跡也會瞬間消失。

這棵樹附近只有塵土飛揚，連一株野草或野花都沒有。這正是凱爾一直在尋找的那棵樹。

在很久以前的古代，有位侍奉神明的人相當貪吃，他對食物有著很深的執念，因而被逐出神職。最終，他被活活餓死了。

這棵樹便是從他的屍體上長出來的，其中蘊含著那個人的怨恨和力量，也正是凱爾在尋找的不破之盾。

這是多麼原始、質樸且神祕的力量啊，古代之力通常都是如此神祕莫測。

凱爾從袋子裡拿出一塊麵包，仔細觀察位在樹根處，約莫成人頭部大小的洞。但首先呢，他得把那道聲音的主人趕走，才能開始他的工作。

然而在他趕走對方之前，蹲下了身子的凱爾直接消失在圍牆外的視線中，導致那道聲音變得更大了，其中還夾雜著些許顫抖。

「會死掉的！不可以！」

凱爾用手指按住眉心，「唉……」

當他越靠近山頂那棵吃人的樹，跟在身後的人變得越來越少。然而，那道聲音的主人卻一直緊隨其後。

無論去到哪裡，總會有這種多管閒事的傢伙。

凱爾皺著眉轉頭望去，只見一位看起來約莫十歲的小女孩牽著她弟弟的手，正眼巴巴地看著凱爾，眼神裡充滿了急切不安的情緒。

凱爾看似不悅地盯著她，小女孩支支吾吾地開口：「那個是吃人的樹，你、你會死的。」

「我不會死。」

他從袋子裡拿出兩個麵包，朝小女孩的方向扔了過去。由於麵包每個都是用袋子包好的，所以即便掉到地上也沒關係。

「拿著這些趕快滾。」

小男孩立即撿起麵包，但小女孩仍然猶豫不決。最終，凱爾決定利用自己的優勢來解決這個問題。

他猛地站起身，將臉探出圍牆外。

「你們不知道我是混混凱爾嗎？」

小女孩的臉色瞬間變得蒼白無比。小男孩先是愣愣地看著凱爾，接著撿起姐姐的那份麵包，便拉著她離開了。

「姐姐。」

「嗯……」

即便小女孩被弟弟拉走，她仍時不時回望著凱爾和那棵樹。

「不可以死掉喔。」

聽見小女孩最後還在說那種話，讓凱爾輕輕嘖了一聲。在他確認周圍沒有人後，便坐在樹下。現在除非外面的人靠近圍牆，否則便無法看到他在做什麼。

「開始吧。」

他先實驗性地拆開包裝，將一塊麵包放進樹根處的洞裡。凱爾的手很快消失在樹洞的黑暗中，他感受到一陣陰冷的氣息，並感覺到麵包迅速消失。

當他感覺手似乎也要被吸進去時，便立刻把手抽了出來。

樹根處的那個黑洞依舊如故。

「果然得消解含冤而死的冤魂憤恨啊。」

這棵樹並非專門吃人的樹，而是什麼都吃的樹，這是那位餓死的人遺留的力量所導致的。

這竟然就是所謂的古代之力。乍聽之下感覺可笑，但這種原始的力量反而意外地可靠。

聽說要一直餵到黑暗消失為止。

樹根處的黑洞並非陰影所致，而是由怨念形成的黑暗。

不能和其他人一起，只能由一個人提供充足的食物，黑暗才會逐漸消失。

據說最終，隱藏在黑暗中的光芒會出現。只要吸收了那道光，就能獲得「不破之盾」的力量。

「大吃一頓吧。」

凱爾將袋子的開口對準樹洞，把麵包全倒進去。在普通情況下，這種大小的樹洞應該會被麵包塞滿，但當他移開袋子時，樹洞裡仍然只有虛無的黑暗。

「大概還需要再倒十袋進去吧。」

跟剛才相比，樹洞中的黑暗變淡了一些。

十袋。這是像凱爾這種擁有三百萬加隆零用錢的人，才能輕易脫口而出的話。

嗡嗡嗡——

樹中傳出一陣詭異的嗡鳴，彷彿在訴說著他的飢餓，還要更多的食物。

黑暗似乎隨時會將他吞噬其中。

「有點可怕耶……」

凱爾立即從地上站起，他總覺得此地不宜久留。

「那該死的怨念到底是怎樣啊？」

對食物執著到令人毛骨悚然。

「我明天會再來的。」

凱爾就像在對待活人般，向嗡嗡作響的樹道別，接著走出了圓形圍牆。他一走到牆外的貧民窟，就在入口看到那對吃麵包的姐弟。

不久之前還一直阻止他靠近吃人的樹，現在卻吃得津津有味。麵包似乎很美味，小女孩和小男孩的臉上都露出滿足的神情。

「哎唷？」

凱爾對此嗤之以鼻，無視了那對盯著他的姐弟。他們的目光轉往空空如也的麵包袋，顯然對此相當好奇。

但是他們能怎麼樣呢？他們能做什麼嗎？反正不過是連吃人的樹附近都不敢靠近的膽小鬼。

不過，還是得做一些防範措施。萬一這些孩子靠近樹洞，把頭伸進去被吃掉的話，可就大事不妙了。當然，他指的是這些孩子，而不是自己。

貧民窟的孩子們總是無所畏懼。對他們來說，一粒米遠比飛來的刀劍還重要，而且他們總是與死亡為伴，所以並不害怕死亡。他們害怕的反而是挨餓。

這是出自《英雄的誕生》中的敘述。

因此，凱爾對姐弟二人說：「明天還想吃麵包的話，就給我閉上嘴巴。」

姐弟倆不發一語，早就閉上了嘴。剛才還支支吾吾的小女孩，此刻正緊緊捂住弟弟的嘴，假裝沒看到凱爾。凱爾覺得女孩滿聰明的，於是微微一笑，步伐輕快地離開了貧民窟。

貧民窟的居民知道凱爾去了山頂，全都用看瘋子的眼神看著他，凱爾卻很享受這種目光。同樣地，貧民窟外的人們也用怪異的眼神看著凱爾，但他毫不在意。

「您回來了？」

再次回到茶館，凱爾受到了比勞斯的熱烈歡迎。

「嗯，給我一杯新的茶，這次我要冰的。」

凱爾再次回到三樓的位置坐下。雖然目前店內客人眾多，三樓卻空無一人，大家都對混混避之唯恐不及。

凱爾盡情享受這份悠閒。

「為您送上茶，及幾樣小點心。」

「好，謝謝。」

凱爾一邊望著窗外的城門，一邊喝著冰涼的茶。比勞斯用一種微妙的眼神望著向自己道謝的凱爾，接著便默默離開了三樓。

之後，凱爾又點了幾次茶和小點，同時觀察著窗外的動靜。天空逐漸染上橙紅，當夜幕降臨時，他起身準備行動。

是時候去對付那位從城外進來的可怕傢伙了。

人們在什麼時候會更加生氣呢？

是被直拳重擊的時候呢？還是被輕輕打了五下刺拳的時候？當然是後者了。

當初凱爾先對崔漢連出五下刺拳，之後才被揍到鼻青臉腫。因此，只出一記刺拳應該不會有事。

「您要離開了嗎？」

「嗯。」

此時茶館裡幾乎沒有客人。

目前已經晚上九點多，比起茶館，人們大多會前往酒館。特別是在採石場工作的人們，這時大多會去酒館喝一杯，現在的酒館肯定是高朋滿座。

「期待您下次蒞臨。」凱爾點了點頭，回應比勞斯的道別問候。

「你們的茶很好喝。」

他朝看著自己的比勞斯說出了自身感想。

「雖然小說我只看了一半，但真的很有趣。我特別喜歡那位能力受到認可並成長的主角。」

聞言瞬間，比勞斯輕皺起眉間，但隨即恢復正常。他的眼中閃過一絲異色，並打量著凱爾。

先前凱爾一直記掛著崔漢，根本無法專注在閱讀上。直到現在，他才開始細細回味這本書的內容，因此完全沒注意到比勞斯的反應。

在緊張的情況下閱讀書籍，也別有一番滋味呢。

或許是因為穿越附加的被動技能，凱爾完全看得懂這個世界的文字，也能毫無阻礙地享受書中內容。

凱爾嘴角揚起一絲弧度，他對仍然愣在原地的比勞斯說：「別讓其他人看這本書，我來的時候要馬上就能看。」

果然是不知天高地厚的伯爵之子，連別人的東西也要獨占。雖然比勞斯這個富有商團的庶子可能會不太情願，但又能怎麼辦呢？對方可是伯爵的兒子。

「是！我會專門為了您保留此書的！」

比勞斯的反應卻與凱爾預期的有些不同。他露出燦爛的笑容，一再請求凱爾再度光臨。

「請務必再次光顧敝店，我會等您上門的！」

「嗯，好。」

對方這副熱情樣令凱爾感到不太自在，正好他準備要去見崔漢，便直接離開了茶館。

叮鈴。

鈴聲再次響起，茶館裡似乎變得熱鬧起來。

不過，外頭比茶館裡面更為喧鬧。儘管這裡是遠離首都的偏僻領地，但因為藝術家眾多，特產也不少，所以不算是落後的地方。此外，從採石場結束了一天辛勞工作的人們正聚集在街頭，準備要去喝一杯。

凱爾獨自走在街上。

仔細想想，這傢伙還真特別。

不覺得在奇幻或武俠故事中，總會看到富家混混與當地的小混混或地痞流氓混在一起的劇情嗎？喝酒享樂、玩女人，然後和他們一起在街上或店裡鬧事。

但奇妙的是，凱爾這傢伙相當厭惡小混混和地痞流氓——因為他認為他們不過是一介蟲子，而且還是那種最沒用的蛆蟲。

跟他們相比，凱爾反而覺得那些沒有前途但努力生活的平民，比這些蟲子更有價值。

所以他喝醉後，雖然不會打人，但他會朝所有進入他眼裡的地痞流氓扔東西。

不過命中率很差就是了。

也許正因如此……

「哎呀，少爺，您來啦？」

酒館老闆非常害怕凱爾，也是理所當然的。因為凱爾喝酒時，會把身旁的東西全都砸壞。

凱爾應該是威斯頓市所有酒館的黑名單之首吧。

他沒有回答老闆的問候，而是扔了一枚金幣給對方。

「來一瓶我常喝的酒，然後再來點烤雞胸肉，不要加鹽。」

「什麼？您、您不先入座嗎？」

凱爾皺起了眉頭。

酒館老闆見狀，立刻擺擺手並點頭哈腰說道：「馬上！我馬上拿酒來！」

老闆動作迅速，神情顯得頗為愉快，因為對方似乎沒打算在店裡享用。

凱爾環顧了一下店內，四周瞬間鴉雀無聲，所有人都低頭避開他的目光。他們心裡一定在想，明明有這麼多酒館，今天為何偏偏選擇來這裡喝酒！

尤其是那些小混混和流氓，更是把頭低到不能再低。

「嘖。」

在這寂靜的店內，只傳來凱爾咂嘴的聲響。

「少爺，您的酒來了。」

「好。」

凱爾接過了酒瓶和烤雞胸肉。他常喝的酒，大概是這家酒館裡最昂貴的酒了。他毫不猶豫地拿著酒瓶離開了酒館。

一走出酒館，凱爾便打開酒瓶，一口氣喝下大半瓶。

「哦？」

這瓶酒喝起來相當美味。由於凱爾的酒量很好，即使一次喝下半瓶也不會有任何影響。只是他喝了酒就會臉紅，所以在旁人眼中會以為他酒量很差。

凱爾手持酒瓶，迅速地沿著來時的路返回。

他走過今天待了一整天的茶館，又繼續往前走了一會，便看見城門的守衛帶著僵硬的神色望著自己。雖然他們的表情讓他想直接走出城門，但遺憾的是，他的目的地並不是那邊。

「啊，感覺胃裡火辣辣的。」

凱爾感覺到酒精在他的胃裡翻滾，最終來到了距離城門不遠的一處城牆前。從城門延伸出的高牆聳立於無數建築的屋頂之上，阻擋著外部敵人入侵。

當然了，這也會因人而異。

凱爾回想起小說中的內容。

從城門沿著城牆百步之遠的地方。

這裡就是崔漢翻越城牆的位置。

凱爾緊握著手中酒瓶，快速走向城牆。由於此處是住宅區，所以街上幾乎沒有人。凱爾終於來到推算的位置，接著他深吸了一口氣。

這裡正好是離城門一百步的城牆處。因為在住宅區的邊緣，周圍只有城牆上掛著的火把和幾戶人家窗戶裡透出的微光。

有這些微光便足夠了，凱爾的眼睛已經適應了黑暗，他慢慢朝著目的地走去。

果然如我所料。

他看到蜷縮在城牆下的身影，卻不只一個。

那些身影微微顫抖，看起來相當可憐。凱爾毫不猶豫地走上前，隨即聽到那些蜷縮著的身影發出聲音。

「喵……」

「喵喵……」

兩隻小貓咪蜷縮在城牆底下，發出了哀鳴聲。

凱爾的嘴角微微揚起。

就是這裡。

他找對地方了。

當崔漢翻越城牆的那一刻，一隻小貓剛好被這一區的貓咪老大撞飛，滾到了城牆底下，因此崔漢只能急忙轉身躲避。

這是一個充滿巧合的世界。

他果然是個好人。

崔漢為了不傷到小貓而急忙轉身，結果自己不小心扭傷了腳踝。換作平常的他，絕不會因為這樣轉身而受傷。

但是，這是崔漢第一次屠殺數十人，並埋葬了無數屍體，接著還發了瘋似地狂奔到此處，現在的他已經達到了極限，因此才會犯下這種錯誤。

「喵喵——喵喵——」

一隻小貓正縮著身子瑟瑟發抖，而另一隻貓咪則在旁邊舔牠，彼此似乎是手足關係。凱爾看著這一幕，隨後便移開了視線。

他望向了與他來時方向相反的那條巷子。

找到了。

巷子裡，蜷縮著一位城內隨處可見的流浪漢。男子相當狼狽，黑髮凌亂不堪，身上則穿著破舊又焦黑的衣服。

按照原來的劇情，凱爾和崔漢明天才會遇見，今晚凱爾則會因為喝酒鬧事而傷到側腰。儘管相當細微，但顯然書中情節已經發生了變化。

凱爾伸直了為了看小貓而彎下的身體，而崔漢似乎察覺到凱爾的視線，他緩緩抬起頭，黑色的眼眸透過凌亂的髮絲望向凱爾。

啊，好緊張。

凱爾的心臟怦怦直跳。

雖然在黑暗中看不太清楚，但從髮絲中露出的眼眸冰冷得讓人發寒。

此時凱爾很慶幸自己有先喝點酒，他讚賞著自己的判斷，並盡可能放鬆身體，他還得使出刺拳，並且給他留下好的第一印象才行。

他嚥了嚥口水，對一直盯著自己的崔漢開口道：「你看起來很餓。」

凱爾慢慢地拿出了烤雞胸肉，並以極盡溫柔的動作，把烤雞胸肉遞給兩隻小貓，而不是崔漢。

「可憐的小傢伙們，吃吧。」

他沒想到這兩隻貓會這麼小，因此不確定牠們有沒有辦法吃得下烤雞胸肉。

凱爾再次咂舌，他將雞胸肉撕成小塊，好讓小貓能夠輕易咀嚼。他蹲在地上，不禁在想自己到底在做什麼。

事實上，他並不喜歡貓。然而，崔漢卻很愛護小動物。

「嘶嘶嘶——」

「嘶嘶嘶——」

受傷的小貓似乎察覺到了凱爾的心情，露出牙齒發出低吼聲，但凱爾只是隨意地撫摸著銀色毛皮、金色眼睛的小貓的頭。銀色小貓顯然非常不喜歡凱爾的撫摸，不斷試圖避開他的手。

「吃了這些之後趕快好起來吧，可憐的小傢伙們。」凱爾溫柔地說道。

接著他沒有看向崔漢，直接開口問道：「你有地方去嗎？」

他知道崔漢一定在看著自己。

巡邏的守衛很快就會來，他必須在崔漢被迫跛著腳逃跑前採取行動。

對方並沒有回應，凱爾仍繼續說道：「那你有地方睡覺嗎？」

凱爾一邊撫摸著低吼的銀毛金眼小貓，一邊推開黏著自己的紅色小貓問道。奇怪的是，紅色小貓不停往凱爾身上蹭，牠那雙與兄弟相似的金色眼睛在黑暗中格外閃亮。

然而，凱爾知道自己應該集中注意力在崔漢身上。

「還有，你肚子餓不餓？」

對方依舊毫無回應，這也在他的預料中，他知道崔漢正在打探著自己。

但畢竟一天內經歷了這麼巨大的衝擊，又千辛萬苦跑來此處，崔漢的身體和精神力肯定都達到了極限，一定也渴望著休息。

當然，他也知道對崔漢來說，除了那個小村莊外，崔漢已經與世隔絕、獨自生活了數十年，威斯頓市算是真正的外界，不敢輕易放下戒心也是正常。

即使活了幾十年，其實內心也還是很年輕嘛。

「你真的不打算回答我嗎？」

「我餓了……」

終於，崔漢判斷出了凱爾很弱，是一個即使在自己幾近力竭的情況下，也能輕易殺死的弱者。

所以儘管不清楚對方的意圖，但感覺可以接受那看似充滿善意的關心。

凱爾從地上站起，走向崔漢。

「喂。」

靠近一些後，凱爾能更清楚地看見崔漢的模樣，簡直是狼狽不堪。然而，或許是因為他是主角，那雙眼睛依然清澈明亮。凱爾看到他那頭象徵韓國人的黑髮和黑眼睛時，心中莫名產生一絲親切感。

因此，凱爾微笑著道：「跟我走，我給你飯吃。」

給人留下最好的第一印象的方法，就是給他們好吃的東西。

靠在牆上的崔漢慢慢地站了起來，他因為右腳踝不適，身體有些歪斜。

但凱爾既沒有扶他，也沒有跟他搭話。目的已達，沒必要再對他施以更多善意了。

凱爾叫崔漢跟著他，接著便朝伯爵宅邸的方向走去。然而，他的腳步卻被某個東西打斷了。

「喵嗚——」

那隻紅毛金眼的小貓跑過來，用臉蹭著凱爾的鞋子。凱爾的眉頭微微皺起，他雖然不喜歡貓，這個舉動卻意外地讓他覺得很可愛。然而，他隨即感到一股寒意，驚得猛然轉頭，發現崔漢正目不轉睛地盯著他。

該死。

凱爾尷尬地摸了一下小貓。

「你很喜歡我嗎？但是我得走了，下次再見吧。」

凱爾曾經相當不理解跟動物說話的行為，現在他卻成了自己無法理解的那種人。他迅速站起身，遠離了那隻小貓。

「嘶——」

銀毛小貓對著紅毛小貓發出低吼，彷彿在催促牠趕快過來，同時又像是在警告凱爾快滾。雖然紅色小貓朝銀色小貓走了過去，但仍然依依不捨地多次轉頭回望。

凱爾故意避開了牠的目光。

「喵喵——喵喵——」

小貓們哀傷的叫聲漸漸遠去。

凱爾偷偷回頭看了一眼，看到崔漢一瘸一拐地跟著他。那瞬間，他們再次對到眼，感到一陣惡寒的凱爾趕緊把頭別了回去。

為了配合崔漢的速度，他放慢了步伐。

他們先是穿越了住宅區。

凱爾再次喝了一口酒。

接著他們經過酒館街、市場和廣場，來到了富人居住的住宅區。最後，凱爾的步伐朝著位於領主城後方的伯爵宅邸前進。

「愣著幹嘛？」

凱爾看著停下腳步的崔漢。他應該已經注意到，在經過領主城堡時，領地的士兵們會向他行禮問候，而領地居民們則會刻意避開他。

此時的崔漢應該在心裡重新評估著自己剛剛的想法——凱爾究竟是不是一個容易下手的對象。

凱爾則再度開口問道：「你不跟上來嗎？」

果然，正如凱爾所預料，崔漢跟了上來。而他這次之所以會跟上，應該是為了打聽跟哈里斯村居民葬禮有關的消息。

「少、少爺？」

凱爾一抵達正門，守衛和騎士們便結結巴巴地迎接他。

唉，該死的「少、少爺」，真希望他們不要再這樣叫了。

既然穿越到這個混混的身體裡，凱爾便打算盡可能不偏離角色本身。而且，比起做一位正直的少爺，他覺得當混混更輕鬆。不過，每當聽到他們結結巴巴地稱呼自己時，還是讓他感到有些微妙。

我本來想更無拘無束地行動的。

凱爾皺著眉頭，表現出一臉不耐的模樣，講話結巴的騎士立刻把門打開。

「您請進。」

凱爾再次把目光轉向崔漢，而其他人也正看著他，對這位跟著少爺回來的流浪漢感到好奇。騎士們則用充滿警惕的眼神觀察著他。

「跟我來。」

現在，崔漢應該已經明白凱爾的身分地位了。他一瘸一拐地走向凱爾。而凱爾則看了一眼站在自己身後的崔漢，隨即若無其事地轉身走進了正門。

他的心臟卻快速跳動著。

要是發生什麼危急情況，他肯定打算把我當成人質，所以才緊跟在我身後。

當然，崔漢並不會殺了他。只是被當成人質的心理壓力還是很大，因此凱爾皺著眉頭，狠狠瞪著跟在身後的兩名騎士。

不准跟上來！

那帶有明顯警告意味的目光讓騎士們猶豫了一下。他們來回看了看凱爾和崔漢，隨後其中一名騎士面色凝重地走上前。

騎士們最重視的就是原則。畢竟，他們是德勒特所珍惜的騎士。

這樣才像騎士嘛。

雖然崔漢看起來像個年輕的流浪漢，但騎士們對外來者表現出的謹慎態度令凱爾很滿意，所以他並沒有阻止那名騎士繼續跟上。就這樣，凱爾帶著崔漢朝伯爵宅邸的本館走去。

「您回來了嗎？」

「嗯，羅恩……」

這位可怕的老頭子，羅恩，正站在本館的大門前等待凱爾。沒想到他真的在等著。儘管感到有些害怕，凱爾還是覺得這樣滿好的。

當羅恩的目光轉向崔漢時，臉上和藹的微笑瞬間凝固了。

羅恩至少能大致估算出崔漢的實力。

崔漢也直勾勾地盯著羅恩看。

凱爾對他們之間的眼神較量毫不在意，自顧自地繼續做自己的事，他的任務可還沒有結束呢。

「快跟上。」

凱爾再次呼喚崔漢，然後繼續向前走。而管家羅恩迅速跟了上來。

「少爺，有什麼事情嗎？只要您吩咐一聲，我可以替您照顧這位先生。」

「不用了。」

正當凱爾邁步向前時，又有一人朝他走近。

「少爺，您今天都喝酒了，竟然回府了嗎？」說話的是副管家漢斯。對了，他變成我的專屬管家了。

凱爾咂了咂舌，完全無視了漢斯的話。取而代之的是，他舉起酒瓶指向漢斯。

「哎呀！」

就在此時，漢斯用雙手捂住臉，將身體蜷縮起來。周圍頓時安靜了下來。

見狀，凱爾嘖了一聲，抬起頭的漢斯面色通紅，呆呆地看著凱爾。

「拿去丟。」

「是。」

漢斯茫然地接過凱爾遞過來的酒瓶。

「我下次會直接用扔的。」

凱爾的話讓漢斯的臉色蒼白不已，但凱爾毫不在意，繼續邁步向前。包括漢斯在內，已經有四個人跟在他身後了。

凱爾時不時地瞥一眼，確認他們有沒有跟上來，最終抵達了目的地——第二廚房。

凱爾一看到標示，便用力推開了門。

「少爺？」

身後傳來漢斯困惑的聲音。

然而，凱爾的嘴角卻浮現了濃濃的笑意，終點近在眼前了，比克羅斯和崔漢即將見面。他的心臟怦怦直跳，門毫無阻礙地打開了。然而，門後映入眼簾的景象讓凱爾的表情瞬間凝固。

唰——唰——

第二廚房的廚師，比克羅斯正笑嘻嘻地磨著刀。他打扮整潔，獨自一人在第二廚房裡磨刀，看起來心情相當愉快。當他看到凱爾的那一刻，臉上的笑容卻消失了。

瘋。

這讓凱爾感到害怕，畢竟惹上瘋子是最可怕的事，因為你永遠不知道對方會在何時何地發瘋。

趁比克羅斯做出任何反應前，凱爾率先把手放在崔漢肩膀上，指著他說：「弄點食物給他吃。」

「什麼？」臉色僵硬的比克羅斯反問道，他手中的鋒利菜刀在光線的照射下閃閃發亮。

凱爾強壓住心中的恐懼，再次說道：「讓他吃飯，他說他餓了。」

天啊——騎士的驚呼聲從身後傳來，但凱爾根本無暇顧及，他緊張地等待著比克羅斯的回應。

終於，對方一臉僵硬地回答道：「我明白了，少爺。」

成功了。

他成功讓比克羅斯、崔漢，還有未曾預料到的羅恩，三人牽扯在一起了！

凱爾的嘴角揚起燦爛的笑容，隨後用略微提高的語氣對比克羅斯下達另一道命令。

「也替我準備點吃的，我也餓了。」

崔漢注視著凱爾。

凱爾並未察覺到他的目光，只是繼續向比克羅斯下達命令：「當然，所有料理都要用最高級的食材。」

他想起了昨晚吃過的牛排。

「你昨晚煎的牛排非常好吃，你真是一位優秀的廚師。」

聞言，比克羅斯手中的刀尖出現了細微晃動。

「如果待會的菜色跟牛排是同等級的料理，肯定會非常美味，快點準備吧。」

凱爾沒等比克羅斯答覆，便轉身離開，朝自己的臥室走去。

騎士和漢斯跟在一旁，漢斯隨即開口問道：「那位先生該怎麼辦呢？」

「他也算是我的客人，你就看著辦吧。」凱爾回答。

既然已經替他們三人牽線，凱爾今天不想再為此多費心了。

比克羅斯和羅恩應該能看出崔漢的實力。在小說中，比克羅斯正是因為認知到崔漢的實力才效忠於他的，要是這次他們也能看出崔漢的實力，肯定會再次向他效忠。當然了，如果他們沒能立刻看出來，凱爾也有其他計畫。

只要讓崔漢去「揍」些什麼，而不是凱爾本人，並且讓比克羅斯看到這一幕就行了吧？即使計畫有些粗略，但凱爾還是想了不少辦法來應對。

「漢斯，我嫌麻煩，所以料理準備好後直接送來臥室。」果然，羅恩並沒有跟著自己出來。

凱爾滿意地將騎士和漢斯留在門外，他關上臥室的門，躺到了床上。由於疲憊和酒意襲來，在餐點送來前，他便不知不覺地沉沉睡去了。

因此，他並不知道比克羅斯的菜刀曾朝著崔漢的脖子飛去，羅恩的鋒利匕首也曾刺向崔漢的心臟，但最終都失敗了。

當然，除了三位當事人外，沒有任何人知道這個小插曲。

chapter 003

撿回來

深夜時分，副管家漢斯必須去伯爵德勒特面前匯報。他一開始說，德勒特便靜靜聽著，直到內容結束。

「然後目前少爺正在睡覺。」

直到所有報告結束，德勒特才開口。

「根據馬夫的報告，他今天去了普林商會的庶子所開的茶館，還帶回了一位身分不明的少年。喝酒的情況也和平時不同，並沒有喝到爛醉。」

漢斯的報告雖短，德勒特仍細細思考著那簡短的內容。

「需要派人監視嗎？」

他擺擺手拒絕了漢斯的提議，他並不想特地派人去監視兒子到底在外面做什麼。

「不用了，反正只要在領地內，他做什麼都在我的掌控範圍內。」

在年輕的副管家中，德勒特格外看重漢斯，因為他辦事得力且富有人性。

「你只需要像現在一樣，觀察凱爾在宅邸內的情況，並向我報告即可。」

「我明白了。」

漢斯頷首，沒有對德勒特的話提出任何異議。

德勒特本身並沒有什麼傑出的能力，也沒有掌握任何位高權重的權力。但他像前任領主那般，透過打理海尼特斯的領地，以大理石和葡萄酒積累了財富，算是一個擅長守護自己領域的人。

這樣的德勒特，正在思考自己兒子的事。

凱爾變了。

凱爾看似和平時一樣，但又有些不同。雖然沒有突然變聰明，或是變強大，行為舉止卻變得不同以往。

「對了，漢斯，還有一件事。」

「是，伯爵大人。」

「去調查一下關於普林家庶子的情報。」

茶館老闆比勞斯，德勒特早已知道他是普林商會的庶子，因為普林商會是領地內生產的葡萄酒最大的交易對象。

「是，我這就去辦。」

「好。」

德勒特看著漢斯走出辦公室，隨後陷入了沉思。除了凱爾之外，他還有許多事情要考慮。

最近大陸的情勢不太穩定。

情勢就像是即將爆發的火山，即使地處王國邊緣，德勒特依然能夠明顯感受到這股壓力。而今天，他從王室收到的信件更讓他確信了這種感覺。

海尼特斯伯爵家族世世代代都致力於守護並逐步擴展自身財富，他們代代相傳給家主的話便是——不需要名垂千史。相反地，要為了幸福與平和而活。

「看來要修補城牆了。」

儘管德勒特不擅長透過戰鬥來奪取，也不算特別聰慧，但他總是不斷思考該如何守護一切。

身體有時候會勝過意志。

「少爺，我看您睡得很沉，所以沒叫醒您。」

凱爾睡過頭了。再加上管家羅恩一大早就遞給他檸檬水，而不是冷水，讓他的胃不太舒服。不過對此，他什麼都沒說。

因為管家羅恩的脖子上纏著繃帶。

「你受傷了嗎？」

「您是在……擔心我嗎？」

「不是，呃、我只是隨口一問。」

「這只是一點小傷，被一隻亮出爪子的小貓稍微抓了一下。」

那隻露出爪子的小貓又是哪個無辜的人呢？

凱爾相當確信，昨晚一定有人命喪黃泉。他微笑避開羅恩凝視的目光，朝臥室門口走去。睡過頭了，必須加快腳步才行。

「您要立刻出門嗎？」

「嗯，吃飯什麼的我會在外面解決。」

「好的。話說回來，少爺……」

聽到羅恩的叫喚，凱爾放開手中的門把，轉身看向他。羅恩臉上則掛著一抹神祕深沉的笑容。

「您覺得檸檬水喝起來如何？」

「很好喝，非常好喝。」

羅恩的嗓音低了幾分：「是嗎……」

「嗯。」

這是什麼無聊的問題？

因為不能隨便無視他，凱爾匆匆應付了幾句，接著立刻轉動門把，猛地將門打開——砰！

在他看到門外景象後，又馬上關了起來。

「羅恩……」

聽到他的呼喚，羅恩走到凱爾身邊，面帶慈祥的笑容低聲說道。

「少爺，嚇到您了嗎？昨天來的客人在門外等著您呢。」

嚇死人了！凱爾一打開門，迎面便看到崔漢直勾勾盯著他，這讓他心臟猛然一顫，連忙關上了門。他將手伸向了上衣內袋，裡頭的一千萬加隆令他安心不少。

羅恩看著凱爾，繼續說道：「因為您立刻開了門，我還沒來得及告訴您。儘管我已經請客人在房間裡稍作等候，他仍堅持要見您，怎麼勸也不肯離開。」

說什麼來不及開口，明明就有很多機會，他卻故意不說！

可惜凱爾也無法對這個壞心眼的老頭破口大罵，他悄悄從羅恩身邊退了一步，接著重新打開門。

「有什麼事嗎？」

凱爾面對著崔漢，彷彿剛才從未在對方面前關上門似的。他語氣平淡地提問，同時打量著對方的模樣。

當崔漢洗過澡，把頭髮梳理整齊，並換上乾淨的衣服後，整個人便散發出一種善良純淨的氣息。但只要一看到他的眼神，那種想法就會瞬間消失。

此刻的崔漢在經歷過滅村事件後，心靈已經黑化了，所以他的眼神會令人感到不寒而慄。

崔漢直視著凱爾，開口說道：「飯錢。」

「什麼？」

「我會支付飯錢的。」

與昨天不同的是，崔漢今天說話時禮貌不少。然而比起禮貌，反倒是「飯錢」這個詞讓凱爾皺起了眉頭。

說什麼飯錢，誰想沒事自找麻煩啊？瘋了才敢讓崔漢欠自己錢吧？自己唯一的願望就是希望崔漢能盡快離開這片領地。

當然，如果凱爾真的要他支付飯錢並提出請求，崔漢確實會答應，他就是這種人。但對凱爾來說，那種事根本不可能發生。

「不用了，不需要這麼做。除此之外，你還有別的事嗎？」

他急忙拒絕了支付飯錢的提議，並詢問是否還有其他事。崔漢更加專注地凝視著凱爾，那道目光讓凱爾不禁想起自己挨揍的情景，手臂上逐漸泛起雞皮疙瘩。

就在這時，崔漢開口了。

「我想拜託您一件事。」

聽到「拜託」這個詞，凱爾閉上了眼睛，他一點都不想牽扯上關係。除了跟哈里斯村有關的事，崔漢還能拜託什麼呢？

書中的凱爾曾稱哈里斯村的人為「蟲子」，一想到就是因此而挨揍，凱爾開口說道。

「有什麼請求就跟漢斯說吧，他會處理好的。」

凱爾再次睜眼，與沉默不語、如雕像般站立的崔漢四目相接。

「他是一位能幹的副管家，絕大部分的請求他都有辦法解決。」

凱爾將手放在一旁的羅恩肩上。雖然感覺到羅恩的肩膀微微一顫，但凱爾決定把他們兩個都從眼前趕走。

「這位羅恩也很有能力，他也會協助你解決請求的。羅恩，他是我的客人，麻煩盡可能滿足他的需求。」

凱爾對羅恩下達完指示後，便將手從他肩上移開。

此時，崔漢的嗓音傳入凱爾耳中。

「您不知道我是誰吧？」

凱爾轉過頭，看見崔漢依然注視著自己。或許是因為已經見過幾次面，他身上那種令人不寒而慄的氣息消失了，反而能感受到他內心原有的那份善良。

「我為何需要知道你是誰？幫助比自己弱的人需要理由嗎？」

凱爾的話讓崔漢的眼角微微抽動了一下。雖然只是一瞬間，但緊盯著他的凱爾清楚地捕捉了這一幕。他是因為被認為不如自己，而感到不悅嗎？

凱爾趕緊接著說：「你應該也不會提出什麼太難的請求吧？如果是什麼困難的事情，漢斯會看著辦的。」

語畢，他把羅恩推向崔漢，隨後轉身離開兩人。

「那麼，我還有很多事要忙，我先走了。」

凱爾匆忙走向他父親德勒特的辦公室，今天他需要多拿一些零用錢。而羅恩的聲音從他身後傳來。

「少爺，我會竭盡全力完成您交代的事。」

隨他去吧，那些煩心事就該由主角和他的同伴們去處理。多虧了自己，他們比預期中提前了四天相遇，劇情進展應該會更快才對。

羅恩望著漸行漸遠的凱爾，然後低頭看著自己手中的空杯子。

「真有趣。」

那隻無所畏懼的小狗討厭酸的東西，現在依舊很討厭，但他竟然喝下去了。

羅恩摸了摸自己的脖子。雖然很久沒受傷了，不過比起傷口，有件更有趣的事讓他更在意。那隻無所畏懼的小狗竟然害怕自己，他是知道了些什麼嗎？

「帶路吧。」

聽到旁邊傳來的聲音，羅恩轉頭望去，便看見崔漢滿含厭惡的眼神。這傢伙似乎從昨天短暫的交鋒中，看出了自己是個殺人不眨眼的人。

「好吧。」

明明自己身上也帶著濃濃的血腥味，卻裝出一副清高樣……這樣扭曲到極致的人令羅恩覺得相當可笑。

昨晚羅恩從崔漢身上聞到了來自闇黑森林的氣息，那種強烈而凶暴的惡臭，深深烙印在腦海裡。當然那不是崔漢本身的味道，而是別人的臭味，在他洗過澡之後，便聞不到那股惡臭了。

也對，那些傢伙不可能越過來。

回想起昨晚的事，羅恩對這個看起來有很多隱情的傢伙說：「跟我來。」

為了遵照小少爺的命令，羅恩邁出了步伐，崔漢則跟在後頭。崔漢的視線一度轉向凱爾消失的方向，隨後又回到了前方。

凱爾提著比昨天大兩倍的麵包袋來到貧民窟山丘上，迎接他的是昨天遇到的那對姐弟。孩子們緊閉著嘴，直盯著凱爾。凱爾輕笑一聲，從口袋裡掏出兩個小袋子，朝孩子們晃了晃。

「拿去。」

看到這個動作，女孩一邊用手扶著腰，一邊一瘸一拐地走了過來。

凱爾見狀，眉頭皺了起來，轉而把兩個袋子遞給小男孩。

「喂，你過來拿。」

男孩連忙上前把袋子搶到懷裡，然後遠遠地退開。與凱爾鮮紅的頭髮不同，男孩黯淡的紅髮隨著他的動作擺動。

凱爾毫不留戀地轉身，走向吃人的樹。

「哇！」

「不是麵包，是肉和蛋糕！」
姐弟的聲音傳來，但凱爾並不在意。不久，他便到達了吃人的樹的區域。
嗡嗡嗡——
「有點可怕耶……」
光禿禿的黑樹看起來像是在迎接凱爾一樣，枝條微微搖動。這種陰森的感覺讓凱爾臉上露出不安的表情，他將麵包袋倒在樹根下。
麵包無一例外地消失了，就在那時——
——我還要、再給我更多。
凱爾憶起在書中讀到過這樣的反應，看來是還不夠。
我真的要瘋了……
這棵樹的靈魂是一個餓死的神女，與現在的神殿或教團的聖女不同，她是一位古代巫女。古代巫女通常是超能力者，或者是承繼自然力量的人。
凱爾迅速地收拾好袋子，動身準備離開。
「凱爾，今晚來我的書房一趟。」這是他去拿零用錢時，父親德勒特對他說過的話。
因此，他必須在傍晚前離開這裡。
一半。
他打算在今天解決掉一半，因此他決定再次返回拿取麵包。結果卻看到那對嘴邊沾滿麵包屑和蛋糕奶油，呆呆望著他的姐弟。
「嘖。」
他皺起眉頭，厭惡地咂了咂嘴，然後越過姐弟繼續前進。
凱爾走進麵包店林立的市場街道，因為昨天光顧過的地方已經被掃蕩一空，再次準備需要時間，所以他得尋找其他店家。

「少、少爺！」

這時，一個女人的聲音引起了凱爾的注意。是位中年婦女，帶著尷尬的笑容，用雙手指著自己的店。儘管手指在顫抖，臉上充滿恐懼，她的姿態卻很自信。

「我們有很多麵包。」

凱爾的嘴角露出了笑容，這位阿姨真會做生意。

市場上的人們偷偷地看著這一幕。

凱爾掏出一枚金幣扔給她，阿姨靈巧地接住了。

「把所有麵包都給我，快點打包好。」

中年婦女的嘴角揚起更大的弧度，她立刻進入店內，拿出了一個已經打包好的大袋子。

「這是您的麵包。」

哇，真是一個做事效率高的人，懂得如何抓住機會。

「我們還可以準備更多。」

凱爾對這位阿姨越來越滿意。就在這時，另一個聲音傳來。

「少爺！我們可以準備更多麵包！」

街區另一邊的一位老人揮著手走了過來。他穿著麵包師的衣服。看到他這麼熱切的樣子，凱爾掏出一枚金幣扔給老人，對他說：「我下次就到你店裡買，準備好一袋。」

「謝謝！」

凱爾感到很驚訝，平時大家避之不及的浪蕩子，一旦需要賺錢，竟然會毫不猶豫地靠過來。也許是因為他們知道凱爾除了混混之外不會打其他人吧，他似乎也能理解為什麼海尼特斯家族的領地如此富庶了。

昨天，凱爾在麵包店街上買了一大袋麵包，並隨手扔了一枚金幣的事傳遍了整個麵包店街。那可是價值一百萬加隆，等於一周的銷售額。人們對此驚訝不已，並對凱爾的奇異行徑充滿了好奇。

明天也可以像這樣，輪流在這三家店買麵包。

凱爾扔出一枚金幣，明天就能從每家店各拿到一袋麵包。事情進展順利，讓他心情愉快。

然而，有人一直在觀察著這一切。

「嗯……」

那人是主廚比克羅斯。他像他的父親一樣，脖子上纏著繃帶，在一個角落裡注視著凱爾。他看到凱爾帶著麵包袋，還買了一些藥草，走向貧民窟。

「他瘋了嗎？」

從昨天開始，他總覺得凱爾像是瘋了一樣。

當父親說凱爾是一個有趣的傢伙時，他並沒有在意，但越看越覺得這傢伙有趣。比克羅斯的眼中閃過一絲興奮，他覺得觀察凱爾會像觀察那個黑髮小子一樣有趣。

此時，經營著領地內最高層茶館的比勞斯正在一邊啜飲茶水，一邊聽取手下的報告。

「凱爾少爺頻繁進出貧民窟嗎？」

「是的，比勞斯大人。」

「這樣啊。」

「另外，首都那邊來了消息。」

「是嗎？」比勞斯那雙埋在臉頰肉之中的圓眼閃爍著光芒。

手下稍作停頓後繼續報告。

「是，聽說王室即將召集人手，所以要您也迅速回去接手工作。」

嗒，他將茶杯放回茶托上，朝手下示意了一下。

「你先出去吧。」

手下無聲地消失在陰影中。比勞斯凝視著手下原本站立的地方，嘴角微微上揚。

「又打算讓我當看門犬了嗎？」

他的目光投向窗外，似乎能穿透遙遠的距離，直達首都。

「這、這個、不是麵包啊……」

「那又怎樣？」

凱爾握著藥草，看著不停嘟囔著「不是麵包」的女孩，冷笑了一下，然後朝吃人的樹走去。

但這次被男孩擋住了去路。

「不可以死掉喔。」

這次是弟弟站出來了。凱爾，或者說金綠秀，毫不在意地經過了男孩，甚至連眉頭都沒皺一下。

孤兒，沒有特別之處的人。正因如此，很多人對其心生憐憫。

「憐憫可憐的人需要理由嗎？」

這是他在很小的時候聽到的話。小乞丐、可憐的孤兒，憐憫不需要理由，他曾經對這句話抱有反感，但長大後，他終於明白了其中含義。

心之所向，無需理性的理由。因此，憐憫不需要理由。

「煩死了。」

凱爾最討厭看到小孩生病了，但這並不意味著他會去照顧或安慰他們。

他皺著眉頭，看著那個蹣跚走來的小女孩和跟隨在她身邊的小男孩，說道：「我不會死的。」

聽到這話，姐弟倆終於不再跟著他了。凱爾心情不佳，覺得自己做了自己最討厭的事。他一向厭惡那些愛管閒事的人，今天他卻成了這樣的人。

嗡嗡嗡嗡——

我還要、再給我更多。

「好，妳就吃個夠吧。」

凱爾粗魯地把麵包倒在吃人的樹根部，麵包很快就消失在黑暗中。到了這個地步，他已經不再感到害怕。說是黑暗，其實也不太準確，他的眼前呈現出一片灰色的空間，也只有他能看到這種灰色光芒。

果然錢花得很值得。

凱爾又一次把麵包倒進樹根後，便朝伯爵家走去。從第三次開始，他沒再見到那對姐弟，這反而讓他更加輕鬆自在。

然而，在前往伯爵家的路上，凱爾突然看到兩隻正在呻吟的貓，頓時愣住了。

這不就是昨天那兩隻貓嗎？難道牠們還記得我？

一隻銀毛金眼，一隻紅毛金眼，兩隻貓默不作聲地盯著凱爾看。凱爾不想惹麻煩，於是轉過頭快步走向伯爵家。

然而，當他到達伯爵家後，父親德勒特告訴了他一個令人震驚的消息。

「能請您再說一遍嗎？」

「好吧。」

在書中未曾描述的海尼特斯伯爵家的故事，此時展現於凱爾面前。

凱爾的旁邊還有巴森。

「凱爾，你代表我們家族拜訪王室一趟吧。」瞬間，凱爾只感到一陣暈眩。

「原本打算派巴森去的，但你不是我們家族的長子嗎？」

看著溫和微笑的德勒特伯爵，凱爾一時語塞，不知該如何應對，在這個時期去王室？

他急忙回想著《英雄的誕生》中的內容。

德勒特繼續說道：「這次王室舉辦了一場盛大的活動，其中有一天會邀請各領地的貴族子弟參加。這是你初次前去王室，從前年開始，這種場合都是由巴森負責出席。然而這次，我希望由你代表參加。」

王室的盛大活動。聽到這個詞，凱爾立刻想起了一個事件。

廣場恐怖攻擊事件。

那是數以千計的王國子民聚集之處，一個祕密組織在那裡發動了恐怖襲擊。而在那時，阻止了大部分襲擊的是我們的英雄崔漢。這是崔漢第四次與祕密組織交鋒的時刻。

結果，崔漢拯救了廣場上許多王國子民，並因此與王室結緣，與王儲建立了友誼。

這讓凱爾感到毛骨悚然。

由於故事以崔漢為中心展開，所以貴族子弟們聚集的情節並未在書中詳提。只知道在那次事件後，崔漢身邊開始有了伙伴，並且獲得了堅實的權力背景。

居然要去那個恐怖攻擊的現場。

當然，貴族子弟是否會聚集在廣場上，這點還不確定。凱爾努力回想著《英雄的誕生》中提到的內容。

廣場上聚集了數以千計的人群。貴賓席是空著的，為即將到來的王族準備。除此之外，崔漢還注意到一些看起來身分貴重的人。不過比起這些，他更關注那些男女老少的王國子民，他不想再看到無辜的人集體死亡了……崔漢的心臟因緊張而劇烈跳動著。

那些看起來身分貴重的人之中，會不會有貴族家的子女？

即使在父親講話的時候，凱爾還是轉頭看向巴森。巴森面無表情地盯著父親，完全沒看他一眼。

既然都說本來打算讓這小子出席了，要不要叫他去就好？

凱爾的嘴唇一張一合，他不想去危險的地方，但他也不忍心說出巴森的名字。

凱爾和巴森之間既不好也不壞，就只是陌生人，這便是他們兄弟倆原先的關係。雖然巴森對凱爾感到有些畏懼，也僅此而已。

凱爾的腦中一片混亂。

原本就是凱爾要去的嗎？不可能派一個浪蕩子去首都吧。為什麼要讓我去？是我做錯了什麼導致這種情況嗎？

「五天後出發即可。」

五天後。聽到德勒特說出的這個詞，凱爾確信，無論原本的故事走向如何，本來的凱爾是不會去首都的。

在故事中，正好四天後，凱爾會被崔漢打傷，抬回伯爵宅邸。他那樣的狀態，根本不可能去首都。

「凱爾，在巴森接手之前，這類活動都是你在參加的。你就回想一下先前的經驗，輕鬆地出席吧。」

「父親。」

德勒特聽到凱爾的呼喚，轉頭看著他。巴森也偷偷地轉過視線，看著他的兄長。

「您突然這麼說，讓我有點不知所措。從前年開始就不是由我出席了，我搞不懂您為何會突然要求我前往……總之我會考慮看看的。」

德勒特點頭表示同意，並示意兩人可以離開了。

兄弟倆走出了書房。

凱爾的腦海中思緒紛亂，如果自己鬧著說不想去，德勒特可能會讓巴森去，但感覺這樣又不太好……

「兄長。」

這時，凱爾聽到弟弟巴森的聲音，他轉頭看去。

巴森並沒有看著他，只是面無表情地看著前方說：「您沒有不能出席的理由。」

唉……凱爾嘆了口氣。

巴森沒再看他一眼，逕自離開書房，朝自己的房間走去。

凱爾則望著他的背影久久未言。

「這可不行啊……」

從前年開始，儘管弟弟巴森以家族繼承人的身分行事，但凱爾．海尼特斯依然無法停止惡行，因此最後他被擠下了家族繼承人的位置。

而後，他便成了笑柄。

明明有很多理由能阻止凱爾這種人作為家族代表前往王室，但巴森卻說沒有不能出席的理由，並認為他完全有資格擔此重任。

這樣的話可就麻煩了。

凱爾的眉頭皺了起來，他對這種情況很不滿意。但還有另一個問題，那件爆炸案。

還是值得一試吧。

未來發生的事件或許也值得嘗試看看。

凱爾不死、不受傷、能夠安全回來的理由和可能性很多。

而且，假如巴森還沒繼承領主之位就死去，我會很困擾的。
為了凱爾的安逸生活，巴森必須活下去。雖然還有最小的莉莉，但她還太年幼。
此外，凱爾還有一個計畫，那就是在獲得威斯頓市的古代之力後，前往領地外尋找其他的古代力量。
心中的天平傾斜了。
他直視著向他走來的副管家漢斯。漢斯的表情雖然嚴肅，卻不陰沉，且眼神相當清明。
「少爺，今天由於您客人的請託——」
「漢斯。」
凱爾打斷了漢斯的話，轉而說道：「把那位客人叫過來。」
「什麼？」
雖然已經決定要去首都，凱爾也不打算當個傻子。既然要行動，就要盡量讓自己舒適，並且事事都要對自己有利。
「對了，如果他不願意過來，你就這樣對他說——」
從漢斯的表情來看，崔漢的事情已經順利解決了。在原書劇情中，即使崔漢打了凱爾，德勒特伯爵依然以領主身分為哈里斯村處理了後事。
現在應該也是差不多的情況。
「飯錢。」
「什麼？」
「就說有一件能讓他支付飯錢的事，讓他過來找我。」
副管家漢斯立刻指示另一位侍從去叫崔漢前來。
「那傢伙現在在哪裡？」

「啊，據我所知，他一直與羅恩先生待在比克羅斯主廚的廚房裡。」

走進書房的凱爾心中忽然一驚，這三個人果然越來越親近了嗎？

「聽說他正在向比克羅斯主廚學習一些簡單的料理。」

「料理？」

「是的。」

凱爾的嘴角微微上揚。料理？搞什麼料理？不用看也能猜到，表面上說是學料理，實際上可能是在學某些拷問方法，或者比克羅斯和羅恩正在為崔漢的劍術驚嘆。

凱爾自然地走到書桌前坐下，隨口問還站在那裡的漢斯：「那傢伙的請託是什麼？」

「啊。」

漢斯因凱爾的突然提問嘆了口氣，隨即臉色一正，開始匯報。當然，這些其實都是凱爾已經知道的內容。

漢斯談到哈里斯村的悲劇，掩不住心中的悲傷和遺憾，並提到他與崔漢一起將村長的徽章交給了領主大人。

「父親見過那傢伙了嗎？」

「是的，伯爵大人立刻指示領主城安排葬禮，並派遣調查員、騎士和士兵前去調查真相。」

「嗯……」

漢斯停頓了一下，猶豫著開口道：「不過，那位客人並不打算一同前去。」他回想起崔漢向領主說明案件經過的模樣。

當時崔漢說得很平靜，他的手指卻在微微顫抖。據說他才十七歲，因為採藥而晚回村子才倖免於難，但看到與自己一同生活的鄰居和朋友們全部慘死，對於這麼年輕的他來說，該是多大的打擊啊。

「這樣真的可以嗎？」

因此，漢斯問了凱爾，是否應該允許崔漢不去參加最後的告別儀式？

「那是他自己的選擇。」

凱爾冷淡地回應了漢斯的提問，並迅速轉移了話題。他很清楚為什麼崔漢會這麼做，崔漢在埋葬遺體時就做了最後的告別，現在他心中只剩下對那些奪走村民未來的人的復仇。

「一直都是羅恩在照顧他嗎？」

「是的，他用心準備客人的三餐，還對他相當溫柔。」

看來這三個人確實很合得來。

「對了。」

漢斯像是突然想起什麼，接著對凱爾說：「羅恩先生今天下午工作時似乎又受傷了，我看他手腕上纏著繃帶。」

「是嗎？那替他備點藥吧。」

凱爾冷淡地回應，心想大概是羅恩又做掉了誰。

漢斯的聲音再次響起：「我一定會將您的話語和心意轉達給羅恩先生的！」

「嗯，隨便你。」

對凱爾的冷漠態度，漢斯似乎還想說些什麼，但就在他要開口之際，另一個聲音在書房裡響起。

叩叩叩——

這是崔漢來了的聲音。漢斯開了門，凱爾看到了站在門口的崔漢。凱爾示意漢斯出去，漢斯微微鞠躬後，靜靜地離開了書房。

房間裡只剩下崔漢和凱爾兩人。

凱爾指了指書桌對面的椅子，「過來坐吧。」

崔漢慢慢地環顧了一下書房，然後在對面的椅子上坐下。凱爾給了他足夠的時間來打量這個書房。

作為一個既善良又聰明的英雄，崔漢喜愛讀書。因此，當他離開闇黑森林進入哈里斯村時，立刻向村長學習識字……

在環視一圈後，崔漢的目光最終落在凱爾身上。

「我要做什麼來支付飯錢？」崔漢對於自己欠下的債務非常謹慎。

對於崔漢直奔主題的樣子，凱爾露出了笑容。

凱爾，或者說金祿秀，知道自己已經改變了《英雄的誕生》故事的早期情節，並預感到這將會引發一些變數。

自己雖然試圖不過多干涉故事進程，但不可避免地，因為他必須去首都，變數將會越來越大。他將一張紙放在桌上，然後直視著崔漢。

「的確是有一件事能讓你支付飯錢，但我得先判斷你能不能勝任。簡單來說，這是一場面試。」

「您請說吧。」

聽到凱爾說要判斷能否勝任，崔漢爽快地答應了。於是凱爾問：「你知道怎麼保護人嗎？」

「您這話是……什麼意思？」

崔漢第一次有些遲疑地回應，他的目光變得有些銳利，開始仔細打量凱爾。

凱爾則是低頭看著桌上那張紙，沒有回應對方的目光。

儘管這是臨時改變的計畫，但凱爾覺得這樣做或許能獲得更多好處。如果能阻止崔漢一行獲得古代之力，自己在此期間拿到所需的東西，那將是一件美事。反正對他們來說，那股力量只是個可有可無的輔助罷了。

凱爾依然盯著紙張，冷淡地說道：「我說的還不夠清楚嗎？我問的是保護別人，而不是殺人。你能做到嗎？」

房間內陷入了沉默，崔漢沒有立刻回答。

凱爾從紙上抬起頭，看向坐在對面的崔漢，只見對方低著頭，過了好一會兒才開口。

「我不清楚。」

嘖，凱爾輕輕咂了咂嘴。正因如此，現在的崔漢難以掌握。

「那你能殺人嗎？」

「那應該也能保護人吧？」

這次崔漢倒是回答得很乾脆：「能。」

聞言，崔漢的眼神瞬間露出一絲動搖。

「那很困難。」

「既然說是困難，就代表不是完全做不到吧？」

這世上，因為難就能避開的事並不多，這是凱爾一路走來的體會。因此，當他第一次擁有這具可以放縱過活的身體時，天知道他有多高興。然而，為了那該死的安逸未來，他面前出現了一座必須跨越的高山。

凱爾凝視著眼前這個他希望能幫助自己跨過這座山的人。

崔漢輕笑了一聲，像是洩了一口氣似的。

「這麼說也沒錯。」

「好，那這是最後一個面試問題了。」

「是，您請說。」

看著崔漢那雙清晰明亮的眼睛，凱爾拋出了最後一個問題。

「你叫什麼名字？」

「您不知道嗎？」

知道啊，你可是會把我揍到滿地找牙的人耶。

「別人有跟我說了，但我想親自聽你說出自己的名字。」

「崔漢。」

崔漢伸出了手。

「我叫崔漢。」

凱爾則握住了那隻手。

「好，我是凱爾．海尼特斯。」

這場被稱作面試的簡短對話很快便結束，結果自然是崔漢通過了。凱爾把書桌上的那張紙推向崔漢。

「你需要支付飯錢的工作很簡單。」

紙上寫著兩個人的名字，還標註了會面的地點。

「和這些人一起前往首都。」

崔漢在前往首都的途中，將會遇到兩個成為他同伴的人。這兩個人將在《英雄的誕生》第五集中與崔漢、比克羅斯一起成長並變得更強大。

蘿絲琳、拉克。

蘿絲琳是鄰國的公主，她在一次暗殺中倖存下來，正準備返回自己的國家。至於拉克，則是一名受傷的孩子。同時，他也是狼王的繼承人，擁有變身為狼的能力。

此外，蘿絲琳既強大又冷靜，她擁有僅次於崔漢的破壞力，並能理性地運用這股力量。她對王位毫無興趣，反而以建立大陸上最強大的魔塔為目標，後來她也逐漸接近這個夢想，並成為了一位英雄。

那位曾企圖暗殺她的王國大公，最後被比克羅斯拷問得很慘。

書中對那場拷問的描寫如此詳細，以至於凱爾的心臟不禁開始顫抖。最近，他的心臟似乎總是頻繁地跳動，比他以往任何時候都要強烈。

「蘿絲琳、拉克。」

崔漢死死地盯著這兩個名字看。

聽到對方的聲音，凱爾點了點頭。

「對，就是這兩個人。你看得懂文字真是太好了。」

凱爾的目光停留在寫著「拉克」的名字上。

在這個世界上，存在著妖精、矮人族和獸人，但其中最為神祕的就是獸人。

獸人不僅包括哺乳動物，還有鳥類和爬蟲類。獸人與怪物不同，因為他們擁有理性。

拉克擁有狼族中最為優秀的血統。

拉克繼承了能夠支配狼群的血統，獸人的血統越純正，他們在完全動物形態或人類形態時就越顯得弱小和平凡。但一旦狂暴化，他們就會變得比任何人都殘忍和凶暴。拉克也是青狼一族的唯一倖存者。

凱爾從抽屜裡拿出一張地圖，將它攤開在書桌上。

「一開始你和我一起行動。」

凱爾的手指指向地圖上的一個點。

「到了中途我們就分開行動，你就按照我寫在紙上的路線走。」

崔漢對此毫無疑問，只是默默地聽著指示。

而講到這裡，凱爾陷入了沉思。之所以需要和崔漢一起走到中途，是有原因的——

必須避開那條發狂的龍。

在《英雄的誕生》故事初期，總會出現一個接續凱爾出場的反派角色。然而，這個反派並不只是寫來襯托主角的角色而已。

這個反派是一位侯爵，他是一個貴族派系的領導者，處處與王儲和崔漢作對。雖然他在第二集中就落敗，但這也是崔漢和侯爵發生第一次衝突的時候。

那傢伙養了一條瘋狂的龍。

真的是一隻名符其實的狂龍。

雖然那條黑龍還不是成年體，但牠已經在侯爵家族的繼承者手中遭受虐待，被祕密地關在籠子裡，被馴化成為侯爵的聽話工具。

可能會有人想說：真是瘋了，龍不是這個世界中最強的存在嗎？居然能馴服龍？這怎麼可能？

不，這是有可能的。

侯爵通過祕密組織獲得了一顆龍蛋，然後在龍一出生時就給牠的四肢上加上鎖鍊，並在牠脖子上掛上瑪那[2]控制器來進行飼養。能夠弄到龍蛋，這個祕密組織的力量到底有多強大，實在難以想像。但龍之所以是世界觀中的最強者，並不是沒有道理的。

即使這條還不到五歲的黑龍非常幼小，牠依然是一條龍。最終，這條龍在虐待中瘋狂暴走。

儘管那條龍還很年幼，但牠爆發出了足以擺脫控制器的瑪那力量。那股瑪那是以消耗自身生命為代價爆發出來的。

2 瑪那（mana），意指一種無人稱的超自然神祕力量，可通過無實物自然力量或物件（例如：石頭、頭骨、屬、礦物）而起作用。近代的奇幻文學、奇幻類遊戲中常會借用瑪那一詞來代稱「魔力」。

這條從未見過陽光、被困在洞窟中飼養的幼龍，為了最後的自由，選擇了犧牲自己的生命。逃脫後的龍最終失去理智，進而暴走。

由於這場暴走，崔漢所在的村莊陷入了危險，崔漢不得不面對這條失控的黑龍。

崔漢看著那條身長不到一公尺的小龍。正是這具小小的身體讓一座山灰飛煙滅，村民們也面臨著生死危機。然而，崔漢也無法隨便攻擊這條龍，因為他從龍那失去理智的眼中看到了無盡的痛苦與悲傷。更令人心碎的是，那條黑龍的嘴角卻帶著笑意，這種對比讓人感到極其悲傷。

最終，崔漢選擇殺死這條黑龍，為牠帶來了最後的自由——死亡。

凱爾知道，他必須前往那個村莊。

要嘛就讓崔漢去解決，要嘛就趁龍發狂之前阻止牠，將牠解放出來。

即使凱爾想避開那個情況，但由於路線問題，他別無選擇。如果不經過那個村莊，就必須繞道而行，這樣一來會耗費更多時間，導致故事進程偏離正軌，抵達首都的時間也會延遲。

據說那條狂龍其實非常可愛，完全跟名字不相襯。

書中描述過那條黑龍——四肢短小、全身漆黑的龍，模樣非常可愛。然而，正因為是這樣的存在，在瘋狂暴走時，反而更加令人恐懼。

凱爾先不繼續思考龍的事，接著對崔漢下達指示。

「然後，帶著這些名字的主人一起來到首都，這就是你該支付的飯錢。」

崔漢提出了疑問：「我需要保護他們嗎……？」

「隨便你。」

凱爾心想，根本不需要特意保護，反正他們本身就很強大了。尤其是公主蘿絲琳，哪怕自己拿著不破之盾、帶著一整卡車的人去對抗她，她大概也會毫髮無傷。

「你開心就好，但你一定要來首都，而且要安然無恙地來見我。保護好自己這點，你應該沒問題吧？」

再過不久，凱爾和崔漢的路徑將不再交會。因為隨著與拉克的接觸，崔漢會再一次與祕密組織發生衝突。這次的會面將會引導崔漢像書中一樣，在首都阻止即將到來的危險。

「怎麼不回答？你能做到嗎？」

崔漢的目光變得更加堅定。

「是，我能做到。」

雖然能聽出崔漢的語氣比之前更加恭敬，凱爾卻沒打算多加理會。他看到崔漢收好了紙條，自己的身體也隨之放鬆了些。

凱爾心想，應該喝杯酒來放鬆一下才對，與崔漢正面交鋒總是讓他感到相當疲憊。

「你可以出去了。」

凱爾隨意揮了揮手，示意崔漢離開。崔漢走向門口，而凱爾斜靠在椅背上，目送著他。

就在崔漢打開門前，凱爾突然開口說道：「順便說一句，今天這件事全都要保密，你明白吧？」

崔漢並沒有回頭，一邊轉動門把一邊答道：「我明白。」

凱爾感覺對方的聲音中似乎帶著一絲笑意，但他並不在意。

剩他獨自一人後，他拿出筆和紙，開始用韓文寫下一些東西。寫了好一會兒後，他離開書房，前往父親的辦公室。

「父親。」

「嗯。」

「我需要一些錢。」

「好，我會叫總管準備好。」

凱爾需要很多錢。當他帶著另一張價值千萬加隆的支票躺在床上時，管家羅恩走過來，在他的床頭桌上放了一瓶水，然後說道：「這是熱的檸檬蜂蜜茶，是我兒子特別為您準備的。少爺，祝您有個好夢，我會一直陪伴在您身邊。」

凱爾頓時睡意全無。

無論如何，還是先把這些人和崔漢一起送走吧。

翌日，凱爾・海尼特斯一睜眼便直奔貧民窟。

「少爺，今早我已經從漢斯副管家那邊聽說了。為了讓您在首都大放異彩，儘管敝人能力有限，但一定會竭盡全力做好準備的。」

凱爾走出伯爵宅邸時，肩膀微微顫抖了一下。他回想起今天早上起床後與羅恩的對話，事實上這段對話甚至不用特意回想，它早已不斷在腦海中自動重播。

「您是第一次去首都吧？我非常擅長獵兔子。在外紮營時，我會幫您獵捕兔子。」

羅恩那厚實而慈祥的聲音在凱爾的耳邊迴盪，彷彿從遠處的迷霧中傳來一般，讓他產生了幻聽般的感覺。

從一大早開始，羅恩就開始詳細解說如何捕捉兔子，這讓凱爾感到恐懼。

「對待兔子這種膽小又弱小的動物要格外小心，因為牠們隨時有可能逃跑，所以要密切觀察，瞄準最佳時機下手。對了，兔子死後還得取出內臟，這方面我也很擅長。」

凱爾不得不轉移視線，避開羅恩做著模擬動作的手勢。羅恩顯得格外興奮。凱爾莫名覺得自己好像被耍弄了一樣，這種感覺雖然荒唐，但比起這個，他更感到安心，因為羅恩自願跟隨他前往首都。

「就讓比克羅斯作為我的私人廚師隨行吧。」

為了帶上羅恩和比克羅斯這對父子，凱爾在出門之前提前告訴了漢斯。當然，羅恩也在旁邊。

「漢斯，這次旅程我想讓比克羅斯作為我的私人主廚隨行。」

「可以詢問一下原因嗎？由於比克羅斯還得負責第二廚房的運作，沒太多空閒時間。」

「我不管，反正除了比克羅斯做的料理，其他東西我都吃不下，所以我就是要帶著他一起去。」

聞言，漢斯滿臉錯愕。羅恩則因為兒子能同行而露出欣慰的笑容。

「少爺，我兒子一定會非常高興。正好他也有事必須前往首都，我一定會將您的話如實轉達給他。」

聽到羅恩的話，凱爾感到一陣安心。他原本還擔心如果比克羅斯不願意去該怎麼辦，但現在看來，比克羅斯似乎也很樂意離開領地前往首都。

凱爾在清晨霧氣繚繞的威斯頓市漫步，思考著即將帶去首都的人員安排。雖然這與故事的原本走向有些出入，但他不打算放棄任何對自己有利的機會。

「少爺，您今天來得真早啊。」

已經見過幾次面的麵包店老闆，也習慣了凱爾的到來，顯得輕鬆自在。

凱爾冷淡地問道：「麵包準備好了嗎？」

麵包店老闆笑著遞出麵包。

「當然準備好了。不過，今天真的是最後一次了嗎？」

「怎麼？你還想要更多錢嗎？」

「是的，我很貪心。」

凱爾的嘴角微微上揚，他喜歡這種坦率的回答。拍了拍已經摸透他脾性的麵包店老闆的肩膀，然後朝貧民窟走去。

「下次想吃時，我會再度光顧的。」

麵包店老闆望著漸漸消失在霧中的凱爾，心中暗自祈禱，希望凱爾能再次光顧，並大手筆消費。

而毫不知情的凱爾，走到貧民窟時，又看到了那對正在等待他的姐弟，不由得皺起了眉頭。

這兩個孩子是沒有家嗎？

凱爾今天來得比平時早得多，而那對姐弟像是昨晚整夜都在這裡等他似的，緊緊依偎著。弟弟幾乎整個被姐姐抱在懷裡，他們緊閉著嘴，抬頭望著凱爾。

由於在霧濛濛的清晨等待了很久，他們的頭髮和衣服顯得有些濕漉漉的。

凱爾假裝沒看見這一切。

「來，拿去吧。」

男孩接過了屬於他和姐姐的食物。凱爾看著他把東西拿好後，便轉身走向有「吃人的樹」的圍牆。

幸好起霧了。

霧氣使得視野變得模糊。尤其是在這個位於威斯頓市、僅次於領主城堡高度的貧民窟山頂，霧氣顯得更濃。這樣一來，沒人能看到凱爾正在做什麼，或是他從中獲得了什麼。

我還要、再給我更多，拜託你。

今天那充滿怨念的靈魂依然發出了令人毛骨悚然的聲音，凱爾將整袋麵包倒在了樹根處，洞口的黑暗逐漸從灰色變成了白色。凱爾嘴角微微上揚，感覺這一切似乎沒有白費。

就在此時。

我還要、再給我更多！

那道嗓音不知為何突然升高，像是尖叫般撕裂空氣，凱爾不由得向後退了一步。這情況書裡可沒有提過。

我還要、再給我更多！如果你再多帶一些來，我會給你禮物，我會給的。

禮物，這個詞讓凱爾的眼神瞬間閃亮起來。儘管他沒想到這棵樹中蘊藏的聲音會如此瘋狂，但他知道事情也接近尾聲了。

「等著。」

凱爾的話似乎得到了回應，那乾枯的黑色樹枝微微晃動著，彷彿是在迎接他一般。這一幕宛如恐怖電影中的場景，讓凱爾不禁打了個冷顫。他在濃霧中迅速行動起來。

儘管已經過了清晨進入上午，但天空依舊陰暗，沒有陽光，厚重的雲層下霧氣更濃，彷彿即將下雨。

看來，很快就要下雨了。

不見那對姐弟的蹤影，凱爾心想，可能是因為快要下雨了，他們去尋找避雨的地方了吧。

他將第三袋麵包放在了吃人的樹前。

這是最後一次了。

隨著霧氣包圍著凱爾，樹洞內的光線也逐漸變得與白色相近。只要再放入這最後一袋麵包，樹洞應該就會變得透明。他懷著極大的期待，將最後的麵包倒給了那棵樹。

終於，發出了聲響。

嗡嗡嗡嗡——

這聲音的震撼力比之前強了數倍，直接撲向凱爾。然而，比這種震動更吸引凱爾注意的是那逐漸變得透明的樹洞。按理說，洞內應該是陰暗的，但這一切顯然違背了自然的規律。

那就是古代之力。

就在那時，之前一直向凱爾索要更多麵包的聲音再次響起。

好好吃，太好吃了！

那道嗓音非常激動。

這柔軟的口感，尤其是第三袋麵包，真是太好吃了！看來隨著時代的進步，食物也變得越來越好吃了！我們那個年代甚至沒有麵包這種東西呢！總之，第三袋的麵包特別美味，感覺小麥是在土壤肥沃之處生長的，畢竟小麥也不是都一樣的。

那道嗓音竟然開始評價那些麵包……這一連串的評論就像一陣風暴般襲向凱爾。

書裡可沒提過這些細節啊……他不禁在心中嘀咕著。

滿懷怨念的靈魂，似乎在以美食評論的方式來釋放內心的怨氣。凱爾的眉頭越皺越緊。他開始思考起《英雄的誕生》中唯一沒人擁有過、僅僅被描述過的力量——這所謂的「不破之盾」。

怪不得沒有人想要。

為什麼作者要特意描述這個沒人願意擁有的力量呢？凱爾突然有了這樣的想法。然而，眼前這喋喋不休的聲音讓他無法靜下心來思考。

總之……我吃得很飽，真的太好吃了！

這個聲音仍在不停地嘮叨著，讓凱爾覺得，靈魂的怨氣似乎不是來自食物，而是來自沒人能理解它的話。

凱爾聽了好幾分鐘的味道評論，終於忍不住點了點頭，準備打斷這冗長的獨白。

古代可沒這種好滋味，那些自稱侍奉神的闇黑森林的傢伙們，給我的東西總是難以下嚥。

然而，當靈魂開始提及古代的故事時，凱爾決定耐心地聽下去。

當然，我最終還是被逐出了那裡，因為他們說我貪吃。真是有夠可笑，當時我是和伙伴們一起離開的，我們原本打算導正這個世界。

對於需要古代之力的凱爾來說，這些古代故事是他應該聽取的重要訊息。

然而，古代故事很快就結束了，靈魂又開始談論起麵包和肥胖之間的關聯，凱爾決定打斷它。

即使會變胖，我也無法放棄這種美味。當初因為吃土而死，真的太冤枉了！

「好喔，真是精彩又專業的美食評論，雖然有點吵——」凱爾的話才說到一半，對方便興高采烈地打斷他。

你居然能理解我的評論，你真是個好傢伙啊！謝謝你！

雖然感覺像是在對話……但又有些雞同鴨講。

凱爾感覺自己有些摸不著頭腦。不過，好在對方在道謝後就安靜了下來。

他看向眼前的樹。

「真是罕見。」

原本漆黑的吃人樹，正在逐漸變成白色，並長出嫩綠的葉子。這景象在霧氣中顯得格外神祕。

嗡嗡嗡嗡——

不再是陰沉的氣息，而是沉重的震動聲傳來。凱爾單膝跪地，坐在樹根前。從樹洞中，洩露出耀眼的白光。

凱爾將手伸進那道光之中，並閉上了眼睛。

就是這個。

一股溫暖而堅實的力量包裹住他的手，凱爾的嘴角露出了一絲微笑。就在那一刻，最後的聲音響起了，清澈且溫暖。

我會守護你的。

嗡嗡嗡嗡──

隨著一道耀眼的光芒瞬間籠罩住凱爾，銀色光芒滲入了他的身體，最終匯聚於他的心臟。

「呼……」

他深吸一口氣後，睜開了眼睛。身上並沒有感到疼痛，相反，那股溫暖而清澈的力量讓他感到非常愉快。

凱爾立刻撩起了他穿著的上衣。

成功了。

心臟的位置上，浮現了一個小巧的銀色盾牌。它並不像刺青，更像是用顏料精心繪製的美而華麗的盾牌，也成為了凱爾胸口的一個標記。

這個盾牌將優先保護它主人的生命，而它所守護的誓言之地，正是心臟。這個盾牌將伴隨凱爾，直到他心跳停止的那一刻。

「還不錯耶。」

凱爾能感受到那股包裹著心臟的力量。這感覺並不突兀，反而像是堅實地守護著他的心臟，讓它更有力地跳動。

古代之力各有特性，並會留下獨特的印記。凱爾按照《英雄的誕生》書中所述，開始運用這股古代的力量。

嗡嗡嗡──

「不破之盾」出現在凱爾面前。

這面銀色的透明盾牌足以覆蓋凱爾的上半身。盾牌的兩側裝飾著銀色的羽翼，這對羽翼使得盾牌看起來更加威嚴與神祕。

這面盾牌可以在一定距離內移動，也可以調整大小。

他感受著這股力量，發現它已經如同他身體的一部分般熟悉。古代之力的優勢在於它能迅速與使用者契合，這也是為何英雄們即便只是當作輔助，也會使用這些力量。

凱爾嘴角露出一絲微笑。

至少能擋下兩次。

他以身邊最強的崔漢為基準來估算，當崔漢使用他的劍術時，這面盾牌至少能擋住前中期的兩次攻擊。

以輔助能力來說，這面盾牌的防禦力遠遠超出我的預期。

「不破之盾」雖然名字如此，但事實上它是會破碎的。只是它不會徹底消失。

當遭受超過一定強度的攻擊時，盾牌會破裂，但會留下最低限度保護心臟的屏障。隨著時間推移，盾牌的力量會恢復，而這一切的原理源於心臟的活力。

跳動的心臟，就是這面盾牌的力量來源。盾牌與心臟相互依存，彼此增強。

那麼，如果這顆心臟變得更強，會發生什麼事呢？

肯定會變得更堅固。

有許多方法可以增強古代之力，凱爾打算在前往首都的路上，再一次強化這面盾牌。這樣即便是崔漢這樣的強者要殺他，也至少能撐上十分鐘，不，至少也能撐五分鐘。

古代之力，像「吃人的樹」這樣的力量，除非是「偶然發現」否則很難獲得。而能知曉這些「偶然」的，可能整個《英雄的誕生》前五集中，最了解的就是他了。

凱爾的嘴角微微上揚，伸手觸摸那面盾牌，感受著它的質感。這感覺很好，但有一點讓他有些不滿。

「看起來……太過神聖了吧？」

這面盾牌完全展現出力量後，確實讓人聯想到神話中那些神聖騎士與劍一起持有的聖盾。然而，這面盾牌的前任主人，那位神女，早已對「神」感到厭倦，而現任主人凱爾則是單純對神沒有好感。

不過，我應該也不會有太多機會用到它吧？

畢竟，打架的事應該都是別人來做的。在首都發生恐怖襲擊時，如果真的遇到危險，他也只打算將這面盾牌縮小到最微弱、最不起眼的狀態來使用。

凱爾將盾牌的力量重新收回到心臟處，隨後隨意地拍了拍那已經變成白色的樹幹，然後轉身離開了那裡。

霧氣中，細細的雨滴開始落下，輕輕地濕潤了凱爾的肩膀。

走在霧中雖然感覺不錯，但凱爾並不喜歡下雨，所以他加快了步伐，打算盡快回到伯爵府。

就在他覺得需要一輛馬車時。

喵喵——喵喵——

凱爾突然感到脖子後面一陣寒意。在伯爵府近在咫尺的街角，他看見兩雙金色的圓眼睛正盯著他。

凱爾的臉瞬間皺了起來。

那是一對被雨淋濕，顯得非常可憐的小貓。這兩隻小貓咪發出微弱的叫聲，一步步地靠近凱爾。

小貓們慢慢靠近，然後一隻接一隻地用臉蹭著凱爾的腿。

「唉。」

凱爾嘆了口氣，繼續往前走。

兩隻小貓緊緊跟隨著他，小小的身軀居然能夠用那短短的腿保持步伐，絲毫不落後。

「少爺，這是什麼？」

迎接凱爾回到伯爵府的是副管家漢斯。他瞪大了眼睛，臉上露出一副愚蠢的表情，顯然是被眼前景象震驚到了。

凱爾不耐煩地咂了咂嘴，將雙手中的東西遞了過去。

「廢話少說，接著。」漢斯的眼神顫動了一下。

「如、如此惹人憐愛的小貓咪……」

副管家果然很適合這個角色。凱爾手中吊著的兩隻小貓咪乖乖地被遞到漢斯懷裡，漢斯一邊感到驚訝，一邊小心翼翼地接過了牠們。即使被抱在漢斯的懷裡，兩隻小貓依然緊盯著凱爾。

「少爺，我可以照顧這兩隻可愛的小貓咪嗎？」

「你開心就好。」

漢斯聽了，高興得嘴角抽動，露出笑容。凱爾看著這一幕，隨意地補充了一句，然後繞過那兩隻小貓繼續前行。

「對了，順便說一下，只要給牠們東西吃就會安靜下來了。然後這兩隻是一對姐弟。」

兩隻小貓聽到這話，身子微微顫抖了一下，圓滾滾的金色眼睛驚訝地瞪大了，轉向了凱爾。

「什麼？」漢斯愣愣地重複了一遍。

這時，凱爾走近牠們，低下頭，輕輕撫摸了兩隻小貓的頭。他原本只是懷疑，現在他幾乎可以確定了。

當那隻銀色小貓靠近時，凱爾隱隱聞到了自己之前給牠們的藥草味道，這讓他更加確信了自己的猜測。

當他抓起這兩隻小貓時，牠們身上還飄著今天早上給牠們吃的牛排和培根奶油義大利麵的淡淡氣味。

凱爾回顧著這幾天發生的事，終於得出了結論。

「你們以為我不知道嗎？」

兩隻小貓的金色眼睛開始不安地左右晃動。凱爾看著這對小貓，嘴角揚起了一絲微笑。

凱爾的手輕輕拍了拍牠們，儘管這動作有些粗糙，兩隻小貓仍靜了下來。

此刻，凱爾腦海中浮現了他第一次見到崔漢時，在城牆下的那一幕。當時那隻銀色的小貓受了傷，低聲咆哮，而紅色的小貓則在牠旁邊發出低吟。

那銀色小貓應該就是那位灰髮姐姐，而紅色小貓就是她弟弟了吧？

凱爾嘴角浮現燦爛的微笑，他看著那兩隻小貓說道：「之後再聊吧。」

被凱爾推測為獸人族中貓族的這對姐弟，聽到他說的話後，目光閃躲。

此時，漢斯滿臉困惑地問道：「您是在……跟我說話嗎？」

「不是。」

漢斯更加困惑地看著凱爾和那兩隻小貓，但還是小心地抱緊了牠們，像是想保護牠們免受凱爾的威脅。然而，他很快又得再次向凱爾靠近。

「您又要外出嗎？」

「嗯。」

因為凱爾已經換上了外套，顯然是準備再次出門。

「您要去哪裡呢？」

「我要去履行一個約定，而且還要去見一些人。」

「少爺……您說您要履行約定嗎？」

看到漢斯再次露出震驚的神色，凱爾朝他道：「你怎麼越來越口無遮攔了？」

「我很抱歉。」

副管家立刻以迅雷不及掩耳的速度道歉。

這傢伙真的是下任管家候選人之中，最能幹的一位嗎？

想到他處理崔漢事情的方式，凱爾確實覺得漢斯有點能力，但看到他一邊撫摸小貓一邊傻笑的模樣時，又不禁感到有些懷疑。

也要把這傢伙帶去首都啊。

漢斯完全不知道凱爾心裡的想法，如果他知道了，可能在夢裡也會感到不安。

凱爾接著問起了一直沒看到的人：「羅恩在哪？」

聽到這個問題，漢斯的臉上露出了滿意的微笑。

「聽說到中途為止，崔漢先生的路線與少爺相同，所以在那之前他會作為您其中一位護衛同行？」

漢斯回想起今天在伯爵府內與騎士團成員進行對練並勝利的崔漢。他的實力超出了大家的預期，因此才會按照凱爾的請求成為護衛之一。

當然，無論是漢斯還是騎士團的成員，都不知道崔漢只是顯露了冰山一角，真正的實力仍隱藏著。

「羅恩先生聽說崔漢先生也會同行後，便和他一起去購買衣物和旅行用品。對了，比克羅斯主廚也一同前往了。」

「這樣啊，太好了。」

看來大家相處得很融洽。凱爾臉上難得露出了燦爛的笑容，與他那鮮豔的紅髮相得益彰。漢斯看著這副模樣，滿懷欣慰地開口說道。

「看來羅恩先生、崔漢先生，還有比克羅斯對於能陪同少爺出行，都感到很興奮呢。」

然而，當漢斯說出這句話時，他注意到凱爾的臉色忽然變得不太好，像是突然沒了胃口似的表情。這讓漢斯也感到有些不安和尷尬。

帶著這種微妙的心情，兩人走出了主樓的大門。

凱爾坐上馬車，隨口對送行的漢斯問道：「對了，話說回來，漢斯。副管家不是都要學習基本的護身術嗎？」

「當然要學了。」

「你可是最有機會當上下任管家的候選人，不是嗎？」

聽到這話，漢斯的嘴角不由得微微上揚。德勒特伯爵對漢斯頗為器重，因為他能好好完成吩咐的工作，也很有人情味。

「沒錯，體術、匕首術和長槍術的基本技巧我都會。」

為了應對家族可能面臨的危險局面，讓家族成員有機會逃脫，優秀的管家必須掌握幾種基本的武術。

「很厲害耶。」

「還好啦，就一點。」

漢斯得意地聳了聳肩，嘴角抽動著，卻沒注意到凱爾臉上那抹意味深長的笑容。相反，那兩隻小貓看著漢斯和露出陰險笑容的凱爾時，只能無奈地搖了搖頭。

「我走了。」

凱爾心裡盤算著，決定在首都時把所有麻煩的雜事都交給漢斯處理，然後關上了馬車的門。馬車緩緩啟動，穿過細細的雨絲，逐漸駛入越來越大的雨勢中，朝著目的地進發。

與詩集共舞的茶香

凱爾瞥了一眼目的地的招牌，然後推開了門。隨著清脆的鈴聲響起，店內的寧靜氛圍迎接了他。

「因為外面下雨，所以沒什麼客人嗎？」

「您來啦，少爺。」

比勞斯，普林商會的庶子，以熟稔的態度迎接著凱爾。凱爾站在櫃檯前，與對方對視。

「我說過會再來光顧，自然要遵守承諾。」

「沒錯，當然要遵守了。要替您準備上次看的書和茶嗎？」

「嗯，給我三杯茶。」

「您想要哪種茶呢？」

凱爾點了三種茶，並約定了上茶的時間，然後毫不猶豫地轉身向三樓走去。

嘩啦啦啦——

外面的雨聲更大了。嘖，凱爾咂了咂嘴，坐回上次在三樓靠窗的位置，目光投向窗外的景色。

「雨越來越大了呢。」

比勞斯在凱爾的對面坐下，並遞上了一杯茶。

凱爾靜靜地觀察著他。

崔漢、比克羅斯、羅恩，最後還有比勞斯。

這些名字從第一集開始直到書中的未來都會不斷出現。當然在第一集中，比勞斯只是作為崔漢短暫停留的茶館老闆，僅僅出現了幾句話。而到了第三集，他才真正現身，向崔漢宣誓效忠，同時也顯露了他的野心。

「顯露」這個詞很重要。

他本來就是個野心勃勃的傢伙。

他與洪吉童[3]不同，並不會為了不能稱呼父親或兄長而感到悲傷，反而是一路奮力爭奪屬於自己的東西。

凱爾心想，終有一天比勞斯會讓別人不得不承認他，會讓人被介紹為兒子，讓人無法不稱他為兄弟。

他過得還真累啊。

在凱爾看來，比勞斯過得很辛苦，但他並不討厭這樣的人。相反，他覺得這樣充滿野心的模樣很有人味。

與其擁有能力卻離塵所居，像個仙人般說「呵呵，我已經目空一切了，畢竟沒有其他辦法了嘛」，還不如大大方方坦承自己的野心，並運用能力享受一切。

無論如何，在第一集的時間線裡，他必須讓這個人與崔漢至少有一次交集，甚至可以只是匆匆一瞥。

正在沉思中的凱爾聽到了比勞斯的聲音。

「少爺，聽說您要去首都。」

「你打算一直坐在這裡嗎？還不走？」

面對凱爾明顯不耐煩的態度，比勞斯露出了一絲笑意。真是位有趣的少爺啊，表面看似放蕩不羈，卻總能語出驚人，點出重點。

「我也預計前往首都，看來能跟上少爺的腳步呢。」

「所以呢？」

對此，凱爾早已心知肚明。為了在第三集中與崔漢順利交集，比勞斯理應很快就會前往首都。

3 洪吉童為屬於賤民的妓生所生之庶子，亦屬賤民階級，因此無法名正言順地叫父親或兄長。

突然間，比勞斯朝無表情地望向窗外品茶的凱爾丟出了一句話。

「少爺，您似乎有點變了呢。」

凱爾回頭望去，看到比勞斯的嘴角又浮現出一抹笑意。凱爾微微頷首，示意他繼續說下去。

「看來您不再適合過去那個稱呼了。」

「什麼稱呼？你說混混嗎？」

比勞斯清楚地看到凱爾的嘴角微微揚起，確實不是他記憶中所知的那個混混少爺了，那個混混從不會露出這樣的表情——一種隱隱帶著苦澀的笑容。

我是不是應該喝點酒再來……順便砸壞一把椅子？

比勞斯並不清楚凱爾心中閃過的這個念頭。

「對，沒錯。少爺您原本的確是個混混，不是嗎？」

凱爾看著這個居然敢這麼跟伯爵家長子說話的比勞斯，心裡不禁琢磨起來——難道這傢伙喝了酒嗎？

但是凱爾並不想與即將掌握巨大商團的比勞斯發生衝突。而比勞斯此刻是認真的，他毫無笑意地問出了那個問題。

「少爺您原本的確是個混混，不是嗎？」

對凱爾來說，這個問題並不難回答，比起在缺錢時思考如何籌錢簡單多了。

「比勞斯。」

凱爾面帶微笑，對著並未露出笑容的比勞斯道：「你不能稱呼父親為父親，也不能叫兄長為兄長，對吧？」

比勞斯的眼神變得深沉起來，他凝視著這個毫不猶豫戳中自己痛處的貴族少爺，正如自己也直擊了對方的痛處。

凱爾暫時沉默著，與比勞斯對視，似乎在進行一場無聲的交鋒。

嘩啦啦——

雨聲變得越發猛烈，凱爾打破了雨聲笑著問道：「你打算一直當庶子嗎？你真的滿足於那個位置？」

比勞斯感覺到凱爾的目光變得犀利。

「不是這樣子的吧。」

凱爾往後靠在椅背上，彷彿陷入了回憶般，若有所思地開口：「我當混混也差不多快十年了，畢竟是從八歲開始的。」

哇，凱爾這傢伙居然八歲就開始當混混了。接著十五歲開始喝酒，真是個了不起的傢伙。凱爾回想起曾在小說中讀到的過去，臉上浮現出一抹微笑。

但在比勞斯眼中，那抹笑容卻顯得有些無奈。

就在那時，兩人的耳邊響起了一陣輕微的聲響，穿透了雨聲傳來。吱嘎、吱嘎——那是有人正走上樓梯的聲響。

凱爾越過比勞斯的肩膀，望向三樓入口處。他看到某人黑色的髮絲，是崔漢。隨後，羅恩也出現了。凱爾今早透過侍從將崔漢約來這間茶館。

凱爾將視線從那兩人身上移開，準備結束與比勞斯的對話。此時，崔漢和羅恩剛走上樓，並注視著凱爾。

「比勞斯。」

比勞斯那不帶笑意的臉上，顯得異常冷峻。

「一件事都做十年了，也差不多可以停下了吧。」

反觀凱爾，他的眼神越發生氣蓬勃，充滿了活力。

「總不能一直當混混吧？」

當然，凱爾即使不再是混混，也會享受著花錢、追求安逸的生活，作為一個富裕的領主之子過著平穩的日子。

儘管比勞斯與凱爾的生活方向不同，但無論如何，兩人都不會再按照之前的方式生活。

「你不也是如此嗎？」

聞言，比勞斯的嘴角慢慢揚起，隨後低下頭，肩膀輕輕顫動，發出無聲的笑聲。

接著他抬起頭來注視著凱爾。

「我是真的厭倦了。」比勞斯笑著回應道。

「你看，我就說吧。」

凱爾聳了聳肩，並用食指示意站在三樓入口處發呆的崔漢和羅恩過來。

比勞斯從座位上起身，開口說道：「少爺。」

「嗯。」

「我們在首都再見吧。」

凱爾輕皺眉頭，要是在首都相遇，他可是會很困擾的。

「沒什麼好見的。」

他隨手揮了揮，示意比勞斯趕快離開。

比勞斯便在恭敬地行禮後離開了。下樓時，比勞斯和崔漢、羅恩短暫對視了一下，但雙方都選擇無視對方。

成功了。

凱爾對這一幕感到滿意，崔漢和比勞斯按照書中的情節，僅僅擦肩而過。心情愉悅的凱爾對著對面的兩人微笑。

「羅恩，我就知道你也會一起來。我聽漢斯說，比克羅斯也一起去了吧？那他人呢？是一回來就馬上回廚房了嗎？畢竟那傢伙對廚房的工作總是很負責。」

「少爺，您跟這裡的主人很熟嗎？」

聽到羅恩突然的提問，凱爾不禁聳了聳肩。

「沒有啊。」

「這樣啊……」

雖然凱爾一副若無其事的樣子，他卻清楚羅恩應該聽見他說的那句「總不能一直當混混了。」

對於羅恩話中有話卻又不明講的問法，凱爾感到有些不滿，接著便對上了崔漢的目光。

「傳聞果然不可信。」

這傢伙又在說什麼？凱爾決定直接當作沒聽到這句話。此時，比勞斯端著凱爾點的兩杯茶過來了。

「是要給這兩位嗎？」

「嗯。」

凱爾的嘴角揚起一抹弧度。

「我先點好的。」

凱爾親自端起茶杯，逐一將茶放在兩人面前。崔漢面前的茶是凱爾隨意從菜單上點的，而羅恩的茶則是——

「因為你每天都會端給我喝，我猜你應該喜歡，所以特地點了這杯。」

他將溫熱的檸檬茶遞給羅恩，看著對方微妙的表情，凱爾感覺自己本日最暢快的一刻已經來臨。

然而，就在這一瞬間，他的後頸不自覺地感到一陣寒意，因為羅恩毫無異議地一口飲下了那杯檸檬茶。

喀。

為什麼將茶杯放在茶托上的聲音聽起來這麼大？幸好，這似乎不只是凱爾的錯覺而已。安靜品茶的崔漢微微皺起了眉頭，「您要喝茶，就不能喝得稍微小聲一點嗎？」

羅恩看到崔漢偷偷瞥了凱爾一眼後，隨即對自己說話的語氣變得更為恭敬，忍不住暗自發笑。今天他為崔漢找到一把用起來很順手的劍，這是負責製作比克羅斯菜刀的鐵匠鋪所打造的劍。

「我們來比一場吧。」

「你拿菜刀怎麼打得過動真格的人？」

兒子比克羅斯不斷纏著拿著劍的崔漢與自己進行對練，因為在上次短暫的交鋒中，他對崔漢的實力有了些許了解，並想進一步探究。然而，崔漢卻拒絕了他的要求。

「哼，真是個可笑的傢伙。怎麼？難道我也得像你一樣，拿著染血的劍來才行嗎？」

崔漢閉上了眼，當他再次睜開時，彷彿下定決心般回覆了兒子。

「我……我現在要成為一個守護者。有人告訴我，我也可以做到。」

「你到底在說什麼鬼話。」

羅恩看著兒子和崔漢之間的可愛鬥嘴，隨後跟著崔漢來到凱爾身邊。結果，卻意外聽見如此寶貴的話語。

「總不能一直當混混吧？」

比起檸檬茶，羅恩反而細細咀嚼著那句話。看著這一幕，崔漢心中感到有些不滿。而凱爾則是滿意地觀察著他們的互動。

《英雄的誕生》中的羅恩和崔漢正是這樣的關係——雖然劍拔弩張，但總是一起行動的同伴。儘管因為契約而緊密相連，他們依然尊重彼此的界線。

凱爾原本以為，為了不挨揍而做出的行動會讓故事發展偏離許多，但基本上，人與人之間的關係似乎還是按原本的軌跡進行。

雖然有點偏離了計畫稍嫌可惜，但還是要以我的人生為優先，我的人生可不能按照書中劇情過活。只要讓自己和掌控範圍內的人都過得舒適，那便足夠了吧？

「果然還是甜茶最好喝了。」

聽到凱爾心情愉快地說出這句話，羅恩稍微停頓了一下。

三人悠閒的茶會，結束在一場傾盆暴雨中。

「我們下次見面，應該就是在首都了吧？」

茶會結束後，從三樓下來的凱爾對比勞斯的問候搖了搖頭，「接下來的一段時間，我每天都會來光顧。」

「是嗎？您是要來看書嗎？」

「看我心情。」

「敝店隨時恭候您的到來。」比勞斯興味盎然地答道。

而從旁經過的凱爾，彷彿沒聽見他說話似地，逕自走了出去。這一幕則被羅恩靜靜地看入了眼底。

普林商會的庶子。雖是庶子，但天賦卓越，所以反被直系親屬排擠，因此才來到這個有錢但偏僻的海尼特斯領地。比勞斯甚至連「普林」這個姓氏都無法擁有。

一看到凱爾與貪婪的比勞斯顯得相當親近，羅恩先是觀察了一會，隨即便咂了咂嘴。無論這位小少爺是否與比勞斯親近，都與自己無關，何必操這麼多心呢？

「嘖，這股討厭的感覺到底是怎麼回事。」

「我可不想跟你產生什麼討厭的感覺。」

聽到一旁的崔漢這麼回答，顯然對方完全沒有察覺到自己的心思，這讓羅恩不由得嘆了口氣。

「我才不是在說你。」

羅恩的視線落在凱爾身上。

無論如何，羅恩覺得這次應該要去一趟首都了。自從崔漢帶著闇黑森林的惡臭回來那天起，他就有種不祥的預感。

當初他必須滯留在這個領地的原因，還有他從東大陸逃亡至此的理由，這一切的根源，羅恩覺得自己需要再仔細探查一次。

在那之前，作為最後的職責，幫助他們的小狗少爺平安抵達首都並順利離開，或許是最合適的選擇。

雖然他總是開玩笑說要留在凱爾身邊，看他害怕的模樣取樂，但從職業殺手嘴裡吐出的話，又怎麼可能會是真話呢？

得讓比克羅斯在旅途中準備我們小狗少爺喜歡的食物才行。

比起他的兒子比克羅斯，他花更多時間在照顧這個孩子。羅恩很清楚凱爾是多麼擅長做惹人厭的事，性格又有多麼惡劣。

但他也知道一些其他的事——

在母親去世時，還是個孩子的凱爾如何安慰了父親。儘管他憎恨繼母和她的家人，但即使喝醉了，凱爾也從未對他們亂發過脾氣。

「混混就是混混啊，嘖。」

十三年了，這段時間實在太長了，長得讓人覺得礙眼。

剛回到宅邸，一進入臥室，凱爾就看見兩隻小貓緊緊依偎在一起，用圓圓的眼睛仰望著他。

「對了，還有你們。」

他心想應該把喜歡小動物的崔漢叫過來。然而，崔漢已經回自己的房間去了，說是要強健自己的心靈，以便守護他人。

當凱爾開玩笑地問他要保護誰時，崔漢回答說要變得更強大才能告訴他，這讓凱爾不禁起了一身雞皮疙瘩。他實在不明白，這個已經很強的傢伙為什麼還要變得更強。

「少爺。」

當凱爾正盯著小貓看時，漢斯走了過來。

「少爺，您覺得如何？牠們是不是變得更可愛、更惹人憐愛，令人感動不已呢？您都不知道他們有多麼高傲啊，連摸都不給摸呢，哈哈！」

他蹲在小貓旁邊，滿臉自豪地仰望著凱爾。他臉上充滿感動的表情讓凱爾和羅恩都選擇視而不見。那表情與小貓的可愛無關。

「怎麼樣？是不是很可愛？」

這位最有可能成為下任管家的候選人，似乎非常喜歡貓咪。

「呃，嗯，對啊。」

確實，這兩隻不知從何而來，現在正坐在看起來很高貴的絲綢墊子上的小貓，看起來更加飽滿且健康了。能在這麼短的時間內打理好牠們，副管家到底施了什麼魔法？

然而，這兩隻小貓高傲地避開了漢斯的視線。畢竟，貓奴與貓的關係本來就是這樣嘛。

「少爺，那我先告退了。如果我們小貓大人還有什麼需要做的事，請隨時叫我。」

「快走吧。」

確認羅恩送走了不情願離開的漢斯後，凱爾避開了小貓們閃閃發亮的目光，走進了浴室。

小貓們的耳朵立刻垂了下來。

「哦？」

就在這時，送走漢斯後的羅恩走向了小貓們。此時臥室裡只剩下羅恩和兩隻小貓。

「原來是貓族的孩子啊。」

小貓的金色眼瞳中開始閃現出鋒利的光芒。然而，羅恩絲毫不在意這樣的目光，確認了浴室門已經關上後，便在小貓們面前坐下。

「太好了。」

羅恩的嘴角露出了一抹邪笑。

貓族是最敏感且最善於察覺周圍人的種族。雖然在東大陸貓族頗為有名，在西大陸卻鮮為人知。儘管如此，作為職業殺手的羅恩不可能不知道貓族的存在。

與其他狂暴化後會變得凶殘的獸人不同，貓族在狂暴化後會變得更加隱祕且凶狠，因此雖然不如狼族、虎族或獅族那般強大，依然是個令人生畏的種族。

看著這兩個貓族的孩子，羅恩突然有了個想法。雖然這念頭來得突然，而且他們還很年幼，但他心想——只要教一教就行了。

羅恩再次確認了凱爾進入的浴室門扉有沒有關好。

貓族非常重視人際關係，一旦信任了某人，就絕不會背叛。雖然他們警戒心很強，但對於關係的重視程度不亞於狼族。

而這樣的貓族孩子們卻主動找上了凱爾，也許應該為我們的小少爺準備一份告別禮物吧。

想到這裡，羅恩又靠近了貓族孩子一些，伸手試圖撫摸那隻體型稍大的銀色小貓的頭。

啪！銀色小貓毫不客氣地打掉了他的手，然後帶著紅色小貓走向角落。

「哦？」

羅恩的眼中流露出一絲興趣。這些貓族孩子似乎已經看透了自己。畢竟，要長命百歲，就必須能夠察覺像自己這樣與死亡為伴的人。

貓族以生命力頑強而聞名，夜晚的腳步聲比任何人都更為隱祕。不是常說，貓有九條命嗎？

羅恩的嘴角露出一抹微笑。

「一個是霧，一個是毒啊。」

銀色代表霧，紅色代表血或毒。羅恩看出了這兩個還未能完全隱藏氣息的孩子身上的潛力。以這樣的能力，或許還不足以成為一名殺手，但成為一個隱祕的影子，倒是相當合適的人才。

看著羅恩，銀色小貓猛地轉過頭去，而紅色小貓則輕蔑地哼了一聲。這對姐弟顯然無意成為散發著死亡氣息的殺手，也無意與這樣的人親近。

雖然這兩隻小貓似乎看透了羅恩的心思，對他投來嘲弄的目光，但很快地，他們又親密地依偎在一起，用水汪汪的眼睛仰望著剛從浴室出來的凱爾。

「把你們的眼神移開。」

聽到凱爾的命令，小貓們立刻乖乖低下雙眼。

「羅恩，去叫比克羅斯幫我準備點吃的。」

「是。」

羅恩離開後，凱爾坐在沙發上，注視著小貓們。他看著那兩隻遠遠地避開自己、低著頭發出微弱嗚聲的小貓，問道。

「你們是貓族，對吧？」

兩隻小貓依舊低著雙眼，同時點了點頭。

「你們打算跟著我嗎？」

聽到他的問話，這次兩隻小貓都沒有作出任何回答。取而代之的是，紅色小貓慢慢地靠近，用臉頰蹭了蹭凱爾的腿。銀色小貓也跟著走上前，悄悄地用前爪輕拍凱爾的腳。

凱爾早已考慮過這對姐弟的事，他點了點頭，決定了小貓們的去處。

「那麼，你們得支付飯錢了。」

小貓們立刻回答道：

「喵喵——」

「喵喵——！」

「給我說人話。」

銀色小貓，也就是姐弟中的姐姐氳，閃爍著金色眼睛道：「我想吃肉，我的肚子還好餓。」

紅色小貓，也就是弟弟紅，輕輕拍了拍凱爾的腿催促道：「我想要吃蛋糕。」

「我會給你們很多的」凱爾回答，「但你們知道吧——」

「飯錢！」

「飯錢！」

小貓們立刻響亮地回應。

就這樣，這對被霧之貓族遺棄的幼小繼承者姐弟悄然融入了海尼特斯伯爵家。

四天後，凱爾久違地參加了早晨的家庭用餐。

德勒特伯爵看到今天穿著比平時更為簡樸的兒子，微笑著說道：「你今天就要出發了啊。」

凱爾今天將離開領地，前往首都。

chapter 004

外出

「看來你不是很緊張嘛。」

對於父親德勒特伯爵的話，凱爾僅是以微微一笑作為回應。這幾天之內，凱爾的氣色明顯好轉許多，但這也是理所當然的——畢竟沒有挨揍嘛。

海尼特斯家族的領地直到昨天都在下雨，換句話說，若按照書中的劇情發展，凱爾應該會在下雨天被揍得灰頭土臉才對。然而，凱爾昨天並沒有挨打。

不管怎麼說，至少現在的他能安穩地睡個好覺了，因為他一直都能感受到「不破之盾」緊緊守護著他的心臟。未來即便得罪了羅恩或比克羅斯，他還能保住一次小命。想到此，凱爾的氣色頓時變得更加紅潤。

「父親。」

凱爾望著比以往更加豐盛的早餐菜色問道：「隨行的人手怎麼又變多了，我不是有請您減少人數嗎？」

他曾向父親提過，希望前往首都時能減少隨侍在側的僕役，並強調有漢斯和羅恩就夠了。漢斯原本還掛著一臉慘白的神色，但一聽到要和貓貓們一起去，立刻就打包好了行李。

「你說那件事啊……」

不知為何，德勒特沒繼續說下去。就在此時，另一道嗓音打斷了兩人的對話。

「那是我下令的。」

說話的人是伯爵夫人柏歐蘭。她一如既往地梳著一絲不亂的盤髮造型，目光落在了餐盤上。她和次子巴森的氣質極其相似，臉上都掛著那副冷漠的面容，也從未與凱爾對視過。

「帶那麼少的隨從外出，豈不是顯得我們家人手不足、不夠體面嗎？」

柏歐蘭的語氣平淡無波，沒有任何起伏。不過她卻抬眼望向凱爾，漫不經心地補充道：「我並不是說……你不夠體面的意思。」

「這點我明白。」

凱爾的回答讓柏歐蘭略微停頓了一下，隨即她便繼續用餐並開口道：「人們，尤其是貴族，更應該注重排場。」

凱爾靜靜地注視著柏歐蘭伯爵夫人。

她是出自貧困男爵家的長女，聽聞她兒時曾夢想要成為商團首領。當時，她開始經營鎖定貴族階層銷售奢侈品的事業，因此來到海尼特斯家族領地，接著才會迷上了雕刻這門藝術。之後，她遇到了德勒特伯爵，兩人墜入愛河。如今，她則是領地文化產業的中心人物。

在凱爾——也就是金綠秀的眼中，這位夫人對自己的人生感到非常自豪，並對她現在擁有的家庭感到驕傲。

即便她知道凱爾不發一語地注視著自己，依舊面無表情地繼續道：「那些不懂藝術的本質並非在於表面功夫的人渣——咳咳。」

由於她曾在商界工作過，所以用字遣詞略微粗魯了點。

「總之，有很多人認為排場便代表了一切。」

所以她才要求凱爾多帶一些隨從出行，為的就是避免他因隨從人數過少而受人低估或輕視。

凱爾當然也想帶更多人隨侍自己——那該有多舒服、多愜意啊。

如今，若沒有侍從在身旁服侍他換衣服，他就會感到不太方便了。雖然只有大約一週的時間，凱爾早就難以放棄那種舒適感。

而自己，未來也將面臨一隻瘋狂的黑龍。

萬一他無法事先釋放狂龍，等到牠發狂肆虐時，會導致許多人因此喪命吧？凱爾雖然不太在意別人的死活，但他也不願意親眼目睹有人在自己面前死去，更不想對因此受傷的人負起責任。

責任是一種沉重的負擔。從小就獨自承擔生活責任的金綠秀，深知與他人性命相關的責任是最為可怕沉重的。

正因如此，他開口說道：「藝術是內心的明鏡。」

柏歐蘭抬起原本落在餐盤上的視線，轉而望向凱爾。兩人久違地四目交接。

「你知道這句話啊……」

「是，我知道。」

前往首都的路程為期四天，凱爾為了確保旅程中所需的物品一應俱全，最近一直在領地內四處奔波。他對柏歐蘭說出在這期間曾看到的一句話。

「雕刻並非是雕出眼中所見之物，而是創造出蘊藏在心中的事物。」

這次，換成凱爾望著餐盤繼續用餐，柏歐蘭則注視著他。

「這是標示在展覽館門牌上的文字吧？」

那是領地內為新進雕刻家設立的展覽館，其門前的標語便是這句話，而這正是柏歐蘭親手刻寫的句子。

「就照妳的意思辦吧……我會減少隨從數量的。不過，馬車和其餘一應物品都會用最高級的，我們海尼特斯家的人就該如此。」

「好的，請挑選最昂貴的吧。」

「嗯，我會準備一輛即使駛過石子路，屁股也不會感到疼痛的馬車給你。」

「那真是再好不過了。」

由於凱爾注意力全都在餐盤上，因此並沒有注意到柏歐蘭嘴角閃過一抹淡淡的笑意。

在一旁目睹到這一幕的德勒特伯爵輕咳一聲，掩飾住不禁上揚的嘴角，對問凱爾道：「你有看過這次與會的貴族子弟的資料了嗎？」

德勒特利用領主城的情報部門和情報公會，收集了主要貴族的簡略性格資料並交給了凱爾。

「有，我覺得滿有趣的。」

這些資料應該是花了大錢、費了不少力氣才取得的吧。雖然每個人都只有不到三行的簡略資訊，但有關貴族的情報一向稀少而昂貴。

「有心胸狹隘的人、愚蠢的人、聰明又可怕的人、沉浸在權力中無法自拔的人，真的各式各樣的人都有。」

當然，其中也有像傻瓜一樣善良的人、頑強固執的人，甚至還有放蕩不羈的混混。

「你讀了我給你的資料啊。咳，無論如何，你可以隨心所欲地行事。但是凱爾……」

「是。」

「最近有些奇怪的傳聞。」

凱爾的肩頭微微一顫，動作非常細微。

「聽說那棵吃人的樹外觀有所改變，由原先的黑色樹木變成了白色，還長出清新翠綠的樹葉。而且原先寸草不生的周圍，現在也開始長出草了。」

在這四天之中，貧民窟的山頂產生了極大變化。原先那裡只矗立著一棵黑色的樹，但經由凱爾釋放其中怨氣後，樹木變得潔白而翠綠，不僅充滿了神祕感，甚至還顯得相當神聖。

「這傳聞還真有趣，對吧？」

「是啊，確實是個有趣的傳聞呢。」

凱爾還不打算公開古代之力的事，因此選擇裝作毫不知情。

領主德勒特不可能不知道自己的兒子曾去過貧民窟，但他應該不清楚古代之力的存在。不過，他很有可能會將凱爾和那棵樹聯想到一塊，猜測發生了什麼事。

「沒錯，這只是個無關緊要的傳聞罷了。但無論在做任何事情時，還是得留意這些傳聞，再也沒有比人的雙眼和嘴巴更可怕的東西了。不過若是在自家領地內，家族的人倒是不必擔心。」

「我會銘記在心的。」

凱爾不禁心想，如果自己真的一直待在這片領地內生活，似乎能過得非常輕鬆。要是能早點從首都回來，接著便悠閒地享受餘生，那該有多好。

為即將啟程前往首都的凱爾所準備的早餐結束了。伯爵夫婦由於公務繁忙而無法到場送行，當凱爾收到兩人的道別後，他與不知所措地站在一旁的弟弟妹妹對上了眼。

「怎麼了？」

對於凱爾隨口一問，次子巴森只是輕輕點了點頭，而妹妹莉莉則是猶豫不決地走了上前。她今年七歲，與凱爾整整差了十一歲，是家中的么女。

「那個、哥哥，祝你一路順風。」

「嗯，妳也保重。」

莉莉的肩膀肉眼可見地抖了一下，隨後便朝凱爾點點頭。

「是！」

接著，她默默地注視著凱爾。

面對她的目光，凱爾隨口問道：「要不要我買什麼禮物回來送妳？」

「真的嗎？」

果然是想要禮物嘛。看著莉莉臉上浮現出既驚訝、又好奇，還有些欣喜若狂的表情，凱爾點了點頭。

「嗯，說吧。」

「劍。」

「什麼……？」

「請幫我買一把劍回來。」

年僅七歲的孩子想要一把劍？當凱爾露出了困惑的神色時，巴森解釋道：「兄長，最近莉莉的夢想是成為劍士。」

「是嗎？」

凱爾認真地打量了一下莉莉。的確，海尼特斯家族的人四肢修長，身體的平衡感也非常好。莉莉雖然才七歲，但已經比同齡孩子還要高一些。只要她肯努力，完全可以成為一名合格的劍士。

「嗯，劍士也滿適合妳的。」

莉莉的眼中閃過一絲光芒。

「我會買貴的劍給妳的。」

莉莉沒有回答，只是靦腆地低下了頭，嘴角卻露出了一抹微笑。凱爾並沒有注意到這一點，而是朝目不轉睛盯著自己不放的十五歲弟弟問道。

「也要替你買什麼禮物嗎？」

「鋼筆。」

「我知道了。」

直到確定完禮物清單後，早餐時間才算是正式結束。

當凱爾走出本館，來到準備前往首都的馬車前時，他的表情顯得有些微妙。

「真是奇怪。」

他帶著微妙的表情朝身旁的人問道：「為什麼那些傢伙的座位比我的還高級？」

凱爾望著那個放在自己座位旁邊、既昂貴又柔軟的靠墊，以及趴在靠墊上迎接他的兩隻貓。

「少爺，小貓咪們在旅程中也該有舒適自在的待遇吧？牠們可是如此幼小又脆弱的孩子。」

漢斯一邊將特別為貓咪們製作的肉乾放進馬車內，一邊如此說道。此話不僅讓凱爾露出無奈的神色，連一旁的羅恩也難得面露不滿。

他肯定是沒看過那兩隻貓製造迷霧、施放毒素的場景，才會說出這種話。

三天前，凱爾曾把貓族的氳和紅帶到無人的花園角落，問他們道：「你們到底會什麼？」

聽到這個問題，貓形態的氳製造出了迷霧，紅則輕輕灑出了自己的血液，將毒素散布在空氣中。當然，氳知道該如何調節毒霧，以免凱爾受到傷害。而且紅告訴他，目前散布的毒素僅僅只是使人麻痺。

「你們還滿厲害的嘛。」

聽到凱爾的稱讚，氳和紅滿臉自豪。

「多虧了毒霧，我們才能夠逃走！」

「我們可是很厲害的！」

從那時起，氳和紅每天都能享用到美食。當然，漢斯對此也相當樂意。

「少爺，我會和馬夫一起坐在馬車前座。」

「嗯。」

羅恩爬上了馬夫的座位，而凱爾也準備搭上自己的馬車。但就在此時，崔漢走了過來。

「凱爾大人。」

崔漢不喜歡「公子」或「少爺」這些尊稱，而是堅持稱凱爾為「凱爾大人」。

「怎麼了？」

「我不需要在同一輛馬車上護衛您嗎？」

凱爾瞬間變臉，神色就像吃了苦澀的柿子般難看。

「沒這個必要……」

有必要做到這種程度嗎？凱爾的表情已經回答了一切。

對此，崔漢也不再多言，只是微微頷首。看到他這個反應，凱爾的眼神變得古怪起來。

還真奇怪。

至今為止的崔漢眼神顯然還不夠清澈，心中似乎仍充斥著熊熊怒火，以及對復仇的渴望。昨天，當凱爾告訴崔漢自己已派人從領主城前往哈里斯村時，崔漢的眼神流露出明顯的憎恨。

然而，他似乎變得有些不同了。現在他周身並沒有散發出「這個世界不希望我獲得幸福！竟然殺光了我最珍視的人！」的絕望感，令凱爾感到相當奇怪。

他情緒是不是平復得有點快？

崔漢現在的模樣，讓凱爾聯想到他在書中初期與比克羅斯、蘿絲琳、拉克一起旅行時的情景，雖然心中懷著一把復仇之劍，外表卻顯得相當冷靜。這樣也不壞，但總讓人感到一絲微妙的不安。

「你的座位好像不在這裡吧。」

此時，領地騎士團的副團長走了過來，瞪著崔漢道。堪稱是此次旅程領隊的副團長，把崔漢從頭到腳打量了一番，隨後露出不屑的笑容。

凱爾看著副團長如此表現，不禁咂了咂嘴。

果然，我們領地裡怎麼可能沒有這種傢伙。

崔漢一直隱藏著自己的劍術實力，只展現出普通人的水準。然而問題在於，他是凱爾第一次帶回伯爵家的客人，領主德勒特甚至還將他視為重要的客人對待。

再加上這次崔漢被指派為凱爾的護衛，似乎有些人開始對他感到不滿和戒備。儘管因為他是凱爾的客人，他們不敢明目張膽地欺負他，背地裡搞小動作的手段卻是層出不窮。

「少爺，感覺崔漢先生似乎與這次擔任護衛的騎士團成員們相處得不太融洽。」

「是嗎？」

「是的，看起來應該是副團長從中作梗。」

「我知道了。漢斯，這件事你不用管。」

回想起漢斯先前的報告，凱爾用憐憫的目光望向副團長，而不是崔漢。

副團長遲早會發現「啊，原來我不僅沒有看人的眼光，甚至是有眼不識泰山的程度！」反正只要不要搞到被痛揍一頓，就算三生有幸了。

凱爾並不打算介入他們之間的矛盾，反正只要副團長見識到崔漢全部的實力後，他肯定嚇得再也無法安心入眠。

「少爺，我們要出發了嗎？」

當副團長問話時，凱爾便關上馬車門回答道：「嗯，出發吧。」

十五名士兵、五名騎士、一名特別護衛，再加上其他隨行人員，這支由凱爾為首的平凡小隊朝首都出發了。當然，就如同所有奇幻世界的設定，旅途中並不會一帆風順。

在海尼特斯家族的領地內，沒人敢去招惹凱爾的馬車。雖然馬車上沒有懸掛家族旗幟，不過卻刻有海尼特斯家族的象徵——黃金烏龜，此標誌象徵著海尼特斯家族崇尚財富與長壽的追求。

然而，一出了領地，凱爾便感受到與領地內截然不同的現實。

「果然會遇到這種事啊。」

在這緊湊的行程中，當他們翻越山脈時，突然有數十個人從山谷裡冒出來。

「如果想越過這座山，就給我交出過路費！」

「把你們的東西通通交出來！要是從你們身上搜出什麼，每發現一個銅幣，我就賞你們一個耳光！」

沒錯，就是一群山賊。

愚蠢的山賊無處不在，不過這群笨山賊卻高達數十人，著實令人吃驚。他們大概仗著人多勢眾，才敢向這輛有五名騎士護衛的馬車下手。

一旁貓族的氳正打著哈欠，看起來似乎有點困倦，凱爾則朝他問道。

「他們沒看到我馬車上的家徽嗎？」

「好像沒看到。」

「一群白痴新手。」

聽到紅的發言，凱爾點了點頭。不過區區山賊，他不怕也是理所當然的。

叩叩。駕駛座那邊的小窗傳來敲擊聲，接著窗戶被微微打開，隨後露出了羅恩的臉。

「少爺，看來我們得稍微休息一下了，這裡的兔子有點多呢。」

兔子……凱爾的眼角微微抽動了一下。

而羅恩似乎想到了什麼，隨即露出慈祥的笑容補充道：「啊，此兔子非彼兔子，跟我要為您抓的不一樣。當然，要去抓那些兔子的人也不是我，而是由其他人處理。」

顯然保護自己的人，比山賊可怕多了……凱爾聽著從馬車外傳來的山賊們的慘叫聲和逃竄聲，默默計算著時間。

大約一天半嗎……

再過一天半左右，他們就會抵達那隻狂龍的飼養地附近了，比書中預定的進度還快了一些。在凱爾刻意不休息、全速趕路的努力之下，終於得到了回報。

為了迎來不久後的回報，凱爾選擇在外紮營。因為在抵達狂龍飼養地附近的村莊前，也找不到任何可以被稱作村莊的地方。

「喵嗚——」

紅跟隨凱爾一同下了馬車，這隻紅毛的貓族小孩顯得非常興奮，牠不斷嗅著空氣，搖晃著尾巴，露營地上飄散的美味香氣刺激著紅的嗅覺。

凱爾心想，看來回報就是一頓美味的晚餐了。歷經一整天的奔波，用一頓熱騰騰的晚餐為先前的辛勞畫上句點，堪稱完美。

然而，今晚的主菜卻是兔肉湯。

「該死。」

這並非羅恩幹的好事，凱爾轉頭望向那位抓來好幾隻兔子的罪魁禍首——崔漢，他正愉快地享用著熱湯。

「喵嗚——」

啪、啪。貓族的氳和紅輕輕抓著凱爾的腿，似乎在說如果他不想吃，可以給牠們吃。

此時，帶著微笑的漢斯，小心翼翼地靠了過來。

「貓貓大人們要不要吃我準備的肉乾呢？這可是沒有添加任何鹽和調味料的健康食品哦。」

氳和紅理所當然地無視了他的話。不知道他們真實身分是貓族的副管家漢斯，還對他們高傲的模樣讚嘆不已，在一旁逗弄著他們。

不同於才剛經歷初次戰鬥的緊張氣氛，現場氛圍相當輕鬆和平，只是騎士之間卻顯得有點微妙。他們時不時瞥向坐在凱爾身旁喝湯的崔漢，而副團長看起來則是滿臉愁容。

「嘖。」

凱爾咂了咂嘴。

今天他們一行人不得不與數十名山賊交手，其中表現最為出色的人當然非崔漢莫屬。他並沒有殺死那些山賊，卻以驚人的速度砍傷或斬斷了他們的四肢。

「少爺，戰鬥結束了。」

由於戰鬥太快就結束了，副團長神情驚訝地向凱爾報告。

這些山賊是從附近領地勢力爭鬥中被趕出來的人。他們之所以敢貿然上前，是因為他們的人數是凱爾一行騎士和士兵的三倍之多。

偏偏他們第一個遇到的就是崔漢所在的馬車……

此時，崔漢走到副團長身旁，對凱爾補充道：「這是一場輕鬆的戰鬥，毫不費力。」

凱爾看到副團長的瞳孔微微顫動，隨後也看到了崔漢朝對方露出的一抹淡淡微笑。他果然不是那種只會任人宰割的傢伙，畢竟有膽揍伯爵家兒子的人肯定不好惹，絕不是像個傻子般逆來順受的老好人。

「您沒胃口嗎？」羅恩一帶著和藹的微笑走來。

凱爾一臉不悅地來回看著羅恩和兔肉湯，心中更加確信這個老頭就是喜歡捉弄自己。

「嗯，沒有。」

聽到凱爾的回覆，崔漢瞬間對此有所反應。

「您胃不舒服嗎？」

「呃，倒也不是那樣。」

如果你抓來的不是這些兔子，我大概還吃得下……凱爾看向崔漢，隨意揮了揮手，示意他不用在意。

崔漢卻用認真的眼神凝視著凱爾。

「幹嘛一直盯著我？」

「這是您第一次……遭遇戰鬥嗎？」

看著崔漢的神色變得嚴肅，凱爾僅是無所謂地答道：「什麼戰鬥？你是說今天的山賊事件嗎？」

「是的。」

「當然是第一次啊，我從未見過這麼多山賊。」

「原來如此。」崔漢點了點頭，似乎在自言自語般補充道，「應該是……第一次經歷生死瞬間吧。」

唉……周圍傳來了一陣士兵的嘆息。

唉！凱爾也不禁嘆了口氣，似乎對此感到荒謬至極。

什麼第一次經歷生死瞬間，拜你這傢伙所賜，我這段時間已經夠活得心驚膽跳了！

而且何止如此，無論是看到崔漢抓來兔子時，羅恩露出的笑容，還是比克羅斯磨著菜刀的模樣，一切都讓凱爾感到忐忑不安。他回想起從領地出發至今，那些令人心驚膽顫的時刻。

真的徹底沒胃口了。

凱爾瞬間食欲全消，隨著鏘啷一聲，原本握在手中的湯匙無力地掉落在湯盤裡。正因如此，他並沒有注意到士兵們理解的眼神，也沒有察覺崔漢似乎陷入了回憶之中。

「凱爾大人。」

他。

「幹嘛？」

回想起自己不僅沒被崔漢痛揍一頓，甚至還獲得了不破之盾的力量，凱爾的心情因此平復不少。正當他覺得自己終於可以不用那麼提心吊膽，沉浸在這種滿足感中時，崔漢再次叫住了他。

這傢伙怎麼老是找他說話？

「第一次總是最難熬的。」

「你在說什麼？」

即便凱爾語氣冷淡地反問，但崔漢只是淡淡一笑，隨即露出真摯的眼神，神色嚴肅地問道：「凱爾大人，您真的不打算練武嗎？」

「不需要。」

「您應該要擁有能自保的能力吧？」崔漢的真摯中透露出一絲擔憂。

凱爾不禁納悶他怎麼突然轉性了，但還是隨口答道：「我已經有很多了啊。」

凱爾將目光從崔漢身上移開，環顧了一下四周。隊伍中有十五名比自己高強的士兵，還有五名無論到哪都不會遜色的騎士。即便隨從不多，但羅恩、比克羅斯以及貓族的氳和紅，甚至是副管家漢斯的戰鬥力都遠勝於自己。

凱爾與注視著自己的同伴們逐一對視，最後看向崔漢道：「你沒看到這群在保護我的傢伙們嗎？」

一般富裕伯爵家少爺的護衛隊，大概也就這個規格吧？凱爾不自覺地揚起了嘴角，反正這些人會盡全力保護自己，沒必要擔心太多。當然，羅恩和比克羅斯的心思可能有點難說，但他們至少不會任由別人殺死他。

而且這些還不是全部。

凱爾看著一言不發望著自己的崔漢，決定再稍微坦率一點。他輕輕敲了敲自己的胸口答道：「我相信我的心臟，我會活下去的。」

沒錯，牢牢護住心臟的不破之盾肯定會保護自己——前提是要避開像崔漢這樣的傢伙。

看著凱爾的崔漢眼神略顯動搖。

就在此時……

「喵——」

「喵唔——」

「嗯？怎麼了？」

氳和紅走了過來，兩隻貓用前爪輕輕踏著凱爾的腿。雖然貓咪的踏踏動作力氣很大，讓他不禁皺起了眉頭，但這對貓族姐弟似乎渾然未覺，放著一旁的食物不管，開始在凱爾身上蹭來蹭去。

啪，崔漢放下空湯碗，猛地從座位上起身。

「我得去進行劍術訓練了。」

「剛吃完飯就練劍？」

「我需要變得更強。」

真是可怕的傢伙……他是打算變得更強，將來直接炸飛這顆星球嗎？凱爾被崔漢的決心嚇得別過了頭，不再看他。

就在此時，比克羅斯走到凱爾身旁，遞上了一個盛滿菜色的新餐盤。

「請盡情享用。」

「哦，謝啦！」

凱爾看著專屬餐桌上擺著裝有頂級香料和上等牛排的餐盤，露出了笑容。

「檸檬水這種帶酸的飲品最適合開胃了。」

自從上次在茶館之後，這是羅恩第一次遞上檸檬水。但目前凱爾完全被眼前的牛排所吸引，既然有美味的牛排在前，檸檬水的事就隨他去吧。

「如果大家都吃完了，那麼稍後馬上進行晚間訓練。」

聽到副團長洪亮的嗓音，凱爾心想：看來副團長因為崔漢受到了不少刺激啊。

看著鬥志高昂的騎士和士兵們，凱爾不僅吃完了牛排，甚至連兔肉湯也喝得津津有味。雖然最初有點抗拒，但實際吃下去才發現兔肉湯也滿好吃的。

不過他還是毫不猶豫地拒絕了貓咪們遞來的肉乾，那種完全沒加調味料的東西，就算是送的他也不吃。

三天。

凱爾進入村莊時，默默在心中盤算著時間。

三天後，狂龍就會引發瑪那暴走事件了。

這是緊鄰海尼特斯伯爵家領地的子爵家領地。特別的地方是，幾年前在這個村莊右側的山腳下，出現了一座子爵家的別墅。

雖然這座別墅表面上是子爵家所有，實際上卻是屬於製造出狂龍的史丹侯爵家，這個領地的子爵根本只是侯爵家的狗罷了。

而我們的黑龍就被關在別墅後山的洞穴裡。

黑龍將會引發瑪那暴走，並把關牠的洞穴和整座山一併炸毀。凱爾看著自己剛翻越的山丘右側、被稱作後山的那個方向，輕輕咂了咂嘴。

史丹侯爵家的次子——巴尼翁，浮現在他的腦海裡。這個瘋狂的神經病把自己的哥哥弄成殘廢，因而爬上了繼承人之位。這個神經病偶爾會來到那座別墅，把折磨黑龍當作消遣娛樂。

「嘖。」

漢斯聽到凱爾咂嘴聲不禁一驚，他立刻帶著崔漢走來並開口道：「少爺，我和崔漢先生會盡快去打聽旅館的情況，還請您在這稍待片刻。」

此時，馬車暫時停在了村莊入口處。

「去吧。」

「我會盡快回來的。」

凱爾一邊點頭回應漢斯的話，一邊觀察著崔漢，對方的眼神流露出一絲懷舊的情感。崔漢之所以要與瑪那暴走的黑龍戰鬥，正是因為他無法捨棄這個小而寧靜的村莊。

這個村莊，與讓崔漢體會到愛與復仇，並讓他領悟一切的哈里斯村有著相似之處。正因如此，崔漢才會出手拯救與自己素不相識的村民們。

凱爾皺著眉頭，朝崔漢喊了一聲。

「崔漢。」

「是。怎麼了？」

「快去快回吧。」

崔漢輕輕發出了一聲驚呼。儘管他經歷了數十年的生活，此刻的他仍然是個十七歲的少年，他的嘴角浮現出一抹純真的笑容，隨後點了點頭。

「是，我出發了。」

凱爾隨意地揮了揮手，顯得有些不耐煩，但崔漢仍然恭敬地頷首致意，隨即與漢斯一起快步走進村莊之中。凱爾看著他充滿幹勁的樣子，與之前恍惚的模樣相比來得順眼多了，不過就在他默默注視著的同時，眉頭突然皺了起來。

遠處，一輛馬車正以極快的速度朝這邊駛來。

怎麼突然有股不祥的預感？

霎時間，凱爾感覺就像有人用滿是汗水的手遞給他一顆毒蘋果似的，讓他極度不適。很快地，他便明白了這股感覺來自何處。

「該死——」凱爾嘆了口氣。

一位老人沒能躲開那輛疾馳而來的馬車，被撞倒在地。崔漢隨即朝那位老人飛奔而去，馬車卻絲毫沒有要停下的跡象。

這劇情也太老套了！

那輛馬車上飄揚著一面繪有紅蛇的旗幟——那是史丹侯爵家的象徵，凱爾的眼角微微抽動著。

完蛋，要出事了——砰！

崔漢奮力一躍，救下了那位老人，但他無法控制住自身速度，撞上一旁建築物的牆壁，發出巨大聲響。此時，迎面而來的史丹侯爵家黑色馬車終於停了下來。

「唉。」

凱爾嘆了口氣，打開了馬車的門。看來他必須得去那個老套的意外現場看看了。

「少爺，您要親自過去嗎？」

凱爾一踏出馬車，羅恩便湊上前來，而他只是漫不經心地回應道：「當然啊，不然還有誰能過去？」

羅恩與副團長對視了一眼後，相當有默契地跟上了直奔現場的凱爾，並將他保護在中間。但對凱爾而言，其實不是那麼必要。

接著，一位男子緩緩從馬車上下來，此人正是巴尼翁·史丹。

當凱爾看到他的那一瞬間，便深深皺起了眉頭。他記得父親對巴尼翁．史丹的性格只有一句話來形容——典型的權威貴族。而凱爾，又或者說是金綠秀，在閱讀《英雄的誕生》一書時，對他的評價則是——典型的反派。

然而，在現實中面對這種典型的惡人，卻比在書中棘手得多。凱爾沒辦法像崔漢那樣，只因為對方做了壞事或是讓他看不順眼，就毫無顧忌地出手教訓人。

當凱爾趕到現場時，事件已經進展到一定程度了。不過短短幾分鐘的時間，崔漢已經氣到肩膀微微顫抖了。

「你們豈能這樣擋住尊貴之人的去路？」

「剛才你們差點害人受傷，怎麼還說得出這種話？擋路的到底是誰？不就是你們如此危險地駕駛馬車，才會導致這場意外發生嗎？」

「看到尊貴的馬車應該主動避讓才對，那個愚蠢的平民真是愚昧至極！」

巴尼翁的手下正與崔漢激烈地爭辯當中，站在崔漢身旁的漢斯則面露難色地走向凱爾，並在他耳邊低聲道：「崔漢先生好像有點激動。」

漢斯似乎已經認出這輛馬車的來歷，以及其主人是來自侯爵家的人。而此時，那位憤怒不已的隨從的主人——巴尼翁，也藉由海尼特斯伯爵家的馬車家徽，認出了凱爾的身分。

正因如此，那位高貴的貴族才會從馬車上下來。

「夠了。」

擁有一頭華麗金髮的男子——巴尼翁，溫柔地對自己的手下說道。直到這時，手下才退到巴尼翁身後，彷彿剛才從未發怒過。

唯獨崔漢仍安撫著驚魂未定的老人，並氣得直喘粗氣。

「嘖。」凱爾再次咂了咂嘴。

其實，那位手下根本就不是真的在生氣。儘管距離有點遠，但他應該和漢斯一樣，早就看到了馬車上的黃金龜家徽。因此，他才會故意對究責的崔漢發這麼大的脾氣。

漢斯早已看穿了這一點，才會滿臉為難地等著凱爾到來。

凱爾上前按住崔漢的肩膀，阻止他繼續怒瞪巴尼翁和他的手下。

「你也別說了。」

「但是——」

凱爾明白崔漢為何如此憤怒。此處與哈里斯村非常相似，而哈里斯村可說是崔漢的第二個故鄉。這些人卻在此處讓一條生命身陷險境，如此毫不在意也不打算道歉的態度，也難怪崔漢會這麼憤怒。

然而，那位老人身為真正的受害者，卻無法表達自身憤怒，因為他不像崔漢那樣擁有強大的武力。

「明明有其他條路可以走，他們卻故意不避開，害得別人差點受傷，這怎麼能算了——」

「崔漢。」凱爾用力按住崔漢的肩膀，低聲說道，「你冷靜一點。」

凱爾靜靜注視著崔漢的黑色雙眸，直到對方逐漸從憤怒而失控的情緒中冷靜下來。更準確地說，是從哈里斯村的記憶中回過神。

確認崔漢的情緒穩定下來後，凱爾毫不猶豫地轉過身，直視著巴尼翁．史丹。

對方擁有一頭閃亮的金髮，嘴角掛著淡淡的微笑，身穿熨燙筆挺的整潔西裝，腳上則是毫無瑕疵的皮鞋。然而吸引凱爾目光的重點，是那抹沾染在對方潔白襯衫袖口處的血色。

那是他看著黑龍受刑時，濺到身上的血吧。

這個瘋子。

巴尼翁．史丹就是那種能一邊看著拷問官用鞭子把黑龍打得遍體鱗傷，一邊吃飯的人。

「很高興見到您，您是海尼特斯伯爵家的成員吧？」

「是的，很高興見到您，巴尼翁．史丹大人。」

果然，對方也認識他。也是，沒有點腦子的話，巴尼翁也不可能坐上繼承人的寶座。問題在於，這個人有點惹人嫌。

「嗯。」

有些人即便臉上掛著溫和的微笑，也會讓人覺得非常討厭，巴尼翁就是這種。

「雖然我很少出席附近領地的宴會，也聽過不少關於您的傳聞呢。據說伯爵家有一位較為自由奔放，舉止不太像貴族的成員。」

他臉上掛著彬彬有禮的笑容，眼神卻從上到下打量著凱爾。那道目光令人相當不愉快，但又不到讓人當場發脾氣的程度。

「聽說從前年開始，好像都是由巴森．海尼特斯大人代為出席宴會和東北部貴族子弟的聚會——」

凱爾並不擅長應付這種對話，他看著明知故問的巴尼翁，僅是露出了燦爛的笑容，禮貌地回應道。

「沒錯，那個混混就是我。」

當「混混」這個詞從凱爾嘴裡脫口而出時，巴尼翁的手下愣了一下。

「在混混之中，我可是出了名的頂級混混呢。」

巴尼翁的嘴角帶著一抹嘲弄般的怪異笑容，仿佛自己從未見過如此瘋狂的人。

凱爾卻毫不在意。

史丹侯爵家雖然是一個足以領導一大派系的強大家族，但一個尚未被正式認定為少家主的小輩，是不可能隨心所欲地對尚無爵位的貴族子弟為所欲為的。

史丹侯爵也真是冷酷無情，通常在確立少家主之後，為了保護其地位與權威，會正式對外宣布。

然而，他卻沒這麼做。

畢竟除了他，侯爵總共有五個孩子。

巴尼翁底下還有兩個妹妹和一個弟弟，而侯爵樂於看他們相互競爭。正因為這種壓力，巴尼翁將黑龍的拷問過程當成了一種排解壓力的消遣，侯爵則把孩子們之間的競爭當作一場有趣的比賽。最終，成為殘廢的長子只能迎來淘汰出局的命運。

這個家族簡直瘋狂至極。相較之下，海尼特斯家族真是美好無比啊。

「您真是個有趣的人呢。」

巴尼翁巧妙地以一句話化解了尷尬。

一個不隸屬任何派系、頑強堅守在東北部邊緣的富裕伯爵家，誰會想與之交惡呢？相反地，大多數人可能更想與之交好。

但是，巴尼翁內心深處肯定不會喜歡凱爾。對於混混長子凱爾與聰慧至極的次子巴森之間的關係，他肯定早已了然於心。看到這一幕，難免會讓他想起自己的哥哥。即使如此，巴尼翁依然保持著貴族風範，提出了此次事件的解決方案。

「雖然因為一些意外的障礙耽擱了一點時間，能有緣與凱爾少爺結識，也算是好事一件。」

他口中「意外的障礙」指的就是那位老人。這表示巴尼翁對於被老人耽誤時間一事感到遺憾，同時也希望能以圓滿的方式了結這件事。

「此外，還請您務必教導手下，讓他們能清楚分辨出誰有資格在這片土地上奔馳，誰又必須乖乖停下。」

儘管尚未正式宣布巴尼翁的身分，但作為早已聲名在外的侯爵家少家主，他以柔和的語氣向伯爵家的混混提出了建議。但那副口吻彷彿在教導對方——即便同為侯爵之子，彼此之間的地位仍有所不同。

凱爾聽歸聽，他可不是那種會把胡言亂語放在心上的人。

語畢，巴尼翁將目光投向了在場最為不安的人身上。隨著撲通一聲，察覺到視線的老人頓時跪倒在地，並低下了頭。

「非、非常抱歉。」

老人深深地鞠躬道歉，他的頭幾乎快要碰到地面，指尖也顫抖不已。目睹這一切的崔漢，手也隨之顫抖。

各領地的居民行事作風，都會根據當地貴族的性格而有所不同。該領地的子爵家就如同史丹侯爵家的走狗，完全繼承了那種極為貴族化且權威性的做派。

巴尼翁的嘴角掛著一抹厚顏無恥的笑意，顯然相當滿意此情景。

凱爾默默地注視這一切，隨後開口叫喚：「巴尼翁大人。」他朝轉頭回望的巴尼翁詢問道，「請問結束了嗎？」

「是的，不過……」

凱爾蹲了下來，昂貴的衣襟觸碰到地面，他默默看著老人顫抖不已的手。

再這樣下去，會出事。

畢竟凱爾聽得一清二楚，一旁的崔漢深深吸了一口氣，顯然他正在壓抑心中的怒火。就在那瞬間，凱爾感受到一陣寒意襲上後頸。他相當確信，若放任事態繼續發展，那被揍得半死的人就不是自己，而是巴尼翁了。雖然巴尼翁會不會挨揍與他無關，但至少在崔漢還屬於自己陣營時，絕不能讓他在眾人面前毆打其他貴族。

凱爾將手搭在老人肩上，此舉讓巴尼翁微微抽動了一下眉毛，畢竟很少有貴族會主動觸碰平民的肩頭。

「老先生。」

老人驚恐萬分地抬起頭，並望向凱爾。

「怎，怎麼了？」

凱爾隨意地問道：「哪裡有酒館？」

「什麼？」

「我在問你這附近哪裡有賣好酒。你也聽到了吧，我是個混混，要是我一天沒喝酒，隔天起床就會渾身不對勁。為了明天早上的好心情，我得喝點酒才行。所以說——」

凱爾扶著老人直起了背。

看到這一幕，巴尼翁不禁對凱爾突然提起酒的話題默默嘆了口氣，並對此搖搖頭。

「替我帶路吧。」

凱爾直視著老人顫抖的雙眼，緊皺著眉頭說道：「你不打算起來嗎？」

老人表現得猶豫不決，不斷來回觀察凱爾和巴尼翁的神色。凱爾卻無視那道視線逕自站起身，接著將先前放在老人肩上的手，直接伸向了巴尼翁。

「很高興見到您，巴尼翁少爺。」凱爾主動做出了握手的邀請。

巴尼翁靜靜站在原地盯著凱爾，沒做出任何動作。就在此時，巴尼翁的侍從急忙走過來，低聲在他耳邊耳語。說是耳語，音量也足以讓在場所有人聽見了。

「少家主，目前已經耽誤許多時間了。」

「……貴族之間對話時，你不該隨意插嘴。」

巴尼翁面無表情地俯視著侍從，對方隨即彎腰致歉。隨後，巴尼翁露出一抹微笑，回握了凱爾的手。

「我之後還有要事，就先告辭了。」

隨後，他立刻鬆開了手，那是個極為短暫的握手。

凱爾像是喝醉了般，咧嘴笑道：「之後如果有機會在首都相見，我們再一起喝一杯吧。」

「雖然我們的口味可能不太一樣……但我很樂意。」

巴尼翁原先厚顏無恥的笑容，似乎變得黯淡了些。見狀，為了排解他黯淡的神色，凱爾決定用一句爽快俐落的話來作結。

「今天見到您讓我更加確信，能成為史丹侯爵家主之人非您莫屬，您真是既出色又優秀。」

聽到「家主」這個詞，巴尼翁眼裡閃過一絲異樣。正如凱爾所預料，巴尼翁再次露出滑頭的笑容，讚賞地對凱爾說道。

「凱爾少爺也是位風趣且率性而為的人呢。我們下次一定要再見。」

不了，我可一點都不想再見面。即便真的見到了，也會保持一定的距離。

凱爾隱藏著內心想法，輕輕點了點頭。

巴尼翁似乎真的很忙，他搭上馬車便隨即離開了。凱爾望著那離去的背影，拍了拍崔漢的肩膀。

「有一半的貴族都是那副德性。」

凱爾隨意的話讓崔漢的肩膀微微一顫，此時凱爾已經再次蹲在老人面前。

「老先生，你起得來嗎？是腿受傷了嗎？」

不同於漫不經心的語氣，凱爾仔細地檢查了老人身體的各個部位，發現沒有任何傷口之後，他又恢復了那副不耐煩的表情，默默地看著老人。

接著，他喚了一聲：「崔漢。」

崔漢並沒有回應，只是盯著蹲在地上的凱爾的後腦勺。

「你負責送這位老先生回去。」

「沒、沒關係，我帶各位去酒館……」

「不用了。喝什麼酒，哪還有心情喝啊。」

凱爾阻止了打算帶他們去酒館的老人，轉身抬頭看著默默站在一旁的崔漢。

「既然是你救了他，那你就好人做到底，負責將他安全送回家吧。」

崔漢的嘴唇微微張合了幾次，卻遲遲開不了口。就在此時，凱爾聽見老人說：「我們家就是賣酒的。」

「什麼？老先生，你家就在經營酒館？」

凱爾瞪大了雙眼，看起來真的有些驚訝。對此，老人尷尬地笑了笑，但臉上的表情明顯放鬆了許多，他接著說道：「是的，我們家是這個村子唯一的旅館，也兼營酒館和餐廳。」

「既然是唯一一間，那肯定是東西最好吃的地方了……漢斯！」

即使凱爾沒有多說什麼，漢斯早已走到起身的老人身邊來攙扶他，並詢問起旅館的事宜。隨著他的動作，周圍人群也變得忙碌起來。

羅恩走上前，伸手拍掉了沾在凱爾衣角上的泥土，接著他便跟隨副團長前往其他人所在的村莊入口。於是，現場就只剩凱爾和崔漢兩人。

「凱爾大人……」

「怎麼了？」

「您不生氣嗎？」

「為什麼要生氣？」

崔漢再次猶豫不決，沒辦法立刻接話。

凱爾聳了聳肩，開口對他說道：「你是指他瞧不起我的部分嗎？還是因為他對你提出了那種荒唐的建議？或是因為他差點殺死那位老人，卻還把他當作路障？」

凱爾的聲音平靜而淡然，絲毫沒有任何憤怒的情緒，反而顯得有些冷漠。接著，他繼續說道。

「還是你希望我對他說『前方明明就有人，為什麼還要駕著馬車硬闖？為什麼不避開？那個老人差點就受傷了，他們差點害死人，怎麼還能理直氣壯地說他是障礙物？』」

崔漢仔細觀察著遙望群山的凱爾，並靜靜地聆聽著他的話語。

「以及『為什麼是這位老先生要道歉？你才應該好好向他道歉。』之類的話。」

凱爾曾經也像崔漢一樣能說出這種話，並且也有同樣的想法，但一切早已不可同日而語。

「我不是會說出那種話的人，而且我也不想說。更何況對於這件事，我也不是很生氣。」

凱爾知道，正是崔漢的這種特質讓他顯得很有魅力，但自己並不想那樣出風頭。老人沒受傷，自己也沒有給伯爵家留下任何把柄，沒讓巴尼翁討到任何好處，終歸是好事一件。

「我剛才說的話、做的事，都是我從經驗中領悟到的生存之道。」

適當地與權力妥協，適度地接受不合理的事情，但同時在一定範圍內，隨心所欲地生活。

凱爾見崔漢用複雜的眼神看著自己，對他露出了一抹微笑。

「而且——」

除此之外，一旦被瞧不起或是遇上了什麼煩心事，他就一定會在未來某個時刻，以報復奉還回去。

「我想，那傢伙很快就會被趕出家門了。」

「什麼……」

崔漢不用問也知道，凱爾口中所說的那傢伙是誰。因此，他難得毫不掩飾驚訝的神情，直接看向凱爾。

凱爾的嘴角勾起一抹狡猾的笑容，正從遠處走來的兩隻小貓停下了腳步。凱爾看向先前早已注意到的，位於村莊右側的那座山，笑容變得更加深邃。

他在心裡默默地說出了沒對崔漢說出口的話——因為我打算偷走那傢伙的龍。

一旦龍被偷走，巴尼翁將面臨侯爵極大的怒火，他繼任成為家主的道路勢必也不會太順遂。當一個人理應停下腳步卻不懂得停止時，總有一天會經歷到被阻擋去路的挫折吧？凱爾相當樂意在巴尼翁的康莊大道放上一個巨大的障礙物。當然，此事要悄悄進行。

凱爾隨口對興致勃勃盯著自己的崔漢道：「如果好奇的話，你只要幫我一點小忙就行了。」

「雖然不知道是什麼事，但我很樂意幫忙。」

崔漢的嘴角也浮現了一抹笑意，那是與他的善良氣質不相符的頑皮笑容。兩隻小貓見狀，便帶著好奇的表情靠了過來。

凱爾看著本該在三天後化為烏有的山低聲呢喃著。今天不但他本人遭到無視，巴尼翁袖口上的血跡和那位跪地伏首的老人，都讓他耿耿於懷。

「做了之後絕對不會後悔的。」

這次似乎馬上就能報復回去了。

「我保證。」

「少爺，這裡是我們最好的房間了。」

「還算可以吧。」

老人將凱爾一行人帶回了自家旅館。這間旅館的外觀與村莊一樣樸素，但也許是因為偶爾會有前來海尼特斯領地的商隊在此停留，所以該有的設施都有。

「這還是第一次有貴族大人留宿，設備簡陋，還請您多多包涵。畢竟這裡是我們這種粗鄙之人居住的場所。」

凱爾默默地看著老人。雖然比起面對巴尼翁・史丹時，老人要來得輕鬆一些，但似乎還是對於讓貴族下榻感到忐忑不安。適度尊敬貴族是好事，過度畢恭畢敬反而讓人感到不自在。

這樣可就麻煩了。

凱爾輕輕拍了拍老人的肩膀，讓他別這麼緊張。

「老先生，你放輕鬆一點，我不喜歡過度貶低自己的話。這可是來往我們領地的客人們下榻的地方，怎麼可能會粗鄙簡陋呢？」

老人的瞳孔微微顫動，他舔了舔乾燥的嘴唇，猶豫了片刻終於開口說道：「少爺，海尼特斯家族領地內還有很多像您這麼好的人嗎？」

「你在胡說八道什麼。」

「什麼？」

「我是我們領地裡最有名的混混，基本上所有人的人品都比我好。」

「啊……」

老人口中發出了一聲驚嘆。而比凱爾搶先一步占據房間沙發的貓族姐弟——氳和紅，則一邊喵喵叫，一邊無奈地搖著頭，但似乎沒有人能理解這一切。

「快去忙你的事吧。」

在凱爾的逐客令下，老人深深地鞠躬致意後，便匆匆離開了房間。儘管凱爾要他放輕鬆點，但老人始終沒聽明白，這讓凱爾感到厭煩，最後乾脆選擇無視。

叩叩叩。

老人才剛離去，門又再次被敲響。

「進來。」

門打開後，副管家漢斯手裡捧著一個小箱子走了進來。

「少爺，您只需要這件行李對吧？」

「嗯，給我吧。」

副管家漢斯將箱子遞給凱爾，臉上流露出一絲好奇。這是唯一一件凱爾親自帶著的行李，若只是普通的箱子，漢斯可能會以為裡面裝的是酒或是食物，但這可是一個帶有魔法鎖的高級魔法箱。箱上還刻有一個標誌，證明此箱來自普林商會——與海尼特斯伯爵家關係密不可分的三大商會之一。

凱爾看著緊盯著箱子的漢斯隨口說道：「管家不應該將自己的情緒表現在臉上，特別是好奇心。」

「對於自己侍奉的主人，展現一切情感才是管家的正確態度之一。」

「真是個有趣的傢伙。」

「我就是這種人嘛。」

若沒有那兩隻貓，漢斯本來是不想去首都的，現在卻變得格外厚臉皮。凱爾本來就覺得相較於其他管家候選人，漢斯顯得更加隨意、更有人情味。

隨著漢斯越來越自在地對待自己，凱爾像往常一樣對他說道：「出去吧。」

「是。」

漢斯一如往常地立刻出去了。不過，他在關門時簡短地詢問了接下來的行程：「我們要在此處休息三天嗎？」

「對，全權交由你處理。」

「是。」

漢斯爽快地回應一聲，之後便把門關上。目前，除了負責隊伍安全的副團長事務之外，其餘所有事情皆由漢斯一手包辦。不過他看起來毫不吃力，處理起來也得心應手。

「看來他的確是一位能力還不錯的管家。」氳走近說了句話。

聞言，凱爾點了點頭。

接著紅也湊過來說：「感覺他不怕你耶。」

凱爾同意這句話。侍從羅恩自不必說，除了他之外，漢斯是最不畏懼凱爾的人。雖然有一點怕，但不會表現得太不自在，是個膽子很大的傢伙。

凱爾覺得靠過來的貓咪有些煩人，便隨手把牠們撥開，並打開了箱子。要開啟這個帶有魔法鎖的箱子相當簡單，凱爾的指紋就是唯一的鑰匙，他將食指放在箱上的魔法圖紋中心。

嗖——喀嚓。

隨著一聲輕響，箱子自動打開了，裡面擺著凱爾在離開領地前的四天內所準備的物品。

「裡面到底是什麼東西？我好好奇。」

「好好奇。」

凱爾無視緊盯著自己的兩雙金色眼眸，隨便回應了幾句。

「用來拯救可憐的小傢伙，讓沒禮貌的傢伙吃癟，還有保護我自己不要受傷的東西。」

氳和紅用微妙的眼神抬頭看著凱爾，但他只是滿意地撫摸著箱內的物品。他回想起在領地時，與普林商會的庶子比勞斯交談的內容。

「大人，您打算把這些東西用在何處？」

「我沒必要向你解釋吧。」

「也是……不過如果您要全數購買這些物品，這可不是一筆小數目。」

「不能租借嗎？」

「大人的話當然沒問題。」

箱子裡的物品大多都是魔法道具，雖然早已料到價格不菲，沒想到用租的費用也高得驚人。為此，凱爾不得不花光他在領地內領到的所有零用錢。而且到了首都後，他還得去見比勞斯一面，以便歸還物品，真是有夠麻煩的。

即便他不想在首都和任何人扯上關係，也無可奈何。

「商團不會把這兩件物品出借給普通人，所以我用自己的名義借出。等您到了首都，一定要親自拿來還給我。」

「好。」

凱爾內心還是滿感謝比勞斯願意用自己的名義租借這些物品的，所以他打算在首都見面時，請比勞斯痛痛快快地喝一杯。

他從箱子裡拿起一樣物品，那是一顆圓形的黑色玻璃球，上面刻有各種符文。

紅將小爪子放在凱爾的膝上，並開口問道：「我好好奇，這是什麼？」

「這是瑪那軌跡混亂裝置，價值數億加隆。」

聞言，氳和紅倒抽了一口氣。

「光是租金就花了兩千萬加隆。」

紅悄悄地將放在凱爾膝上的前爪收回，和姐姐氳一起躲到了床的一角，盡可能遠離那顆黑色玻璃球。

凱爾回想起關於這顆黑色玻璃球的說明，比勞斯完美地找到了凱爾想要的物品。

「這個裝置會在一定範圍內干擾瑪那軌道，使相關的魔法裝置無法正常運作。而且它的耐久性非常高，即使發生足以摧毀一座山的爆炸，它也不會損壞。」

「那影像儲存裝置這類的東西，應該會立刻失靈吧？」

「當然。不過這個裝置需要提前二十七個小時安裝好，這樣才能確保不被魔法師發現，逐步將人造瑪那滲入瑪那軌道，並在關鍵時刻引發混亂。」
「持續時間是多久？」
「持續時間一共四十分鐘，很厲害吧？當然，如果現場有魔法師的話，他們在五到十分鐘內就能輕鬆將其穩定下來。這確實是件貴重物品，但在瑪那軌跡混亂裝置中，它的性能算是比較普通的。」
「我記住了。」
凱爾微微揚起了嘴角，這是他從比勞斯那邊借來最昂貴的物品，在接下來的旅途中，它將會派上許多用場。
「最重要的是，我喜歡它的耐久性。」
普林商會還真是個非常有用的地方呢。凱爾滿意地看著這顆比小孩拳頭還小的黑色玻璃球，並隨手朝蜷縮在角落的貓咪們扔去。
「嘿！」
「喵嗚！」
一隻貓倒抽了一口氣，另一隻則發出了貓叫聲，急忙躲避那顆黑色玻璃球。然而不久之後，牠們還是乖乖蹲在凱爾面前，眼前則是那顆黑色玻璃球。
「你們會看地圖吧？」
對於凱爾的提問，氳理所當然地用尾巴拍了拍地面。
「當然會啦，我們可是霧貓一族的繼承人呢。」
「沒錯，姐姐說得對。」
凱爾從箱子裡拿出另一件重要物品——一張地圖。這張地圖並沒有詳細標註地形，而是大多數來往於海尼特斯家族領地的商團所使用的地圖。

「我們目前在這個村子。」

凱爾的手指指向位於村莊右側的那座山。

「看到這座山了嗎？」

「看到了。」

「看得很清楚。」

比勞斯之前說過：「對了，還有這個的瑪那影響範圍和它的耐久度差不多。」

差不多可以覆蓋一座山。

「從村莊往這座山的東邊走，應該遠遠就能看到一座別墅，而別墅後面還有一個山洞。」

目前，停留在黑龍附近的人當中並沒有魔法師。龍作為最高等的魔法種族，一向受到魔塔的魔法師們尊敬，他們不願看到龍被虐待和飼養，認為這無異是對魔法的侮辱。

洞穴和別墅附近駐紮著史丹侯爵家信得過的騎士和士兵，以及專門替侯爵家處理骯髒事務的人。

「絕對不要靠近那附近，也千萬不能被發現。」

縱然在聽過貓族這兩隻孩子的境遇後，凱爾深信牠們能輕鬆完成這項任務，但還是出言提醒了幾句，千萬不要出自好奇而在附近徘徊遊蕩。

「那裡有個被虐待的小傢伙，我們要把牠救出來，所以要小心一點。」

「小傢伙？」

「嗯。紅，牠的年紀比你還小。」

「比我還小嗎？」

「對，牠才四歲。」

當然，如果解除瑪那控制器的話，那傢伙強大到可以輕易把氳和紅擊飛。

「我們要去救牠嗎？」

氳和紅的眼中閃爍著堅定的光芒，前爪不停輕踏著床上的被子。

「倒不是要去救牠，只是去做點事而已。你們只要維持貓的姿態，把這顆玻璃球偷偷埋在山上就行了。」

如果保持著貓咪的模樣，被發現的機率幾乎為零。凱爾將黑色玻璃球放進一個小袋子裡，然後像項鍊般掛在了氳的脖子上。

「要埋在哪裡？」

「隨便埋在山的某處。」

「真的隨便埋在哪裡都可以嗎？」

「嗯。」

姐弟倆互看了一眼，然後點了點頭。

「真簡單。」

「我們之前可是從貓族長輩們的監視下逃出來的說。」

凱爾也表示贊同。

「我知道，所以這件事對你們來說肯定輕而易舉。而且我是不可能把事情交給無能之人去辦的。」

兩隻小貓的金色眼眸注視著凱爾。這對姐弟從未獲得真正的學習機會，還差點因為無能而遭到族人殺害。牠們輕輕擺動著尾巴，鼻子不由得抽動了一下。

凱爾察覺到姐弟倆是以什麼心情在注視著自己，便果斷地說道：「等你們回來之後，想吃多少牛排都可以。」

雙貓立刻跳出窗戶，迅速且悄無聲息地朝山上前進。

果然如凱爾所料，姐弟倆完美地完成任務，並獨享了高達十層的牛排大餐。

隔天，凱爾喝著已經習以為常的檸檬水，問崔漢道：「你有見過龍嗎？」

chapter 005

看見龍

「……您是說龍嗎？」

「對。」

「我看過類似的東西。」

還類似呢。凱爾很清楚崔漢所謂的類似，究竟是什麼意思。

他所說的，肯定是居住在闇黑森林深處那群樣貌怪異的怪物。其中有蜥蜴與龍，也有介於這兩者之間的東西。

崔漢在完成黑無劍術的中半部，開始往後半部發展的同時，殺死了那與龍相似的怪物。

「你看過？所以是長怎樣？」

凱爾假裝不知情，繼續追問崔漢，現在只剩下他在凱爾房裡了。

「……簡直就是怪物。」

「哪方面讓你這樣想？」

「從外表來看，還有從凶殘的程度來看，都稱得上是怪物。」

「是喔？」

凱爾敷衍地點頭，同時也接著說下去。只是他所說的話，卻與行為有著些許差異。

「那你肯定沒看過龍。」

「什麼？」

「龍就跟人類一樣。」

啪。凱爾將手中那杯酸到底後漸漸能感覺到甜味的檸檬汁放在桌上，並開始回答一臉疑惑的崔漢。

「龍族、獸人族、矮人族、妖精族，全都跟人類一樣。牠們也有感情，也有屬於牠們的生活。」

這對凱爾來說並不重要，接下來才是他的重點。

「可是啊……」

似乎是注意到凱爾的語氣有所轉變，崔漢正襟危坐，視線也固定在凱爾身上。

「那樣的存在，自出生起便不知不覺地落入黑暗之中。他們不知道何謂陽光，只能仰賴著黑暗之中的光線而活。你能想像牠們過著怎麼樣的生活嗎？」

叩。凱爾的食指敲了下桌面。

「牠們會被迫變成沒有理性的存在。」

叩。他再度敲了敲桌面。

「沒有家人、沒有任何依靠，只能孤獨地苦撐著。」

叩。每當他的食指敲擊桌面，崔漢的眼神便會多一分陰沉。桌子底下，崔漢放在膝蓋上的那雙手握緊了拳頭，手背上爆出了青筋。

凱爾假裝不知情，繼續說了下去。

「牠們只能在人類日日夜夜的拷問與虐待下，以苟延殘喘的狀態勉強活著。」

崔漢的神情顯得相當僵硬，眼神裡充滿憤怒。

凱爾早知道他會有這樣的反應。這善良的傢伙，聽了這故事不可能不感到憤怒，而他似乎也察覺到自己為何要提起龍的事。

凱爾又喝了一口檸檬汁，隨後為這段話收尾。

「這附近，就有那樣的存在。」

兩人陷入一陣沉默。凱爾看了看窗外，又悄悄轉過頭來觀察崔漢，不知他究竟在想什麼，渾身殺氣騰騰。

這善良的傢伙，難道是為了龍被虐待的故事而憤怒嗎？

有別於凱爾的猜想，其實崔漢是在回想過去數十年，自己獨自在闇黑森林之中，好不容易才勉強存活下來的過往。

沉默的時間逐漸拉長，在那段沉默的尾聲，崔漢才迎上凱爾的目光。

「要把牠們救出來再馴服嗎？」

「你瘋了嗎？」

「什麼？」

凱爾想也沒想便反問崔漢，崔漢則以一個驚訝的表情回應凱爾那句「你瘋了嗎」。

「什麼馴服，哪可能？」

凱爾擺了擺手，意思是想都不用想。

在人類虐待下成長的龍，難道會說「哎呀，太感激了，今後就讓我好好跟隨大人」嗎？肯定對人類有滿滿的不信任與憎恨，即便對方拯救了自己。

一般來說，龍認為自己比人類或其他生命體都更加優秀。這是一種近乎本能的認知，不需要特別學習，牠們也都能感受得到。

因此龍無法在人類的養育下長大，要飼育、訓練龍幾乎是不可能的事，必須用拷問與虐待來擊垮龍族的理性。

據說龍天生個性便相當傲慢。最重要的是，若想飼養龍……

不知為何有個感覺，感覺自己要被捲入無謂的意外裡了。

綜觀東西大陸，龍的數量不超過二十隻。要馴服其中一隻？這無異於是宣告「我要成為全大陸的話題焦點」。

況且那還是本該死去的龍。

就一般的情況來說，讓牠像其他的龍一樣，去找個地方自在生活還比較好。

總之，凱爾對此可說是敬謝不敏。只要鬆開了裝有瑪那控制器的項圈，那些傢伙可是比他還要更懂得生活。龍打出生起便被稱為自然之王，絕不是浪得虛名。

「那不然呢？」

「不然什麼？這麼理所當然的事，有什麼好問的？」

見崔漢盯著自己，好像這問題沒什麼大不了一樣。

凱爾只能無力地笑著回答：「當然是放牠們自由，讓牠們活得自在啊。龍不就該用龍的方式生活嗎？」

「原來如此……」

崔漢藏在桌下的拳頭鬆了開來。

「那你要救那條龍嗎？」

「嗯，所以需要你幫忙。」

「沒問題，什麼事我都願意幫忙。」

見崔漢如此積極，凱爾緩緩搖了搖頭，心想事情可能會越鬧越大。

「還什麼都願意幫忙，不需要到這個地步。如果可以，我也不希望傷害任何人，只想盡可能安靜地完成這件事。」

「凱爾大人果真——」

崔漢兩眼水汪汪地正想開口說話，而凱爾看了看時鐘，便出聲打斷他，搶先說出自己要說的話。

「出去叫羅恩在一樓準備酒席。」

「不同——什麼？」

凱爾想先開個酒席再說。

下午，天還正亮的時分，眾人便喝了起來。

崔漢睜大了眼，呆愣地環顧四周。但除了他之外，所有人似乎都相當平靜。而造就這平和景色的人，便是坐在那拿起酒瓶就口喝的凱爾．海尼特斯。他臉上逐漸泛起紅暈，任誰都能一眼看出他醉了。

「他喝酒喝成這樣，真的不用阻止他嗎？」

崔漢問身旁的漢斯。副管家漢斯依舊沒有察覺苗頭不對，正在拿食物給化為貓形的氳與紅。同時，他也輕快地回答崔漢的問題。

「不用！他手裡沒有拿任何東西嘛，安全得很！少爺已經說過，他不會丟瓶子！」

崔漢說的是凱爾的身體問題，漢斯說的卻是他們這些旁觀者的安危問題。這有些牛頭不對馬嘴的對話，讓崔漢決定閉上嘴不理會漢斯。跟貓相處在一起的時候，最好還是別去招惹漢斯。

崔漢以護衛的身分上前查看凱爾的狀況。

「老闆，這裡的酒還真不錯，完全超出我的預期了。」

凱爾完全沒注意到崔漢的視線，只顧著發自內心感嘆美酒。酒席已經持續了兩個小時，儘管有些人為了以防萬一，堅持滴酒不沾，但大多數人還是相當沉浸在歡樂的氛圍中。

第一個小時大家都還很拘謹的說，嘖。

一開始凱爾說要舉辦酒席，把士兵們召集起來時，所有人都戴著頭盔前來集合。當下凱爾氣得半死，便宣告說今天不會扔酒瓶，緊張的氣氛才終於緩和了下來。

「這村子雖小，卻被群山所包圍，這是加了不少山上特有的水果和藥草去釀的特製酒，價格也比較昂貴一些。」

正如這位老店主所說，酒確實相當美味。凱爾一邊感嘆，一邊拿著酒瓶向店主訂貨。

「這量多嗎？」

「是的，算多。」

「那就分給我們這一群人吧。」

「少爺，您不需要這——」

雙頰泛紅的副團長揮手拒絕，眼睛卻一直盯著凱爾手中的酒瓶。士兵們也是一樣。凱爾可不是這麼遲鈍的人。

「就喝吧，這是我的心意，懂嗎？」

除了前去匯報山賊情況的幾名士兵外，大部分的人眼裡都閃著光芒，這是他們第一次看著凱爾手裡的酒瓶感到興奮。

旅館主人因為做了一大筆生意而興奮不已，凱爾眼神銳利地盯著他，讓他把酒和下酒菜分送到每一桌去。

凱爾．海尼特斯酒量非常好，雖然喝了酒容易臉紅，而且一喝酒就會做出一些荒唐事，所以大家都以為他不太會喝。其實他發酒瘋時，腦袋可是相當清醒。

因而，此刻凱爾的腦袋相當清醒。他繼續喝了大約三十分鐘，才對崔漢說：「崔漢，過來扶我，我要上去休息了。」

「少爺，讓我來吧。」

「不用了，副團長你今天就休息吧，其他人也是。昨天不是打了一場仗嗎？現在這裡也不太會有什麼危險的事。雖然對那些站崗的人很不好意思，剩下的人今天就好好休息吧。」

「少爺。」

「我累了，先走了。」

要是副團長或其他人跟上來，那可就傷腦筋了。

其他人在看到崔漢攙扶著凱爾時，也不再有任何動作。畢竟崔漢是在場唯一沒喝酒，也是武藝最高強的人。有這樣的人護衛著少爺，實在不需要擔心。

現在只剩一個人了。

還剩下一個關卡。雖然即使不特別支開，他們也能夠輕易避過那些守在旅館正門和外頭的人，但羅恩可不同。

雖然漢斯與羅恩都是那種只要下令別進房間，就絕不會進去的類型。兩人的不同之處，在於漢斯沒有能察覺他人動靜的實力，羅恩在這方面卻是高手，要掌握凱爾的動靜只是家常便飯。

雖然不管我做什麼，這老頭子應該都不是很在意。

其實凱爾清楚知道，不管自己是偷溜出去還是做什麼，羅恩都絲毫不關心，而他一直以來都是這樣。只是為了避免任何不必要的麻煩，凱爾還是必須先講清楚。

凱爾對和崔漢一起跟在後頭的羅恩說：「羅恩，我要出去晃晃。這是祕密，知道了嗎？」

這個老頭子明明很愛酒，今天卻滴酒未沾，反倒一直盯著自己，果真是個可怕的傢伙。更可怕的是，對方竟露出了慈愛的笑容。

「明白了，我會等您回來。」

「不要等我。」

等個屁。羅恩果然就如凱爾所預期，二話不說便放行了。於是凱爾在崔漢的攙扶之下進到房內。

「漢斯、羅恩，我要去休息了，除非是緊急狀況，不然別叫醒我。你們應該知道，在我睡覺時吵我會有什麼下場吧？」

過去曾經有個僕人代替羅恩去叫醒凱爾，結果一早就被罵了個狗血淋頭。雖然凱爾不動手打人，但經歷那起事件後，那個僕人便經常在府上提起這件事，好像凱爾辱罵他的言詞化作拳頭打在他身上一樣。

「當然知道，請您安心地睡吧。」

「少爺，我會一直守在房間外頭。」

羅恩的回答讓凱爾有些不滿意，但他只是盯著兩人看了一會，才悄悄對攙扶著自己的崔漢下指示。

「從窗戶進來我房間，不要發出任何聲音。」

崔漢二話不說地點了點頭，便跟著兩人離開房間，並順手關上門。

「喵嗚嗚嗚。」

「要開始了嗎？」

跟著凱爾上樓的氤與紅叫了一聲，凱爾隨即點點頭，打開了箱子。

喀噠，凱爾解開用魔法上鎖的裝置，從終於現形的箱子裡拿出一件衣服。換上那件衣服後，崔漢恰好從敞開的窗戶進到房內，一看到屋內情景後，他瞪大了眼。

「凱爾大人？」

凱爾戴上黑色面罩前，先將手裡的黑色衣服扔給了崔漢。

「你也換上。」

由於昨天植入的瑪那軌跡擾亂裝置，讓存在於山裡的魔法影像儲存裝置暫時停止運作。但這樣還不夠，為了完全掩人耳目，凱爾才會大白天就開始喝酒，甚至準備了這套衣服。

「這是什麼？」

衣服從頭到腳都是黑的，上衣胸口的位置畫了一顆白色星星，周圍另外印了五顆紅色的小星星。

「還會是什麼，當然是祕密組織的衣服啊。」

《英雄的誕生》當中，對經常與崔漢交鋒的祕密組織服裝，有著非常詳細的描述。以此描述為基礎，凱爾做出了這套衣服。以防萬一，他是先訂製了衣服，隨後再親手繡上星星的圖案，所以近看會覺得有些粗糙，遠看倒是有模有樣。

看見這套衣服的人，肯定不會察覺到粗糙之處，只會記得「黑色衣服上有一顆白色星星和五顆紅色星星」。有別於直接接觸過祕密團體的侯爵，巴尼翁向來都是只聞其聲，不見其人。希望他聽到手下目擊這套衣服的報告之後，能馬上猜到，並感到頭疼。

「……是要做壞事嗎？」

見凱爾沒有回應，崔漢再次提問。已經戴上黑色面罩的凱爾，與流氓沒有兩樣。

「對，要做壞事。」

凱爾彎起那唯一露出的雙眼，在面罩下揚起一個陰險的微笑。

「對巴尼翁來說。」

「啊。」

崔漢發出聲音表示明白，指著凱爾手上的另一個面罩。

「請給我吧。」

再怎麼善良的人，都肯定會有厭惡、想要羞辱的對象。況且是獨自一個人生活了數十年，如今終於接觸到這個世界，並從十七歲那一年走出來的崔漢。

「啊，還有，這兩隻是貓族的，屬於獸人族。」

凱爾一派輕鬆地向崔漢介紹氳與紅，而他們也只是互相問候，沒什麼太過驚訝的反應。貓族人非常善於察覺人類真實的面貌，他們隱約知道崔漢的實力到什麼程度。而一起旅行過之後的崔漢也很清楚，他們不是普通的貓。

「那傢伙是崔漢，她是氳，他是紅，介紹完了。大家趕快做準備。」

短暫的準備時間結束，凱爾從浴室裡走出，對著與自己一同身穿黑色衣服、頭戴黑色面罩的崔漢下令。

「走吧。」

站在二樓的窗戶旁，他又補了一句：「從二樓離開的時候背我一下，我不會護身倒法。」

這副身體，想必沒練過護身倒法。

崔漢第一次在凱爾面前嘆了口氣。氳與紅來到崔漢面前，用前腳拍了拍他，像是在說請多包涵。

這時凱爾對他們說：「趕快走吧。」

一行人順利地離開了旅館，往子爵家的別墅，也就是龍之飼育者所在的山裡前進。

氳與紅植入黑色玻璃球的地點，出乎凱爾的預料。

龍所在的洞窟，就在距離子爵家別墅三十公尺處。氳與紅將黑色玻璃球，埋在了距離洞窟五十公尺處，被樹木與草叢所覆蓋的地點。他們將玻璃球放得很近且相當隱密。

「你們滿厲害的嘛。」

「這很簡單。」

氳得意地說完，還吸了吸鼻子。

凱爾、崔漢、氳與紅蹲坐在黑色玻璃球，也就是瑪那軌跡擾亂裝置植入的地點，看著五十公尺外的洞窟入口，以及比那距離更遠的子爵家別墅。

「都還記得作戰計畫吧？」

凱爾在來的路上說明了作戰計畫，但其實也沒什麼具體內容。

「這個時間點，警戒人員總共是六人。」

凱爾想起《英雄的誕生》裡的內容，黑龍就如一般的龍那樣靈敏，牠並沒有虛度四年的光陰，而是掌握了許多情報，會選擇在兩天後的這個時間逃離，也是有原因的。

留在宅邸裡的約有三十人，而龍第一次來到這裡時，則有將近一百人的大規模人數常駐。只是四年過去，他們知道這裡不會受到任何外界的關注，人數便漸漸減少。

當然，三十人雖然算少，卻配置了三名副團長級的上級騎士，以及七名中級騎士。另外還有士兵、拷問官與打雜僕役，並不能等閒視之。若至今都是這程度的人數，可以說侯爵家也是費盡了苦心。

幸好有崔漢在這裡，那個能在十招以內將號稱壚韵王國最強劍士打倒在地的強者。

「簡單再說一次，洞窟入口有一個上級騎士、兩個中級、兩個士兵。裡面有一個上級，最裡面是一個拷問官。」

聽見拷問官幾個字，崔漢抖了一下，凱爾卻毫不在意。崔漢腦海中那些憐憫的想法，不是他要過問的事。重要的是，黑色玻璃球很快就要啟動，他們必須配合時間迅速行動。

「多虧了黑色玻璃球，從洞窟入口到子爵家別墅這一段路上，所有影像儲存裝置會在這四十分鐘內停止運作。還有警報裝置、魔法陷阱，也都不會啟動。」

要飼育最頂級的魔法種族——龍族，又不能找魔法師幫忙以免祕密外洩，史丹侯爵家只能靠大量的魔法物品來彌補這點。之所以僅配置少量的警衛人數，也是因為相信放置在各處的魔法物品。

所以想逃出生天的龍，就只能引發瑪那暴走。

不管做什麼都是以眼還眼，以錢還錢。

侯爵家花了這麼多錢買魔法物品，凱爾同樣也花了不少錢。他摸著掛在腰間的魔法大容量口袋，裡頭可是裝了各式各樣的魔法物品，以及許多派得上用場的東西。

「我只需要處理掉那些警備人員就好了嗎？」

當然，戰鬥全部交給崔漢。身邊就有個強大的傢伙，哪還需要自己下場戰鬥呢？凱爾連被紙割到都嫌疼了，要是主動站出去給刀砍，那肯定是痛得不得了。

「對，我只能把我的背後交給你來守護。」

當然是指在這裡的時候啦。

凱爾真摯地看著崔漢，崔漢點點頭，慎重其事地回答。

「我一定會達成任務。」

「很好。我說過了，只要讓他們看清楚我們的衣服，就可以把他們打暈了，外加注意不要暴露你的劍法。後面的還記得吧？」

崔漢獨特的劍氣顏色是帶著一點透明度的黑色，反正現在剛好是夜晚，只要小心使用，應該不至於曝光。對此他已經叮囑過好幾次，希望崔漢能聽懂。

「是，我都記得。」

「好，我相信你。」

凱爾拍了拍崔漢的肩，並把變聲器交給他。畢竟如果戰鬥到一半需要說話，那可就麻煩了。

「這東西很貴，別弄壞了。」

「是，請別擔心。」

凱爾見那兩隻貓搖著尾巴似乎盼望著什麼，他便答道：「等結束後再讓你們吃肉。」

但這似乎不是他們要的答案，只見兩隻貓用鼻孔噴了噴氣便把頭別開。凱爾姑且當作他們接受，便將注意力轉回到時間上。

剩下五分鐘。

黑夜已經降臨，凱爾想起他跟比勞斯的對話。

「受到瑪那軌跡擾亂裝置的影響，魔法裝置會有一瞬間無法運作。等到東西失效後，為了因應可能發生的爆炸，裝置應該會直接關閉。如果是最高級的裝置，則會發出故障警報。警報不是魔法，是類似時鐘鬧鈴的東西。」

「應該會很吵吧？」

「我不知道你要用在哪裡，但確實會讓敵人聽見。」

比勞斯笑了笑，輕快地說。

「如果是設了很多魔法裝置的地方，應該四處都會發出警報，敵人肯定忙不過來。」

忙不過來就夠了。

「做好準備。」

為了隱藏自己的毛色，兩隻貓全身沾滿了木炭，聽到指令後，便離開凱爾身旁躲進黑暗之中。他們今天不會在敵人面前現身，但凱爾知道，他們會依照作戰計畫跟在自己身邊。

崔漢將用來擦劍的手帕小心摺好，放進內袋裡。

在所有準備都完成時，凱爾站起了身。

嗡嗡嗡——

他所蹲坐的位置正下方的地面，開始微弱地震動起來，黑色玻璃球開始運作了。

滴答、滴答——凱爾錶上的指針，正逐漸往預定時間靠近。

滴答。

「走吧！」

聞言，崔漢依照作戰計畫快速衝了出去。黑暗之中，氤開始散布濃霧。那陣霧以凱爾為中心聚集，讓人無法看清他的模樣。

嗡咿咿咿——

與此同時，黑色玻璃球正式啟動，幾個地方的魔法裝置開始發出象徵故障的巨響。

「看來不是全都用最高級的裝置嘛。」

凱爾跟在崔漢身後，在濃霧的包圍下衝向洞窟。

現在要跟時間賽跑了。

洞窟前，崔漢已經跟騎士們打了起來。

真是可怕的傢伙。

崔漢走過的路上四處是暈過去的士兵，他們的手腳上都有深深的刀痕。

「是誰？竟敢擅闖此處！」

上級騎士高聲質問，一邊拿著劍靠過來，崔漢輕鬆地擋了下來。接著向前踩了一步，往騎士的側腰狠狠砍了下去。從刀傷處噴出大量的鮮血，崔漢絲毫不當一回事，只是用手肘往騎士的背敲了一下，讓對方暈了過去。

「媽的！這是怎麼回事？」

洞窟裡的一名上級騎士隨即出來查看。

「毒。」凱爾透過變聲器下指令。

很快，包圍著他的濃霧擴散開來。黑夜裡，紅開始隱密地在霧裡散布起麻痺毒。這樣就算昏過去的那些人醒來，也會有好一段時間動彈不得。

這時，凱爾與上級騎士視線交會，凱爾吐出了一句話。

「暗號。」

崔漢隨即來到凱爾面前，並直接朝洞口衝了過去，凱爾則跟在他身後。

「擋下他們！」

上級騎士一聲令下，兩名中級騎士便揮劍朝崔漢砍去。那劍上包覆著一層劍氣，砍下去的那一刻卻失去了效用。

匡啷啷，兩把劍直接掉落在地。

「該、該不會是劍術大師?!」

上級騎士的聲音充滿驚訝與絕望，能擋下帶著劍氣的劍，就只有劍術大師的劍了。趁著夜色隱藏自身劍氣的崔漢，瞬間便將對手的劍打了下來，自己的劍尖與劍鞘則分別朝兩名中級騎士的後頸與心窩戳了下去。

「咳哈！」

「咳！」

真的是一擊倒地。凱爾讚嘆不已，並盡可能地躲在崔漢身後。

遠方，一陣吵雜的聲音傳來。

「有入侵者！」

是從宅邸那傳來的聲音。凱爾再度看向前方。

中級騎士們痛苦地倒下，凱爾與他們對看了一眼，顯然是麻痺毒生效了。

「是、是毒……！」

「殺、殺手！」

崔漢熟練地敲昏他們，以更快的速度靠近衝上前來的上級騎士，並揮舞手中的劍。凱爾趁隙來到洞口，與此同時他也在想，用毒或許是個錯誤。但在即將暈厥的中級騎士閉上眼之前，他沒忘記讓對方看見自己胸前的六顆星星。

「可惡！你們是哪裡來的傢伙？」

「真是吵死人了。」

崔漢揮舞著布滿劍氣的劍，輕鬆地將一直絮絮叨叨的上級騎士打暈，對方顯然是在刻意拖時間。

趁著崔漢用戰鬥引人注意時，凱爾則與貓族孩子們一同進入了洞窟中。確認凱爾入內後，崔漢隨即換了個位置，讓自己守在洞口。

他對上級騎士說：「上吧。」

當然，他說的不僅是上級騎士，更是遠方拿著火把正往此處聚集的所有敵人。

「拜託了。」

聽見身後傳來凱爾那經過變造，仍從容不迫的聲音，崔漢露出一個淺淺的微笑。但他隨即收起了微笑，解放了自己一小部分的力量，黑無劍術的無之氣息纏繞著他。

「沒有人能通過這裡。」

他向來說到做到。

另一方面，也有人使用跟崔漢不同的方式守護重要的事物，那便是拷問官，守護龍獄者。

凱爾抵達的時候，他已經陷入了混亂。

「為什麼？到底為什麼水晶球失效了？」

那是唯一由拷問官所持有的魔法水晶球，也是巴尼翁為了以防萬一而做的幾個安排之一。

「不、不要過來！你們知道這裡都有些什麼嗎？」

拷問官渾身顫抖地看著凱爾，深知若是自己受到一定強度的外力攻擊，身體便會爆炸。

這也是巴尼翁的安排。藉著爆炸的威力，拷問官懷裡的監獄鑰匙乃至於整座監獄，都會被炸得灰飛煙滅。對此，拷問官本人也相當清楚。

「敢過來試試看！你們全都會死！」

噴。凱爾對著瑟瑟發抖的拷問官舉起了手。那一刻，空中突然出現一陣濃霧，並朝拷問官飄了過去。而操控那陣霧的氳，則藏身在洞窟的陰影中，誰也看不見。

「呃、呃啊！走、走開！」

洞口傳來戰鬥的聲音，濃霧不斷逼近，那團霧顯然也有毒。帶著麻痺毒的濃霧迅速包圍了拷問官。

「這究竟是……呃，毒，是毒……！」

一聲哀號之後，拷問官掙扎著倒了下去。因為毒素而麻痺，讓他連話都沒辦法說，只剩眼珠轉個不停，看起來真是可憐極了。

凱爾來到拷問官身旁，開始在他懷裡翻找鑰匙。

既然無法對拷問官施加一定強度的外力攻擊，那只需要用毒就能輕鬆解決。再不然就是跟他談判，讓他主動交出鑰匙。只不過凱爾並不想用第二個方法。

就是這個。

拿到鑰匙之後，凱爾替因麻痺毒而失去意識的拷問官闔上雙眼。他一方面也在想，這毒的劑量是不是用得太重了。

應該是不會死，但死了也沒辦法。

他彈了下食指與大拇指，洞頂便落下兩團黑色的物體，是氳與紅。他們來到凱爾所在的火光之下，這才終於能看清他們的形體。

確認氳與紅平安無事後，凱爾來到洞窟最深處的角落。在那如今已無用武之地的魔法牢籠內，他看見蜷縮的黑色生物。

那是隻龍。只是比那更刺激凱爾的，是布滿牠全身的血與血腥味。

凱爾來到牢籠前。閉著眼睛的生物知道有人靠近自己，卻沒有睜眼，現在這頭龍想必相當混亂。

凱爾將鑰匙插進鎖孔，輕輕轉動。

喀噠，鎖應聲開啟。凱爾緩緩拉開鐵門進到監獄內。與其說是監獄，那更像是個寬敞的空間，擺著包括鞭子在內的各種拷問工具，以及讓巴尼翁坐著觀賞的高級沙發。

凱爾朝監獄角落走去。

角落的稻草堆上，有隻長一公尺的生物。龍雖閉著眼，睫毛卻一個勁地抖動。牠的四肢都上了鐐銬，脖子上掛著帶有瑪那控制器的項圈，無力地癱倒在地。

「喂。」

凱爾蹲坐在龍面前。即使他出聲，龍也沒有睜眼。凱爾看了看錶，該離開了。

他對龍說：「走吧。」

凱爾用從拷問官那拿到的鑰匙，替龍鬆開了鐐銬。

那一刻，龍睜開了眼。看見龍的眼睛，凱爾露出微笑。

那是反抗的眼神，這龍還沒死。

不是自己曾在崔漢眼裡看過的瀕死眼神，而是還想活下去、還夢想自由，同時也充滿警戒、敵意與反抗心的眼神。

是龍的眼神。

「這眼神真棒。」

凱爾像是在拿包袱一樣，將龍抱在懷裡。

來到監獄外頭，凱爾將懷裡的龍放在兩隻貓面前。

一直一言不發的氳與紅在龍的面前來回踱步，龍則露出牙齒表示警戒。四年龍生，這或許是牠第一次見到人類以外的生物。

「應該很痛吧。」

「好可憐。」

凱爾看了看錶，是恰好適合逃離的時間。

「應該很痛吧。」

原本在龍身旁打轉的氳來到凱爾身旁，用她的前腳點了點凱爾，看起來像是想起了凱爾從魔法箱裡帶來的藥水，但又不好意思開口要，只能用行動來表達。

「等一下。」

凱爾也是為了使用才把藥水帶在身上，但得先拿下瑪那控制器才行。瑪那是龍的心臟，同時也是力量的來源。唯有在不受壓抑時使用藥水，才能發揮最大功效。

凱爾朝著監獄另一頭，也就是拷問官所在的位置走去。遠方能聽見崔漢打鬥的聲音，那場戰鬥想必很快就會結束。

「讓我看看。」

來到拷問官原本所在的位置，凱爾伸手摸索著洞穴牆面。他一腳將礙事的拷問官踢得遠遠的，往前朝牆面更靠近一步。看著被凱爾踢開的拷問官，龍露出了利齒，隨後還是把注意力放回凱爾身上。

巴尼翁準備的逃生通道應該就在這附近。

一如史丹侯爵家的人所說，巴尼翁極度擔心自己不在洞窟時有外人入侵。為了因應這種情況，他特別設了一個祕密出口。拷問官也不知道這件事，因此沒能來得及逃跑。

聽說有個特別平坦的位置……原來是這裡。

凹凸不平的洞穴壁面上，有個約莫巴掌大的平坦區域。

只要以一定強度以上的力量攻擊那個地方，牆壁就會開啟。

這不是魔法裝置，而是用力量來驅動內部機械裝置的方法。別看巴尼翁那乾淨整潔到看起來像有潔癖的外表，其實史丹侯爵家代代都會學習格鬥術。

凱爾轉頭，詢問身後那個剛走進洞窟的人。

「結束了嗎？」

「結束了。」

崔漢將手中的劍朝空中輕輕揮了兩下，甩掉上頭沾染的血液，隨後來到凱爾身旁。他看了龍一眼，忍不住皺起了眉頭。看見那滿身是血的小生物，一般人都會有這樣的反應。崔漢瞪著拷問官的眼神顯得更加殺氣騰騰。

「崔漢。」

凱爾喊了他一聲，崔漢便開始向他報告，但眼睛仍瞪著拷問官。

「依照您的指示，留下了逃跑的雜役。那些具備武力的人，則是讓他們全都動彈不得了。」

「幹得好。」

凱爾稱讚他，並指著那巴掌大的平坦區域。

「你用拳頭揍這個地方。」

「我要盡全力嗎？」

他是想毀掉這個洞窟嗎？

「不，適度就好。用大概能穿透這道牆十公分的力道。」

「嗯，原來您是希望我輕輕的打。」

「沒錯。」

什麼輕輕打……自己做不到的事，對崔漢來說竟然只是輕輕打，讓凱爾下意識站得遠遠的。

崔漢將凱爾的舉動解讀成是要他盡快行動，便掄起拳頭朝牆面打了下去。

砰！

「哇啊。」

「哦。」

貓姐弟驚呼，凱爾隨手抱起了龍。

嘰咿咿咿——

牆面發出令人顫慄的巨大聲響，洞窟的牆面也應聲出現一個足以讓成年男性通過的空間。

崔漢趕緊拿起火炬。

「走吧。」

凱爾一聲令下，兩隻貓便跳上崔漢的肩，崔漢率先走進通道，凱爾則跟在後頭。龍靜靜喘著氣，唯有緊盯著凱爾的那雙眼睛依舊充滿殺氣。那眼神就像是在說，眼前的人雖救了自己，但牠並不覺得感激，反倒是對另一種暴力的警戒，以及對人類的不信任及憎恨。

「不要再瞪我了。」

凱爾突然對懷裡的龍說。

啊，有點喘不過氣。

為了追上游刃有餘地向前跑著的崔漢，凱爾氣喘吁吁地加緊腳步。

是不是該把龍交給崔漢啊？

體長一公尺的龍非常重，要是能獲得古代之力「心臟之活力」，或許就不會這麼累了。再這樣下去，自己怕是會累到把懷裡的龍給扔下，於是凱爾在心裡想著，費盡千辛萬苦做到這一步，絕不能在此功虧一簣。想到此，他便將龍抱得更緊了，黑色的夜行衣也逐漸沾滿了龍血。

而龍只是靜靜看著凱爾。

在狹窄幽暗的通道裡跑了幾分鐘，崔漢對凱爾說：「前面有一道牆。」

「用拳頭去打牆的中央，然後就照我說的繼續跑。」

「明白！」

兩隻貓從崔漢肩上跳下，自己在地上跑了起來。崔漢朝著牆的中央，握拳以跟剛才相同的力道打了下去。

砰！

牆轉眼間便倒了下來，接著便能看見夜空，看來是離開洞窟了。

這次凱爾率先走了出去，環顧了一下四周。

之所以要買瑪那軌跡擾亂裝置，正是因為巴尼翁在這個祕密通道的入口處設置了影像儲存裝置……還真是個縝密的傢伙。

凱爾對這通道的入口只有大概的認識，並非全盤了解，也因此需要擾亂整座山的瑪那軌跡。沒剩多少時間了，必須在一、兩分鐘內脫離影像儲存裝置的範圍。

不過，這樣的時間也夠了。

崔漢跟在凱爾身後，在幾個地方留下痕跡或抹去痕跡。曾經長時間在黑暗中生存的他，可說是處理這些痕跡的專家。用了兩分鐘的時間，往祕密通道出口反方向跑的凱爾，這時一邊看錶一邊說。

「停下。」

嗡嗡嗡嗡——響徹整座山的聲音戛然而止，瑪那軌跡擾亂裝置已經停止運作。

「呼。」

凱爾試著深呼吸，以平息因奔跑而劇烈跳動的心臟。他的心跳越是劇烈，包覆著心臟的不破之盾就越是為了因應緊急情況而蓄力。

我又沒打算用。

凱爾暫時還沒打算用不破之盾，等放了龍，跟崔漢在下個城市分開之後，他打算去取得能強化這面盾牌的「心臟之活力」，到時才更能發揮這面盾牌的力量。

有餘力查看四周情況後，凱爾這才低頭看著懷裡的龍。

噗嗤，他突然笑了出來。

反抗的眼神已然消失無蹤，如今龍竟以充滿感激的眼神望著夜空。時隔四年再度看到外面的世界，凱爾多少能理解那份感動，因此想多觀察一段時間……實際上他卻沒這麼做。

他將龍放在草叢上，他看著龍，龍也看著他。不知何時龍又換上了滿是反抗與警戒的眼神，弓起了身子作勢恫嚇凱爾。

你就是這樣不屈服，才會四年來一直挨打。

也是因為這樣，凱爾個人算是很滿意這隻龍現在的樣子，因為牠跟自己不同。

作為孤兒長大的凱爾——或者說是金綠秀，選擇了屈服。自那以後，他再也不想成為像崔漢一樣的主角。他光是在那個名為家的地方就屈服了，又怎麼有力量與世界抗衡？

「喂。」

確認龍確實看著自己之後，凱爾便從魔法口袋裡掏出手套與巨大的剪刀狀切割器。那剪刀狀切割器的兩側刀刃處，皆刻有魔法圖案。由於這切割器並不是有錢就能弄到手，這便是凱爾以比勞斯之名租借的兩件物品之一。

接著，凱爾戴上不通電的手套。

「雖然不清楚您為何需要這個，但少爺，希望您活著回來，我們在首都相見。」

「你以為我是去赴死嗎？」

「至少我知道您要去闖禍。」

「……吵死了。」

回想完與比勞斯的對話，凱爾發現四周突然安靜下來，便抬頭張望了一下。崔漢不解地看著那把陰森可怕的剪刀狀切割器，貓族姐弟則躲在崔漢身後，離凱爾遠遠的，龍則是露出了解脫的神情。

「嘖。」

這些反應令凱爾不耐煩地嘖了一聲，隨後便朝龍走去。帶有瑪那控制器的項圈，是用類似橡膠的材質製成。因為要是鐵製的，在龍逐漸長大的過程中便會戴不住，因此才選擇具伸縮性的材質打造。

他抓住龍的脖子。

「呃。」

兩隻貓倒抽了一口氣。

趕緊處理好才是上策，於是凱爾選擇無視這個反應，繼續手上動作。切割器朝龍的脖子靠近，鋒利的刀刃在月光的照耀下閃閃發光，龍也以明亮的雙眼凝視著凱爾，隨後閉上了眼。

喀嚓！一個切斷東西的聲音充斥於他們身邊。

滋滋滋、滋滋滋——被剪斷的瑪那控制項圈被凱爾握在手裡，還不斷發出火花。

「看什麼？」

對著再度睜眼看著自己的龍，凱爾沒好氣地問完，便脫下其中一隻手套交給崔漢。崔漢接了過去並戴上手套，凱爾將項圈交給他，並從口袋裡掏出藥水。

這是最頂級的藥水，也是所費不貲，害他後來花零用錢都得看人臉色。凱爾咂著嘴，瞇起眼睛盯著龍。

「你知道我在你身上花了多少錢嗎？」

自從龍出生以來，這句話牠從來沒少聽過。花了這麼多錢在你身上，為什麼不聽話？真是該打。於是牠便挨打了。他們一邊打一邊說，叫牠不該想太多，就該乖乖聽話。

可是……

「既然我花了這麼多錢，你就該乖乖好起來，蠢蛋。」

龍並沒有感到疼痛。

凱爾將一半的藥水均勻倒在龍的身上，剩下一半則倒進龍的嘴裡。幸好龍沒有反抗，乖乖喝了下去。

幾分鐘後，凱爾也只能驚嘆龍不愧是龍。龍的心臟，也是一切力量之源的瑪那，終於開始運作了起來。

龍身上的傷口瞬間消失，應是瑪那之力所造成的波動環繞著龍的全身，有如一陣風包覆著牠。

不過一眨眼就起了這樣的變化，凱爾再次領悟到，龍確實是令人難以招架且可怕的存在。

「喂。」

現在龍不會再受傷了。這聰明的傢伙知道自己的身體有了怎樣的改變，眼神也完全復活。

凱爾朝龍靠近了一步。那條小龍弓起身子，試探著凱爾。

無視牠的舉動，凱爾直接問道：「你接下來想怎樣？」

見龍緊閉著嘴沒有回應，他忍不住笑了。

「我知道你會講人類的語言，因為你是龍，是最聰明、最傲慢的存在。」

凱爾再次問道：「你自由之後想做什麼？」

「我……」

龍開了口，牠果然會說人類的語言。牠們比人類聰明，花四年的時間還學不會人類的語言，那就太不像話了。

「我……」

龍天生就知道，憑藉現在這股力量，牠能夠殺死眼前的男人。當然，身後的那個男人確實可怕，但牠依然能活著逃離。

牠終於重獲牠盼望已久的力量。

因此，龍將牠曾經無數次提醒自己，卻無法說出口的話說了出來。

「我要活下去。」

活著，無論如何都要活下去。

「我要離開。」

我要離開這裡。

牠說出自己的心聲。

「我不想被豢養。」

「對，沒錯。」

凱爾贊同龍的話。

「你是龍，不受拘束的龍，有享受自由的資格。」

四歲的龍，力量已經比一般生物要強大許多，有足夠的力量能獨自求生。天生性格獨立的龍，通常會在兩歲時就想建立屬於自己的地盤，其成長速度與人類差異之大。

看著那雙依舊充滿警戒、依舊不信任人類的眼睛，凱爾果斷地說：「我不會飼養你。」

凱爾沒有理由養比自己強大的傢伙，況且養這傢伙得花很多錢，又會帶來很大的風險，跟氳、紅完全不一樣。養龍完全在他的考慮範圍之外。

龍卻不相信凱爾的話。

「騙人，人類都只會騙人。」

龍的眼底閃過一絲憤怒，那股憤怒並非因凱爾而起，而是因天生的傲慢自尊遭到徹底踐踏而生。

「也對，我很會說謊。」凱爾立刻就接受了龍的看法，「去過你想要的生活吧。你想怎麼過？」

「我——」

龍抬起頭看著夜空。那與洞窟之中的黑暗截然不同，雖然漆黑，卻閃閃發亮。

「我討厭人類，我想要自由。」

「好。」

凱爾起身，最後從魔法袋子裡拿出幾瓶中級藥水裝在小袋子裡，放在龍的身旁。

「去過自由的生活吧。」

龍驚訝地瞪大了黑色的眼瞳，其中依然有著不信任與深沉的警戒，只是凱爾並不在乎。

這樣應該可以了。

放了龍、讓巴尼翁難堪、救了村子、讓崔漢透過龍領悟何為自由，最重要的是不需要為這條龍負責。從凱爾的眼神能明顯看出，他不希望龍跟著自己，現在這樣就很好了。

他心滿意足地以輕快的語調告訴眾人：「走吧。」

接著，他頭也不回地轉身離開。崔漢則二話不說地跟在後頭，並留下擾亂的痕跡。貓族姐弟也一愣，看了看龍，再看了看凱爾之後，便也跟在凱爾身後離開了。

見貓族姐弟也跟著凱爾一起離開，龍注視著他們的背影。

「討厭人類，他們很壞……」

龍的眼裡是牠無比痛恨，卻也無比熟悉的人類背影。

紅跟在凱爾身後，悄悄地往姐姐氳的方向靠過去。

「姐，牠好像會跟上來耶。」

「嗯，我也覺得牠會。」

「我要有弟弟了嗎？」

「可能喔。」

兩隻貓一邊對話一邊點著頭。

聽見這段對話，凱爾只是笑了笑，隨口應了一句說不可能。

「不可能啦，龍天生喜歡獨立自主，也不可能容忍自己屈居於人類之下。而且那傢伙不是很討厭人類嗎，不會跟來的。」

氳的表情顯得有些不開心。若貓也會有不愉快的表情，那顯然會跟現在的氳一樣。

氳搖搖頭，小聲嘟囔道：「……好像不太對喔。」

「嗯……」

紅回頭看了看，肯定了姐姐的意見。紅敢打包票，那隻黑龍現在還在注視著這裡。紅相信他享受過自由之後，遲早會加入跟自己分享牛肉的行列。

凱爾對著絮絮叨叨的兩姐弟說：「記得把玻璃球帶上。」

為了牛肉，姐弟倆便前往回收玻璃球。凱爾連看也沒看他們一眼，只是拍了拍崔漢的肩。

「辛苦了。」

今天是崔漢第一次拯救了別的生命。過去他曾經與山賊戰鬥，但那並不像是拯救生命，而是保護生命。

雖然書裡寫的是拯救村民的生命，而現在變成拯救了自己親手殺害的龍。「拯救」這個行為，對崔漢來說相當重要。

「凱爾大人。」

「嗯？」

喊了凱爾一聲，崔漢卻沒有立即接話，而是遲疑了好久。

「如果對那隻龍來說，隨心所欲的生活就是跟著凱爾大人，那您打算怎麼做？」

「就說了，不可能會有這種事。」

「我是說萬一，萬一的話。」

萬一啊……凱爾仔細想了想，隨後輕聲答道：「我不會去想那些沒發生或是已經過去的事。」

然而，凱爾的後頸突然升起一股寒意，這才終於轉頭看了看後面，幸好已經沒看見那隻黑龍了。

凱爾鬆了口氣，完成善後工作之後，便回到住處休息。他睡得很沉，因而不知道那一晚，第一次在自己的意志下使用魔法隱藏身形的龍，曾在他房間的窗戶外看了好久才離開。那裝了藥水的袋子，則被牠緊緊抱在懷裡。

隔天，凱爾一早便接到來自崔漢的提問。

「凱爾大人，再走幾天就會抵達另一個城市，那裡就是中繼點嗎？」

崔漢很快就要償還凱爾口中的飯錢。

而這也象徵著凱爾即將再度獲得一項古代之力。從現在開始算一個月之後，被巴尼翁所趕下臺的侯爵家長男，將會視這股力量為最後的希望。

只是，那卻是他無法使用的力量。

chapter 006

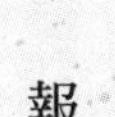

報恩

凱爾敷衍地對著一大早便來找他的崔漢點了點頭，隨後拿起羅恩事先放好的冷水杯。杯子冰涼的觸感，讓凱爾想起自己曾經要羅恩送冷水過來的事。

「少爺，晚上出去散步太久對身體不好，老頭子羅恩可是很擔心啊。」

一想起羅恩說過的話，還沒喝半口冷水，發自心底的寒意便讓他頓時清醒過來。

他小心翼翼地將杯子放回原位，並對崔漢說：「都善後好了嗎？」

「是。」

崔漢送凱爾回到住處後，隨即便清除了他們的痕跡，並製造了往西邊去的假象，隨後才返回。

凱爾看著大大地打了個哈欠，並乖巧地撕咬著肉乾的兩隻貓，接著開始向崔漢解釋中繼城市的事。

「下座城市的名字叫做波瑟市，那裡就是中繼點。」

脫離了群山環繞的海尼特斯領地後，從子爵家的領地到首都的路都修繕得相當完善。

多虧於此，海尼特斯領地才能至今都安然無恙，因為地理位置非常尷尬。

即便有著豐富的大理石，但路況不佳的話，商團便不容易前往拜訪。然而只要離開海尼特斯領地，路況就變得非常好，因此商隊和勢力仍願意克服穿越海尼特斯領地的困難，因為他們知道，度過這段路程後，就能輕鬆抵達目的地。

也多虧了這條路，壚韵王國東北部的勢力更能經常集結。因此，即使不像其他地方有許多侯爵等級以上的貴族，仍然能夠將此地的意見反應給首都。

「我們領地要一直翻山越嶺，所以才會花很多時間趕路，接下來不會花那麼多時間了。」

波瑟市不是距離上的中繼點，而是時間上的中繼點。

「可是，凱爾大人……」

「你說。」

「我回來的路上，去確認了一下子爵家的別墅。」

「然後呢？」

凱爾一副漠不關心，崔漢的表情卻顯得有些不對勁。

「大家看起來都很忙，還有一些士兵跟騎士正準備離開村莊。」

「應該是去通風報信了吧。」

恢復理智的人們正在派人去找巴尼翁，並忙於搜尋洞穴周圍，因此顯得手忙腳亂。然而，從崔漢的話中可以感覺到，這還沒結束。

「但是……」

「幹嘛要說不說的？」

凱爾皺起眉頭，不耐煩地問道。

崔漢便帶著不安的表情，慢慢繼續說道。

「我們用來逃跑的祕密出口那一帶發生了爆炸。不光是洞口，就連附近的樹木、草叢和土地，一切都被弄得天翻地覆。」

啪。兩貓叼在嘴裡的肉乾掉了下來，但凱爾依舊平靜。

「是龍幹的吧。」

崔漢依舊緊抿著唇。

凱爾見狀，笑著站起身來。

雖然這隻龍才四歲，但也是會用腦袋。想必是擔心有誰會從那洞穴追上來，便直接把那一帶炸飛了。再加上牠們又是對瑪那最敏感的生物，會選擇摧毀一整片區域，也是為了破壞魔法裝置。

「光是那裡的人都還活著就已經是萬幸了。應該是那隻龍還很年輕，膽子還不夠大，所以沒出全力吧。」

「原來如此。只是我確實感受到很強大的瑪那之力。」

「別因為龍還小就小看他，小心吃大虧。」

龍很傲慢，且心胸非常狹小。凱爾在心裡再次稱讚自己沒有多加干涉龍的事情，隨後對崔漢說道。

「你出去吧。對了，接下來到出發之前的時間，你要用來補眠嗎？」

「不，我得去幫比克羅斯。」

誰？比克羅斯？凱爾臉色一變，想也不想便接著說。

「哦，你們變熟啦？」

那一刻，凱爾第一次看到崔漢臉上出現不情願的表情。

崔漢果決地說：「不，我們絕對沒有變熟。」

「是、是喔……那你去吧。」

凱爾含糊地答完，崔漢便若無其事地低著頭離開房間。打開門那一刻，凱爾給了崔漢非常明確的指示。

「啊，你出去的時候順便叫漢斯準備個酒席。」

「什麼？」

崔漢驚訝地轉過頭，瞪大了眼睛看著凱爾。他的眼神在一臉平靜的凱爾，以及指著七點的時鐘之間交替來回。

凱爾爽快地說：「醒酒用的，你不知道嗎？」

崔漢不置可否便離開房間，凱爾則一點都不在意。雖然氳與紅一臉質疑地看著他，像在問他是不是真的一大清早就要喝酒，但凱爾絲毫沒有理會，只顧著照鏡子。

「這樣子真是棒極了。」

看自己一臉就是因為酒精而疲勞的樣子，凱爾滿意地來到一樓。

果然。

早上七點固然很早，但對某些人來說，他們前一天的工作仍尚未結束。副團長一副神清氣爽的模樣，正與某人嚴肅地談話，絲毫看不出前一天才大肆飲酒作樂。

凱爾看到崔漢一副尷尬的樣子。也是，畢竟跟副團長說話的人，正是昨天被他打昏的騎士之一，他會尷尬也是正常的。

凱爾悄悄來到崔漢身旁，往他的腳踢了一下。

「你在怕什麼？」

「啊。」

凱爾一句悄悄話，讓崔漢一時之間有些慌張。

只見他尷尬地笑著低聲答道：「本來想讓他們整整一天都無法戰鬥，沒想到他恢復行動的時間比我預期的要快。看來我把人類想得太弱了，以後應該可以再多放點力量。」

凱爾轉頭看著崔漢，真的是個可以為了自己的正義而粉碎一切的主角呢。還有，他果真是超乎自己預期的存在。

氳與紅不知何時跟了下來，只見兩隻小貓露出陰險的表情，一邊擺著尾巴一邊盯著騎士，任誰都能看出來他們很樂在其中。

……難道是我膽子最小嗎？

凱爾坐到屬於自己的桌子前開始陷入苦思，旅館的老店主隨即拿著一瓶酒上前。

「少爺，老朽已經為您準備好昨天您喝的酒。」

「老人家，我越是看你，就越有一個想法。」

「什麼？」

凱爾對緊張的老人笑了一笑。

「你真的很會做生意，這是稱讚。這瓶很適合用來解酒呢。」

喀噠，輕快的聲音響起，凱爾打開瓶蓋，倒了一杯立刻一飲而盡。酒才下肚，他的臉立刻就紅了起來。凱爾刻意擺出迷濛的神情，往副團長的方向看了一下。

副團長正在跟騎士說話。

「昨天我們聚了餐，順便用來舒緩旅途的疲勞。大家都是喝完酒就休息了，沒有人離開旅館。不知道子爵家的人為何會想知道這些事。」

看來是侯爵家的騎士自稱是子爵家的騎士。面對副團長咄咄逼人的眼神，那名騎士露出了微笑，但臉上的表情依舊嚴肅。

「因為昨天子爵家的別墅遭到竊賊入侵。雖然有我跟其他幾個人擔任警戒工作，但還是掉了幾件東西。聽說海尼特斯伯爵家的人也在這裡，便想來確認看看，伯爵家是否也有受害。」

還竊賊呢。但也是啦，偷龍也是一種偷竊行為。凱爾表示認同，隨後便拿起整瓶酒來對嘴喝了一口。正是在那一刻，他與正在和副團長說話的人——也就是昨晚在子爵家別墅的騎士對上了眼。

「看什麼看？」

騎士趕緊低下頭別開視線。

副團長見狀便乾咳了兩聲，像是要辯護一樣，大聲且果決地說：「咳嗯，我們少爺早上如果不喝酒，整天就會不痛快，所以才會一早就在喝酒。況且這酒是用來醒酒的，他想分享自己以酒解酒的方法給大家，是個極為大方的人。」

不曉得這番話究竟是在罵自己，還是在為自己辯護。凱爾不甚滿意地一邊喝著酒一邊看著副團長。

「原來如此，大人還真是懂得享受。」

騎士禮貌地回應副團長的話，並向凱爾微微彎腰行禮。

這樣他就比較不會懷疑我們這邊了。

看騎士的態度，凱爾知道他們不會再將矛頭指向自己了。雖然龍恰好在凱爾他們來到這裡時消失，但他們今天就要離開，要懷疑他們確實也有些不太合理。

巴尼翁留在此處的手下，會負責追蹤那個穿有六顆星星服裝的某個組織，並專注往西方離開的蹤跡去尋。最重要的是他們認為，被稱為混混的凱爾不可能做出那種事。

「那就祝各位一路順風。」

況且在侯爵、巴尼翁與子爵都不在的情況下，他們不可能逮捕伯爵家的繼承人。況且凱爾還是奉王命前往首都的貴族子弟。

奉王命前往首都，卻還在路上拚命飲酒作樂的貴族子弟，有誰會認為他是個正常人呢？

混混身分可真是個好掩護，凱爾滿足地喝著酒。

就算巴尼翁知道了，應該也不會懷疑我們。

祕密組織與海尼特斯伯爵家之間沒有任何關聯，巴尼翁．史丹侯爵可說是再清楚不過了。尤其牽扯到龍，那就更是如此。

凱爾看著侯爵家的騎士離開旅館，一邊喝著羅恩送上的蜂蜜檸檬茶。

「羅恩。」

「是，少爺。」

「果然解酒還是要喝蜂蜜檸檬茶。」

「是嗎？」

羅恩露出欣慰的笑容看著凱爾，凱爾卻沒有理會他，而是逕自摸著難受的胃。而後，在他覺得翻騰的胃逐漸平息下來後，便吩咐眾人上路。

下個目的地是波瑟市。這座城市是東北部的運輸重鎮，以無數的石塔遺址聞名。

凱爾必須去找波瑟市裡尚未完成的石塔。

「今天要在野外紮營嗎？」

羅恩一邊吃著肉乾一邊問，凱爾點了點頭。

「對，從今天開始要在野外紮營。」

凱爾再度安排了緊湊的日程，因為他希望能有多一點時間待在波瑟市。他將目光從在旁竊竊私語的貓族姐弟身上移開，轉向正在前行的馬車窗外。

心臟之活力。

那是能夠強化不破之盾的古代之力。這股力量，是為了再生與生命力而特化的力量。

然後也能找到長男了吧？

被史丹侯爵家拋棄的長男，泰勒。雖是侯爵家少數清醒的傢伙，卻因為巴尼翁使了一點手段，而成為了下半身癱瘓的殘廢。

為了取得治癒自己的力量，他翻遍了所有文獻，隨後偶然在古書店裡取得一份古文獻。經過百般努力解讀後，他終於得出了幾個文字。

再生、石塔。

泰勒牢牢地將這兩個詞記在腦海裡，隨後便出發前往人稱石塔之城的波瑟市。此刻，他人也在波瑟市裡，一個月後他便會找到那股力量。

但那沒有用。

心臟之活力無法使在獲得力量前便受傷的身體再生。獲得力量後，才能將再生之力用於未來所受的傷。且再生的程度也有極限，還伴隨著代價。

泰勒對此感到絕望。他沒剩多少時間了，古代之力是他最後的希望，因為沒人知道巴尼翁何時會前去殺他。

接著他便在一個月後死了。

在首都因為恐怖攻擊事件而忙得不可開交時，泰勒被一個不知名的集團所殺害。當然，幕後黑手是巴尼翁。

凱爾之所以記得這個沒什麼戲份、在某種程度上比原本的凱爾占比更小的人物，是因為對方與朋友之間的友情和義氣。

瘋狂神官，泰勒的好友，是暗殺事件當中唯一倖存下來的人。同時也是在殺死大半刺客之後，因殺人行為而遭逐出教門之人。她的背上因為那起事件而留下巨大的傷疤，且毫不避諱地在神殿裡說出自己的所做所為。

「比起神的旨意，我更看重身為一個人該講的情義與道理。我認為這樣才是對的。」

她接著說。

「我以後自由了！」

此後，她便被人們稱為瘋狂神官。她的專長，便是運用死神之力的詛咒術。縱使神殿將她逐出教門，神卻沒有拋棄她。

此後每當戰爭爆發她便會趕赴戰場，雖不是英雄，卻以熱情寬厚的義兵打響了名號。

這次應該會不一樣。

一個月之後，泰勒不會死的機率很高。

巴尼翁必須處理龍竊盜事件的後續，還得去拍侯爵的馬屁，肯定忙不過來。而這件事也可能危及到他繼承人的位置，讓侯爵把注意力放在比被拋棄的長男要更小的弟弟身上。

既然要搶走泰勒最後的希望，那就得給他新的期待才行。

即使對泰勒來說，心臟之活力是不必要的力量，凱爾也不希望成為那個奪走人最後希望的壞蛋。

凱爾突然好奇，這天下無雙的組合要是沒有受傷，而且繼續活下去的話，未來究竟演變成什麼樣子……說不定會改變侯爵家？若真是如此，那麼長期下來便會是自己得利。

只是接下來的想法，卻讓凱爾的神色凝重起來。

記得是說比克羅斯因為那詛咒術而發瘋了，是吧？

一想起拷問專家比克羅斯對那名神官的評價，凱爾腦海中便立刻將瘋狂神官剔除。接著連帶的把意志堅定、個性瀟脫，且相當珍惜領地人民的貴族泰勒也一起剔除。

跟我合不來。

首先，這兩人跟凱爾就是不同類的人。他們善良、講道義又相信彼此，凱爾卻更偏好羅恩或比克羅斯。

不對，再怎麼樣也不能有這麼可怕的念頭……

凱爾迅速地把羅恩與比克羅斯從腦海中抹去。

啪啪。凱爾感覺到有人拍了拍他的大腿，便低頭往下一看，是兩隻貓正眨著金色的眼睛望著他。

「剛才我們聽漢斯說了。」

「漢斯說了。」

漢斯還不知道這兩隻貓聽得懂他說話，只以為是普通的貓，便在他們面前自言自語。似乎就是在這樣的情況下，兩隻貓聽到了他說話的內容。

「他說什麼？」

凱爾沒好氣地問，姐弟倆卻對這態度一點都不意外，只是平淡地說道。

「聽說去石塔前面許願，願望就會實現。」

「而且石塔很漂亮。」

「好想去，但如果很麻煩就算了。」

「很想一起去，但如果會很為難那就算了。」

凱爾靜靜看著兩隻吞吞吐吐的貓，然後冷不防地問道：「你們要許什麼願望？」

「希望家裡最小的孩子可以……」

「駁回。」

話都還沒說完，凱爾就拒絕了他們的請求，目光也從兩隻貓身上移開。馬車恰好在這時停下，他們抵達了今天紮營的地點。

「今天開始又要在野外紮營了。」

「對啊。」

凱爾隨口回應了漢斯的話，並看了看要紮營的地點。森林裡吹起了風，吹過他的身旁。

凱爾度過了非常輕鬆的一夜。

隔天早上。

「少爺。」

「這是什麼？」

凱爾看著放在他們紮營處邊界的死鹿，那是一頭被狩獵的鹿。

漢斯向呆看著死鹿的凱爾報告：「有人刻意拿來放的。」

漢斯指著鹿的旁邊，凱爾也正在看著那個地方。地上畫著叉子跟湯匙的圖案，鹿像是為了要給誰吃而刻意放在那裡一樣。

凱爾瞬間產生一個相當奇妙的想法，他轉頭去看著崔漢懷裡的貓姐弟，崔漢則看著凱爾咧嘴笑了出來。

「真是不吉利。」

再怎麼想都很不吉利。將鹿屍放在這裡的人似乎懂得語言，卻不識字。能讓昨天值夜班的崔漢知道是誰，卻假裝不曉得對方身分的人……

想必是龍。

他轉頭看著依舊盯著他看的氳與紅，隨後堅定地告訴崔漢：「裝作不知道吧。」

「喵嗚嗚嗚——」

「喵嗚。」

不知為何，凱爾總覺得這對姐弟是在嘲笑他，於是他決定假裝沒聽懂。

只是接下來每一次在野外紮營，都會有新的食材送來。野豬肉、兔肉，甚至是各種水果等等。

凱爾確信了，龍一定跟著自己。

他就帶著這樣的確信抵達了波瑟市。

輕巧通過波瑟市城門的海尼特斯金龜馬車，在副管家漢斯的指引之下朝住處前進。

「這裡比威斯特市小。」

「沒錯，比較小。」

氳與紅一說，看著馬車窗外的凱爾立刻表示認同。

應該不會跟到城裡來吧？

據崔漢所說，黑龍似乎是在距離很遠的地方跟著，等到深夜才送吃的來，然後便逃得不見蹤影。

「不覺得很可愛嗎？真像個過去生活在這樣艱險的環境裡，卻還沒有失去純真之心的孩子。」

「不覺得。」

崔漢一臉滿足地說，凱爾卻一點都不覺得享受。看來是要親眼看到龍炸飛一座山，崔漢才不會說出這種話。

明明說討厭人類，為何又要做這種事？凱爾感到很有壓力，這發展與他的預期截然不同。

凱爾以為龍還年輕，應該會試著躲避侯爵家，並創造屬於自己的地盤。希望龍在培養好自己的力量之後，等戰爭一爆發，就一口氣毀了令王國腐敗的侯爵家。這樣一來，海尼特斯領地才會更加和平。

「嘖。」

凱爾不耐煩地咂了下嘴，興奮地看著窗外的貓被他嚇了一跳，趕緊來到他身旁。

「家家戶戶都有石塔。」

「好奇怪。」

凱爾只是冷淡地說：「畢竟這是石塔的城市。」

波瑟市是相當知名的石塔遺址，家家戶戶都有座小石塔，也使這個城市更加出名。城市居民都會在窗外裝一個小層板，並在上頭堆一座小石塔。用來堆塔的石頭都在十顆以下，所以要稱為石塔還是有些尷尬，不過其造型相當多變，會依據每一位住戶的個性而有所不同。

凱爾下榻的高級旅館，同樣也堆了屬於自己的石塔。

「要住這裡嗎？」

跟在旅館老闆身後，凱爾提出疑問，漢斯則是迅速給出答案。他把貓姐弟抱在懷裡，看起來很開心的樣子。

「是的，崔漢大人先預約了兩天的房間，並表示若有額外的天數，費用會在您離開之後才結算。」

跟在漢斯身後的羅恩聽到這話先是頓了一頓，隨後才捧著魔法箱子跟了上去。

漢斯則接著旅館老闆的話說了下去。

「可能因為我們剛好在石塔祭之前來，是淡季，所以房價沒有很貴。」

石塔祭，波瑟市正在為了下週登場的石塔祭而緊鑼密鼓地籌備中。

凱爾隨口把自己心裡想的話講了出來：「這裡不盛產石頭，卻有好多石塔，真是奇怪。」

「我知道為什麼。」

什麼？見漢斯對自己隨口的一句話有了反應，凱爾忍不住瞧了他一眼。

「有一個自古流傳下來，非常悲傷又很值得警惕的故事。」

「如果故事很長，那就別說了。」因為他不太想聽。

聽凱爾這麼說，漢斯像是認定故事不會很長一樣，自顧自地說了起來。已經來到凱爾房裡的一行人，這下只能看著準備離去的旅館員工，靜靜等著漢斯把故事說完。

「這個故事呢，不對，這個傳說就是古代的故事。」

「古代？」

喀噠，旅館員工離開時帶上了門，如今房裡只剩他們一行人。聽到古代兩個字，凱爾瞬間有了反應。

「是的，就是古代。」

「說來聽聽。」

漢斯懷裡的貓姐弟似乎很有興趣，只見他們搖著尾巴仰望著漢斯。羅恩手中拿著魔法箱子與瓶子，默默從瓶子裡倒出檸檬汁給凱爾。

凱爾一手拿著檸檬汁，坐在沙發上翹著腳用下巴對漢斯下達指令，意思是要他趕緊說。

「咳嗯，據說這座城市曾經被神拋棄過。」

被神拋棄？這部分凱爾完全不知道。

「我從來沒聽說過。」

「畢竟少爺您對歷史完全沒有研究嘛。」

「……在偷偷嘲諷我是不是。你要一直這樣嗎？是嗎？」

漢斯不著痕跡地別開了頭。

「告知主人所不知道的事，是管家應有的優秀態度之一。」

回到正題，漢斯開始講述古代的故事。

「不曉得這座城市是為什麼被神拋棄，只是當時城裡的人便三五成群地開始堆起石塔來，據說那是一種祈求願望實現的祈禱行為。」

「那他們的願望實現了嗎？」

凱爾才問，漢斯便立即答道：「沒有。」

神並沒有聽取他們的願望。

「祈禱一點用也沒有，所以波瑟市才會沒有任何一座神殿。」

「都被神拋棄了，因此也沒必要侍奉神，是這個意思嗎？」

「沒錯。我們少爺真是聰明，根本不需要花時間去學。」

「……你要一直講這種廢話嗎？」

漢斯的目光從凱爾身上移開，看著遠方的山接著說。

「咳嗯，總之，雖然沒有神殿，但他們有石塔。這些石塔後來成了一個約定，是人類與人類的約定，也是那些人類與自己的約定。」

「什麼約定？」

漢斯講起了波瑟市流傳下來的一個奇異規則。

「實現願望的人，必須要推倒石塔。」

凱爾揚起嘴角。

「真是有趣的城市。」

「是啊。他們覺得既然被神拋棄，那如果想實現願望，就得靠自己的力量。摧毀石塔的行為，可以說是一種『克服』的意思。」

凱爾很滿意摧毀石塔這個行為，他腦海中浮現出那些堆積在每家每戶的小石塔，數量多到難以計數。

「所以那根本不是為了仰賴神而堆起的石塔。」

「是的，是代表他們自己的決心。」

就算無法摧毀，這些石塔也有足夠的價值。

「所以最後神也沒有聽取他們的願望。」

「是的，沒錯。從某個角度來看，被神拋棄固然很悲傷，但同時也是個充滿希望的故事。」

漢斯附和，凱爾卻突然說。

「你低頭一下。」

「什麼？」

漢斯不解地問，凱爾卻只是指著他懷裡。

「那兩隻貓好像生氣了。」

「什麼？」

漢斯低下頭，隨後吃驚地瞪大了眼睛。兩隻貓正凶狠地露出牙齒，對他表示不滿。瞪著漢斯的金色眼眸，看起來無比凶狠。

「哎呀，貓貓們怎麼生氣了？要不要我去拿點肉乾來？」漢斯放下懷裡的貓，笑咪咪地說著。

他還不知道牠們是貓族人，只以為是肚子餓了才生氣。然而，兩隻貓並不是肚子餓而不高興。

凱爾想起他們說過的話。

「剛才我們聽漢斯說了。」

「漢斯說了。」

「說去石塔前面許願，願望就會實現。」

「說石塔很漂亮。」

噠、噠。不知是不是因為生氣了，氳用前腳踩著地板，紅則是拚命用尾巴敲著地板。像是在憤怒地質問漢斯，為何要拿石塔的事情來騙他們，漢斯卻沒能接收到這個訊號。

「哎呀，我的兩隻貓貓大人啊，我立刻就去拿好吃的零食來！少爺，我可以離開一下嗎？」

「你可以不用再回來了。」

「我去去就回！」

漢斯嘴上說著去去就回，卻先整理好帶來的行李，整理完後才以非常快的速度離開。

「羅恩，你也去休息吧。」

羅恩還在房裡，他對凱爾露出慈祥的微笑。

真是不吉利。凱爾真的很討厭他的笑容，他一笑反倒更讓人感到不安。

只見羅恩走向凱爾所坐的沙發，開口說：「崔漢大人兩天後就要離開嗎？」

「沒錯。」

凱爾隨口答完才想到有些不對勁，於是便揚起笑容問道：「怎麼了？捨不得他走嗎？還是說你也想一起走？」

羅恩笑得更開了。

「我怎麼能丟下少爺離開呢？我喜歡留在少爺身邊。」

毛骨悚然。

「我只是覺得如果崔漢大人跟我們一起走會更好，所以對此感到有些可惜罷了。看來在他離開之前，我得多跟他聊聊才行。比克羅斯一定也覺得很可惜。」

之前因為覺得麻煩而沒有特別注意，但羅恩、比克羅斯和崔漢三人之間似乎在不知不覺間產生了一定的感情。雖然崔漢看似不太情願，但若真的不喜歡對方，想必是連一句話都不會跟他說。

凱爾一邊思考著自己的計畫，一邊露出奸詐的笑容。

「到首都的時候，你們三個就能經常碰面啦，到時候也可以一起行動。」

就這樣，三個人一起脫離這裡，前往蘿絲琳的王國。怎麼樣？不壞吧？

凱爾忍著沒把後面這句話說出口，只是露出陰險的微笑。羅恩則用更加慈祥的笑容回應凱爾。

「我很期待之後在首都跟大家、崔漢大人一起共度的日子。所有人一起平安抵達首都，就是我這老頭子的願望。」

凱爾並不完全相信這句話。居然說什麼期待、希望大家一起平安抵達，這老頭子可沒這麼感性。

兩隻貓似乎也有同樣的想法，只是看著羅恩不屑地哼了一聲。羅恩一天到晚背著凱爾，想教他們學些他們都會的基礎暗殺技巧，氳與紅實在覺得很煩。

「……你出去吧。」

凱爾無力地打發帶著慈祥笑容的羅恩離開。

「漢斯是騙子！」

「我本來很相信管家的說！」

等到所有人都離開，貓姐弟才開始洩憤。凱爾沒有理會他們，而是轉頭看著窗外。他往波瑟市外圍的洞窟看去，那裡有著尚未完成的石塔，還有一個小小的房子。

是說活到一百五十歲嗎？

「心臟之活力」——因為老死、大限已至而自然死亡的古代人所留下的力量之一。那些死去的人們，還一直認為這些力量是種詛咒。

凱爾起身，把穿著打扮弄整齊後便走去開門。

「唉喲喂呀！」偏偏漢斯就站在門口。

看著懷裡抱著一堆肉乾的副管家，凱爾淡淡地說：「我們去看石塔吧。」

兩隻貓的耳朵抽動了兩下。看著兩隻貓噠噠地跑了過來，好像剛才從沒生過氣一樣，凱爾忍不住在心裡笑了出來，並開口下達指示。

「去的人只有崔漢跟我們。啊，也帶上氳與紅吧。」

那洞窟裡，匯集了活到一百五十歲才死去的人們的心願，凱爾想去那裡堆座石塔。

上次是樹，這次是風嗎？

來自四面八方的風匯集於此，形成洶湧的漩渦。老人就在那如颱風眼般的漩渦中央，花了超過一百年的時間堆疊石塔，只是最終宣告失敗。

不，老人總在成功之前便摧毀石塔。他一再反覆，直到某日堆到半途時死去。

那來自古代的老人，究竟許了什麼願望？

凱爾並不怎麼想知道，他只是想藉著看石塔的理由，出去看看幾件需要留意的事罷了。

那正是石塔與人。

既然都要堆了，那就得堆得好看點。

明天他需要堆石塔，他想堆個好看點的石塔。此外，以防萬一，他也得先去遺跡附近觀察幾個人。

稍後，凱爾、兩隻貓、崔漢與漢斯便一起來到石塔遺跡的入口。由於他們沒搭馬車，不想曬到太陽的凱爾戴上了帽子。

果然還在這裡。

站在遺跡入口，他便看見其中一個讓他特地跑這一趟的目標。凱爾不著痕跡地躲到崔漢與漢斯身後。

離他們有段距離的地方，有穿著普通的一男一女。其中的男人坐在輪椅上，女人則在後頭推著輪椅，跟男人一起從遺跡入口出來。他們沒注意到凱爾若有似無的關注目光，只是輕鬆悠閒地離開遺跡。

男人微微轉過頭去問女人說：「妳怎麼會想來這裡？」

「也不知道是啟示還是什麼，我已經連續好幾天夢到這裡了，害我晚上都睡不好，才想說來一下。祂說我們會在此遇到能夠改變我們未來的恩人，要我來這裡看看。祂只說那個人今天會來這裡，但是接下來那個人會做什麼祂也不知道。」

「世上竟有神無法預測的人類？」

「誰曉得呢，畢竟神說的話大部分都在鬼扯。」

留著褐色短髮的女子一臉不耐煩地抱怨著。

「怎麼會說是鬼扯呢？那可是神諭。而且妳能聽見神諭這件事，不是應該要保密嗎？」

回答他的男人是被拋棄的史丹侯爵家長男——泰勒．史丹。

「反正波瑟市又沒有神官，沒關係吧。而且那算什麼神諭嘛，神難道有靠神諭變出飯來給我們吃嗎？我們在這種處境下還能遇到恩人，你覺得能信嗎？總之我餓了，我們去吃飯吧。」

這個一臉不耐煩的女人是泰勒的好友，也是後來被稱為瘋狂神官的凱奇。

泰勒一臉嚴肅地回答好友。

「凱奇，我突然非常想喝啤酒。」

「蛤，我想吃煙燻豬肉。」

兩人嚴肅地看著彼此。泰勒用手指著前方，慎重地對凱奇說。

「這真是個絕佳的組合。走吧，推我去，我請客。」

「哎呀，居然要請客？那就讓我這神官盡心盡力地服侍你吧。」

兩人笑著離開了。

凱爾站得遠遠的，無法聽見他們的對話，但還是把在窘迫處境下依然能開心歡笑的兩人，牢牢地記在腦海裡。

已經先記住長相了。

他們不認得凱爾，自己只需要盡量避開他們就好。當然，他也打算悄悄帶給他們新希望。要瞞著對方去做，這是他從龍身上學來的教訓。

只要神沒有讓他們知道我的長相，他們就不可能認出我。

顯然，他們不可能認出凱爾。

這樣的情況多麼讓人愉快啊，本來就該瞞著他們。凱爾帶著愉快的心情與輕快的腳步進到遺跡內。

裡頭處處是祈禱的人。

這時漢斯悄悄靠了過來，在凱爾耳邊悄聲說道：「剛才我看見史丹侯爵家的長男。」

「……你怎麼會認得他？」

凱爾是真的感到訝異。漢斯笑了一笑，指了指他的眼睛。

「跟一般大貴族家子弟有關的情報，都已經在我腦海裡了。一個坐輪椅的男人，輪椅上還畫著侯爵家的赤蛇圖案，肯定是他沒錯。」

「漢斯。」

「是。」

「你乍看之下沒什麼用，其實滿能幹的嘛。」

「沒有啦～」

漢斯摸了摸後腦杓，帶著有些不好意思的神情結束報告。

隨後他又問：「您有打算要怎麼做嗎？」

感覺左側臉頰有些刺痛，凱爾轉過頭去看了一下，原來是崔漢正盯著自己。

凱爾搖搖頭，對兩人說：「當作沒看到吧。」

兩人二話不說地點頭。隨後他們便正式開始觀光，石塔的規模令凱爾驚訝不已。

「真是超乎想像——」

凱爾的表情看起來有些微妙。

「好多奇形怪狀的石塔。」

他實在無法理解古代人的美感，本以為石塔都堆得像山一樣，沒想到形狀竟是如此多變。該說是有些怪異嗎？總之實在不怎麼美麗。凱爾悄悄往旁邊一看，看向漢斯懷裡的兩隻貓，似乎看起來非常失望。

但也有人意外認真。崔漢就像其他人一樣，低著頭不知在祈求什麼。想也知道他肯定是許願說想回去故鄉。

崔漢是在幸福家庭長大的人，跟凱爾和金綠秀不同。他在幸福的家庭裡、在良善的教育之下長大，因此即使面對絕望，他也能夠盡力活到最後、善良到最後。

凱爾用了無生趣的眼神看著崔漢。崔漢也在這時抬起頭來看著凱爾。

「凱爾大人。」

「嗯？」

「我有件事情想問您，也有一件事想跟您報告。」

不知為何，凱爾有股不祥的預感。

「先從想問的事情問起吧。」

崔漢不知在想些什麼，目光看向廣大平原上的石塔，緩緩開口道。

「凱爾大人不許願嗎？」

還以為是要問什麼呢，凱爾敷衍地答道：「我不會去做許願這種事。」

「為什麼？」

「因為我從不期待。」

崔漢、漢斯，甚至是兩隻貓都齊齊看向凱爾。凱爾則看著石塔，就像崔漢剛才所做的一樣。

「不要去期待，能活得比較輕鬆。」

抱著中一百元的期待去刮彩券，若刮中了五百元自然讓人開心。但若抱著想刮到頭獎的心情，最後卻只得到五百元，便會讓人感到煩躁，覺得世界如此殘酷。

感覺有人拍了拍自己的肩，凱爾轉頭看去。

只見副管家漢斯笑著說：「少爺，原來您知道啊？這個世界沒有夢想也沒有希望。」

「……你還是乖乖觀光就好。」

「是！」

漢斯給出一聲強而有力的回答，卻帶著有些無奈的神情，帶著兩隻貓走在前頭。凱爾跟在後面大搖大擺地走著，崔漢靠到他身旁，用漢斯聽不到的聲音開始跟他報告。

「其實龍進到城裡了。」

「假裝不知道。」

「是。」

凱爾下意識看了看四周。不知龍是不是讓自己透明化了，除了在對看似奇異的石塔祈禱的人們外，凱爾什麼也沒看見。距離石塔祭還有一段時間，人卻還是很多。

稍後，凱爾的目光便離開了寬廣平原上的石塔群，轉向相反方向。

波琵市最富有的階層居住之處，富村。富村後頭有一座小山，那山上的某處有一座墳墓，是活到一百五十歲盡享天命者的長眠之處。

隔天，凱爾表示要前去那座墳墓看看。當然，他必須甩開處心積慮想黏著自己的人及不同種族的人，因此他指定了一個絕對不會多嘴的人跟他同行。

「我只帶崔漢去。」

最強大、最耿直的崔漢，由他來擔任護衛，那無論是副團長還是漢斯都不會有第二句話。

只是副團長仍不悅地皺著眉頭，用剩下的人必須好好訓練為由，折磨起其他的騎士。凱爾只是一臉厭煩地看著這群一大早便得立刻前往演武場的人。至於漢斯，則是丟下一句話便消失了。

「貓咪大人們就由我來負責了。」

凱爾沒有理會漢斯那興奮的背影，逕自離開了旅館，崔漢則跟在他身後。

「今天您又打算要做什麼？」

「什麼叫又？被別人聽到了，還以為我每天都在玩什麼新把戲呢。」

崔漢沒有回答。凱爾沒把他的沉默放在心上，只是一邊領著他往富村後頭的山去一邊接著說。

「我有事情要去前面那座山上，你就在山腳下等我吧。」

「知道了。」

二話不說便應好，凱爾就喜歡崔漢這樣。看似追隨，卻不對追隨的對象太過好奇。大概是因為覺得只要有心，什麼都能查出來吧。也認為無論凱爾做什麼都不可能威脅到他，才會有這樣的舉動。

經過無論去到哪個城市都能看見類似的富村，來到後頭的小山。崔漢喊了凱爾一聲，他便在登山入口處停了下來。

「凱爾大人。」

「嗯？」

「我明天要離開了。」

「我知道，那時我不就叫你走了嗎？」

崔漢看著以吊兒郎當的姿態站在登山口的凱爾，那是曾經說過，只需要他一個人當護衛便足夠的男人。只要看著這樣的凱爾，崔漢腦海中就會浮現一種想法。

要守護他。

那是充斥著他腦海的想法。

「離開之前我仔細想過了，有些事情必須跟您說。」

昨天跟龍有關的報告，其實並不是他真正想說的事。崔漢短暫猶豫了一會兒，才看著凱爾開口。他的目光越過了凱爾的肩頭，落在登山口的一棵樹上。

「羅恩先生是個危險人物。」

這沒頭沒腦的一句話，讓凱爾一下子有些慌張。他該表示知情，還是該假裝不知情？很快地，他決定了答案。雖然沒預料到會被問這樣的問題，但凱爾的反應依舊平靜。

「是嗎？」

「您不訝異嗎？他身上有非常危險的血腥味。他很強大，曾經有血跡斑斑的過去。起初我以為您是知道這件事情，才把他放在身邊的。」

要是知道的話，肯定會在救龍的時候也帶上羅恩，只是凱爾並沒有這麼做。這代表他要不是不知道羅恩的實力，就是無法信任羅恩。可是羅恩跟在他身邊十三年了，沒有道理無法信任他。於是崔漢做出結論，凱爾不知道羅恩的實力。

「但凱爾大人跟其他人似乎都不了解羅恩先生。」

崔漢私下煩惱了很久。其實，昨天因為凱爾說的那句不期待任何事，才讓崔漢沒把羅恩的事說出口。但今天凱爾只挑了自己當護衛，這點令崔漢有些良心不安。

「所以我覺得我需要跟您報告。」

「是嗎？我不知道羅恩很強。」凱爾的反應相當冷淡，

崔漢反問：「您要繼續把他留在身邊嗎？他有著非常陰險的力量。」

崔漢這番話，讓凱爾冷笑了一聲。繼續留在身邊？一到首都，他就會立刻把羅恩送去給崔漢。

「你跟羅恩都一樣。」

「什麼？」

「你不是說他有危險的力量嗎？那為何你沒有對他出手？」

「這當然是因為……」

崔漢一時之間不知該如何回答。

「因為他沒對你出手。」

他無法反駁凱爾的話。起初因為誤會，而短暫與羅恩有過一段攻防，但之後他也替崔漢找回了劍，還幫忙處理哈里斯村的事。

凱爾一言不發，直盯著崔漢。

不光是崔漢，羅恩也沒對任何人下手，頂多偶爾送上檸檬汁跟兔肉來捉弄凱爾，但也僅此而已。

「十三年來，羅恩一直是我的隨從。」

無論遇到什麼情況，羅恩都忠於隨從的角色。即便是位階意識強烈的副團長，看見侍從羅恩抬頭挺胸地走在凱爾身旁，也從不曾發火。羅恩代替自己盡了職責，副管家漢斯也從不曾生氣。

因為他有能力，且為了家族奉獻。

「你討厭羅恩嗎？」

崔漢想了想，隨後便搖搖頭。

「不。」

「那不然呢？」

「只是希望讓您知道他是個危險人物。」

「你跟羅恩都一樣。」

凱爾重複了一次剛才說過的話，崔漢只是看著他。

「對我來說都一樣。認真比較起來的話，你也很危險。」

凱爾面無表情地看著崔漢說。

「你的力量也很強大啊。」

「啊。」

崔漢忍不住驚呼了一聲。雖不知道他為何驚呼，凱爾還是接著說了下去。

「對我來說都差不多。」

來自東大陸的羅恩不知為何隱藏了真實身分，這樣的他會對伯爵家的兒子下手？這種事肯定會驚動整個王國。

羅恩，既不溫暖又無情，心裡只想著自己和兒子，這種人怎麼可能去做多餘的事？

凱爾之所以感到害怕，純粹就是覺得那個老人很可怕而已，並非他對自己有威脅。而現在，自己只想盡快解決待辦事項，以便恢復身心平靜。

「對我來說，羅恩就只是個隨從。就如同你對我來說，也只是個欠飯錢的人而已。」

凱爾看了看錶，洞窟裡的風會隨著時間改變，他得盡快。

「話說完了吧？我走了，別跟過來。」

崔漢沒有回答，只是輕輕點了個頭，以此代替回答。凱爾見狀，便頭也不回地往小山上去了。

直到崔漢再也看不見凱爾的身影時，他才對著稍早注視的那棵樹開口。

「聽到了吧？」

羅恩悄悄地從樹上跳了下來。

他看著崔漢，嘴角得意地上揚，沒好氣地說：「他可是我帶大的孩子。」

這是不容置喙的事實。

站在凱爾剛才離去的登山道口，崔漢擋下了羅恩。

「凱爾大人說從這裡開始不要再跟著他。」

「我知道，臭小子。」

羅恩想也沒想便轉身離開。今天只是因為凱爾連貓族的兩姐弟也沒帶，單獨跟崔漢一起出來，他才想說來看看情況。

「白來了。」

都說人老了就是善變，這善變還真是可怕。有別於來時的敏捷步伐，羅恩此時緩緩往旅館的方向走去。

崔漢則坐在附近的岩石上看著羅恩離去的身影，打算在這裡守到凱爾下山為止。

登上這座跟丘陵沒兩樣的小山，凱爾來到了山上的一處洞口。洞口被藤蔓所覆蓋，若不仔細看還真是找不到。

「啊啊，真是的。」

凱爾皺緊了眉頭。

這洞口非常小，他看了看自己身上的衣服，雖然已經穿得很輕便，但還是有點累贅。

「唉。」

重重嘆了口氣，凱爾開始往洞裡爬。想起先前那棵吃人的樹，凱爾更確定一件事了——跟古代力量有關的事物，沒有一件會是正常的。

洞口的地面上留下了凱爾往內爬的痕跡。稍後，小小的爬蟲類也在那裡留下了足跡。

凱爾才爬了五分鐘，便能察覺到洞窟內部越來越寬敞。

看來泰勒真的迫切想得到這股力量，下半身癱瘓還能爬到這裡來。

由於必須靠自己的力量堆疊石塔，因此長男泰勒必須親自來到這裡。從入口到這裡的路對凱爾來說只需五分鐘，但對泰勒來說想必要花費更多時間。

來到寬敞的空間裡，凱爾重新站起身來往更深處走去。越往深處，他越能聽見聲音。

呼嗚嗚嗚——呼嗚嗚嗚——

那是風聲。越是往內，氣流碰撞而發出的聲音便越來越大。很快的，凱爾便發現了一片地基與破碎的梁柱，看來這裡曾是個破舊的小屋。

凱爾只是看了一眼，便繼續往深處走去。

呼嗚嗚嗚——

風聲更加劇烈了。砰！砰！風彷彿化作巨大的拳頭，與洞窟接連碰撞。

凱爾加快了腳步。

風啊……以後要是獲得『風之聲』，我也會發出這種聲音嗎？

盾牌，然後是治癒，凱爾迅速計畫著接下來的事。想到下一個要獲取的古代之力，凱爾終於停下了腳步。

他並不是主動停下，而是被迫停下。

「哎呀。」

這真是超乎預期。

巨大的地下空間在凱爾眼前開展，與此同時，劇烈的旋風也遮蔽了他的視野。

砰砰！

旋風撞擊著洞穴的牆壁，地上滿是掉落的碎石，讓人瞬間明白這個空間仍在不停擴大。

凱爾站在通道與空間的交界處，看著距離自己僅有一步之遙的地下巨大空洞。一旦進到空洞，他便會被風捲走。不，不僅是被捲走，他會被風帶著撞上洞穴的牆面並受到重傷。

那風就是如此強勁。

「嗯。」

當然，旋風的中心就如颱風眼一般平靜。

要是沒有凱奇的幫助，泰勒根本不可能獲得這股力量。

他突然能理解，為何這對搭檔辛苦了一個星期才成功。但即便面對這樣的困難，凱爾還是大大地笑了開來。從現在開始，是跟時間的競賽。

他毫不猶豫地跨出步伐，往地下空洞、往那巨大的旋風裡去。凱爾紅色的頭髮被吹得凌亂，他的衣服劈啪作響。

與此同時……

「不、不行！你太弱了！會受傷！」

龍著急地出聲阻止他，並從後方現身。

就在這時……

「咦？」

龍的眼前出現一張足以遮蔽身體的大盾，以及一雙散發著銀色光芒的翅膀包覆了凱爾。

那銀色的光芒令人感到神聖無比，被翅膀環繞的凱爾以巨大的盾抵擋風的吹襲，自盾牌而生的一雙翅膀則環繞成圈，保護著凱爾的安全。

凱爾轉頭，看見吃驚的龍就在他身後。

「搞什麼？」

黑龍一句話也說不出來，只是腳步沉重地往回爬。凱爾一臉無奈地看著他的背影，並聽見一個小小的聲音穿透風牆傳進耳裡。

「……我只是路過。」

「嘖。」

凱爾不屑的咂嘴，讓龍忍不住抖了一下，但凱爾現在也沒有多餘的力氣去管牠。洞窟裡的風是以三小時為周期循環，會反覆增強、衰弱，現在正是風逐漸衰弱的時刻。當然，越往中心風還是越強。

呼嗚嗚嗚——

「真讓人害怕。」

雖說強度減弱，但這程度的風也已經夠強了。據說活了一百五十年的老人，就是穿越這股強勁的風抵達了石塔。

凱爾的目光重新回到洞窟中央。巨大的地下空間，那旋風的中心彷彿沒有一絲絲的風，只見堆疊到一半的石塔穩固矗立，旁邊則散落著不少石頭。

得用那些石頭把塔重新疊起來。

疊塔倒不是什麼難事，問題是要怎麼到達那裡。

凱爾看了看面前的盾牌，以及自盾牌而生，緊緊包覆住自己的翅膀，隨後深吸了口氣才跨出第一步。

鏘！鏘！猛烈的風與盾牌碰撞。即便是半透明的銀色盾牌，依然發出了碰撞聲，彷彿真實存在一般。聽見聲音傳來，正往通道走的龍悄悄轉頭看著凱爾。

「……太弱了。」

在龍的眼裡，凱爾雖有盾牌與翅膀的保護，但每一步都走得無比艱難。盾牌與翅膀擋不住的風，不停吹起他的衣服。而從盾牌下方滲進的風，甚至還會讓凱爾不時停下腳步。

但凱爾依舊繼續前進。

同時，龍也看到了，凱爾在笑。

與那劇烈的旋風相比，凱爾實在是微不足道，他甚至比同行的貓族還脆弱，他們一行人之中最弱的人類，此刻正帶著笑容穿越風牆。

龍從未見過那樣散發銀光的盾牌，也不曾見過那樣的翅膀。龍看了看自己的翅膀，跟自己的很不一樣，那雙翅膀非常美麗，他很好奇那是怎樣的力量。

但比起華麗又神聖的盾牌，更吸引他注意力的是帶著笑容的凱爾。

而正被注視著的凱爾，則是笑得更開了。

不錯嘛，很輕鬆。

雖然因為風而導致前進有些困難，但這樣算是不錯了。跟比克羅斯曾經向他父親羅恩學劍術卻差點送命相比，這種獲得力量的方法實在非常輕鬆。

凱爾再次領悟到，無論是什麼樣的事物，能夠輕鬆獲取的類型才是最好的。

使用不破之盾時，精神或肉體上並不會產生任何不適。不過，盾牌破掉的時候，多少會引發一點副作用。但光是現在這種程度的攻擊，還不至於讓盾牌破損。

只是會被推開。

盾牌只會被風向後推，使他無法前進，但不會破碎。其實凱爾也已經預想到，自己可能會被推開幾次，因此他選擇降低了盾牌的強度，加大面積。打算之後要是再被推開，就要慢慢把盾牌縮小。

但盾牌比想像中還要有用。這件事雖然讓凱爾有些不安，但在距離旋風中心只剩一半距離的時候，他決定不再分心。

抵達中間點時，他聽到一個聲音。依照書裡的描述，那是個穩重老人的聲音。凱爾在等待那個聲音的出現，因為旋風會在聲音出現的時候變強。

我很後悔。

雖是聽見了聲音，內容卻有些奇怪。

嗚嗚，我很後悔。

老人在哭泣。

「嘖嘖。」

凱爾咂了咂嘴。這該死的古代之力，實在太不正常了。泰勒為何會覺得這聲音很穩重？真令人難以理解。

但凱爾還是停下了動作，並暫時停下腳步。

擁有熟悉力量之人，我不希望你擁有這股力量。

「嗯？」

擁有熟悉力量的人？這句話引起凱爾的注意。與此同時，地下空洞裡吹拂的風也變得更加強勁。

砰、砰、砰！風更劇烈地撞擊透明的盾牌，發出震耳欲聾的聲音。但凱爾的表情，仍是一副毫不在意的模樣。他鮮豔的紅髮被強風吹得無比凌亂。

是在說不破之盾嗎？

熟悉之力這個詞，凱爾只能聯想到盾牌。記得在書裡，老人對泰勒說的不是這些話。

難道他認識不破之盾及其主人嗎？

許多想法開始在凱爾腦海中打轉，但他決定先前進。只是現在，風的強度已經不只是將盾牌往後推了。

我等同於背叛了伙伴。我是個壞蛋！嗚嗚，我一個人活下來，一個人老去。這樣的我是多麼齷齪啊！

凱爾一步一步走得相當艱辛，老人的聲音也不時傳進耳裡。

我總是祈求，希望所有人都能活下來。但我的願望早已不可能實現。我只能一再感到痛心！所以我無法完成那座塔！

「真是吵死人了。」

凱爾嫌老人的哀嘆聲很煩，那不僅不穩重、還要死不活的哭聲，是他最討厭的類型。那個評論麵包味道的傢伙好多了。

感覺到身體微微被往後推，他穩住重心，雙腳使力。才跨出一步，聲音便又傳進耳裡。

再生之力一點用也沒有，只能保護自己，無法幫助其他人，我是個廢物！

凱爾忽視腦中響起的哀嘆聲。對他來說，能保護自己的力量是最重要的。當個廢物又如何？活下來才重要。

現在只剩五步，離旋風中心不遠了。

鏘、鏘、鏘。

原本只是輕輕碰撞的風聲，逐漸變得越來越劇烈，彷彿是有誰握拳朝著盾牌猛打一樣。

這樣可能要碎了。

凱爾心想，這程度的風勢，說不定會讓盾破掉。也就是說比起單純的被推開，接下來要面臨的狀況可能更加嚴峻，他可能會被風給割傷。

不過即使被刀刃一般的風割傷，我也不會死。

同時，他注意到另一件事——古代之力的主人們話怎麼都這麼多。

凱爾立刻縮起身子，同時縮小了盾牌的面積。

鏘、鏘。盾牌的面積是縮小了，但強度也隨之提升，現在盾牌可以抵擋更強勁的風勢了。

凱爾朝透明的盾牌伸手，握住盾牌內側的透明握柄，繼續向前。

一步。

再生是詛咒之力。

兩步。

我的心臟一直在跳動，我卻動不了。

第三步。

因為我害怕死亡。

第四步。

我總是害怕受傷帶來的疼痛，更害怕疼痛帶來的死亡。

然後是最後一步。

凱爾跨出了第五步。

唰啊啊——

一陣宛如雨聲的聲音響起，凱爾進到了無風的空間。颱風眼，那靜謐的空間之外，有無數的風聲呼嘯而過。老人的聲音，就夾雜在風聲之中。

我拋棄了信念，選擇活下去。

留下最後一句話，老人便不再說話了。

「嘖。」

什麼鬼信念的，活下來更重要好嗎，這老人廢話還真多。凱爾不屑地哼了一聲，並將盾牌收回心臟。包覆著他的銀光，也在轉眼間便消失。

他走向只堆了一半的石塔，並在塔前蹲了下來。

那是座平凡的石塔，就像是爬到某座山頂上會看見的，那種隨手堆砌的模樣。

只是石頭都是黑的，就像吃人的樹一樣。從古代流傳下來的石頭與其他石頭截然不同，這風也是如此。

「唉。」

本想好好發揮美感的凱爾，在觀察一陣子後，決定放棄掙扎。他從口袋裡掏出了手套戴上，撿起石頭來把石塔堆好。

啪、啪、啪，石頭一顆顆向上堆疊成石塔。

不需要太多時間，就連泰勒都能輕鬆完成這個步驟。沒進到這裡面，在外頭等的凱奇只能負責擔憂。但所有的古代之力都一樣，必須獨自完成一切。

「真簡單。」

凱爾撿起最後一塊石頭，放到塔的最頂端。而就在這一刻……

啪啊啊！

黑色的石頭逐漸轉變成白色，凱爾站起身來環顧四周。

風逐漸平息了。

「咦？」

他能聽見龍吃驚的聲音，但凱爾選擇忽視，只是靜靜等著風完全平息。他雙手抱胸，聽見老人的聲音傳來，除此之外他什麼也做不了。

我試著想對抗那些傢伙，但我沒想到自己是個這麼怕痛的人。那些人不是侍奉神的人，這件事我直到與大家分散開、被獨自囚禁後，才終於意識到。

老人所說的話觸動了凱爾的神經，讓他想起不破之盾的主人曾說過的話。

明明自稱侍奉神之人，可闇黑森林的傢伙們給我的東西總是難以下嚥。
凱爾突然有種強烈的感覺，剛才聽見的那些聲音，或許這輩子都只有他一個人能知道。
凱爾皺緊了眉，老人自顧自地說了下去。那聲音只有在凱爾腦中響起，龍原地躊躇，看著凱爾呆站在那的模樣。
我堆起了石塔，希望能夠倒轉時間，希望能夠變幸福，但最後我還是選擇摧毀了石塔。拋棄同伴而逃跑的我，最終厭惡起自己那份渴望得到幸福的自私心態。
「呼。」
凱爾嘆了口氣，這傢伙真是煩人。
受不了這種煩悶，凱爾忍不住開口道：「你就是個自私的人。」
老人的聲音瞬間消失。
快沒話說了？
感覺對方就快把話說完了，凱爾的表情豁然開朗。然而下一秒，他又聽見啜泣的聲音。
嗚嗚，我姐姐也説過這種話。她是個很棒的姐姐，比任何人都要可靠。嗚嗚，我的姐姐，嗚嗚嗚！
他哭了。
「我真是要瘋了。」
噠、噠、噠，凱爾憤怒地用腳朝地面踢了三下。站個三七步的凱爾，看起來像極了流氓。意外的是，老人哭了一段時間之後，竟向凱爾道了謝。
擁有熟悉之力者，你那沒禮貌的模樣讓我想起我的哥哥。把禮貌拋諸腦後的態度，真是讓人羡慕。
最後終於是老人曾對泰勒說過，也是凱爾殷殷期盼的那句話。

粉粹吧，這樣一來你就能「克服」你的極限。

嘻，凱爾嘴角上揚，並立即抬腳踢倒了石塔。

砰！砰啪！砰！

飛散的白色石頭，撞上了地面與牆面。一直在旁觀看的龍嚇了一跳，牠疑惑地看著凱爾，但隨即便被眼前的光景吸引了目光。

「哇。」。

石塔粉碎，底下不斷發出白光。

嗡嗡嗡，凱爾能感覺腳底傳來擴及整個洞窟的隱約震動，光芒不斷朝凱爾湧去。

凱爾伸手握住那道光，而就在那一刻……

啪！

光如箭矢一般射入凱爾的心臟，隨後消失無蹤。

「呼。」

凱爾深吸了口氣後，低下頭，從領口看了看自己的身體。心口畫著一副華麗的盾牌，盾牌上華麗的圖案已經消失，取而代之的是一顆紅色的心臟。

凱爾立刻就能感覺到遍及體內的活力。

這活力將使盾牌變得更強大，而且即使受了傷，他也能展現比一般人快上好多倍的恢復能力。與超能力盾牌不同，這是人類天生的身體能力。天生的再生能力不知要有多強，才能夠做為古代之力持續流傳至今。

凱爾張開盾牌。

「果然。」

看見盾牌上的圖案變成心臟，他的嘴角便微微上揚。凱爾毫不避諱地看著窩在一旁的龍。

他對龍開口，那聲音沉甸甸的，就像扔進湖裡的石頭。

「想跟我一起走嗎？」

「……雖然你弱到需要別人保護，不過我還是討厭人類。」

龍回答完後，身體便漸漸變透明了，想必是使用了透明化的魔法。

凱爾哼了一聲，「真是善變的傢伙。」

假裝不知道龍跟著自己，卻又在這時主動問龍要不要跟自己走，自己確實也夠善變，但龍也不遑多讓。只不過，凱爾實在無法不理會這個本打算衝出來救自己的傢伙。

凱爾看了看如今已沒有風也沒有其他東西，只剩石頭的洞窟，隨後便轉身離開。

當然，出去的時候也得用爬的。

離開洞窟後，凱爾站在草地上，將遮蔽物放回原本的地方，這是為了遮蔽洞口所在。

凱爾再度邁開步伐前，他猛然轉過頭，看著長滿草的地面開口說了句話。

「我看得到你跟在我後面。」

草地上確實能看到痕跡，好像有什麼四腳著地的東西踩在那。但凱爾一說完話，痕跡便消失了。

是飛到上天了嗎……凱爾搖搖頭。

唉，還是多了張討飯吃的嘴巴。

凱爾重重嘆了口氣。龍一直維持透明化跟著自己的事，可說是再明顯不過。明明就會高階的透明化魔法，究竟為什麼會如此大意？本以為龍都很聰明，看來並非如此。

下山後與在登山口等待的崔漢會合，凱爾才注意到他滿臉不情願。

崔漢上下打量凱爾，隨後問道：「您從山上滾下來了嗎？」

該死。

他的頭髮被風吹得無比凌亂，又在滿是石頭與泥土的地面上爬行，衣服也是破破爛爛。

凱爾毫不遲疑地回答：「對，我滾下來了。」

崔漢憐憫地看著凱爾，凱爾則選擇忽視這一切。

那天晚上，凱爾要求兩隻貓去替他送一封信。那是一封以魔法撰寫，讓人無法辨識出筆跡的信。

「偷偷放著就回來。」

那是給神官凱奇與長男泰勒的新希望。

深夜，波瑟市郊區一棟有兩層樓的小房子。只有一樓開著燈，光線從窗戶透到了外頭。

那戶人家的主人，史丹侯爵家的長男泰勒，臉上露出相當嚴肅的神情。

「怎麼了？」

「可惡，呃，等一下，先別跟我說話。」

侍奉死神的神官凱奇抱頭哀號。

匡啷啷。

她手裡的啤酒杯掉到地上，泰勒與他的三名手下來到凱奇身旁。

「怎麼了？神又說什麼了？」泰勒憐憫地看著她。

不知從何時起，死神便會不時地傳遞訊息給凱奇。在神殿的時候，她一直隱瞞這件事，只有泰勒與他的三名手下知道。

「啊，煩死了！」

獨自悶哼了好一陣子，凱奇猛然起身往後門走去。她的腳步非常急促，雖然她扶著頭且腳步有些踉蹌，但確實是筆直朝著後門走去。

泰勒做了手勢，制止打算跟上去的手下之後，便推著輪椅跟了上去。

難道是有人潛入了？

這房子雖小，四處卻布滿了能感應到入侵者的警報魔法。因為如果不這麼做，泰勒就會不安到難以入眠。

自從在史丹侯爵宅邸自己的房間裡，被刺客襲擊而毀掉雙膝之後，便再也沒有地方能令他感到安心了。

「凱奇，妳怎麼了？」

「等一下。」

砰噹！凱奇粗魯地打開後門。看在泰勒眼裡，那就是普通的後院，一如往常的寧靜與溫馨。有幾盞小燈亮著，一點都不暗。

凱奇消失在小小的後院裡，泰勒跟在她後頭。出了後門來到圍牆邊，凱奇看著圍牆上嘆了口氣。

「哈！」

那道圍牆，剛好位於警報魔法作用的範圍外。在那道圍牆上，有一個約五塊石頭堆成的小塔。也是這裡唯一的騎士於稍後前來巡邏時，絕對會發現的大小。

「媽的，真是要瘋了，原來是真的……」凱奇吐出非常粗魯的話。

坐在輪椅上的泰勒來到她身旁，對著比自己稍微高一點的牆上的石塔露出驚訝的神情。

「這是什麼？」

聽見泰勒的疑問，凱奇便念起了用粉筆寫在石塔旁的字。

「上面寫『若想實現願望，便摧毀它』。」

泰勒的臉上自然是露出了疑惑的神情。見他這副模樣，凱奇嘆了口氣，伸出手指按著自己的太陽穴。

「我建議你粉碎它。不，該死，是神建議你粉碎它。」

「什麼？」

「神第一次沒有鬼扯。最近是怎麼回事？通常一年最多只能聽見一次的神諭，怎麼變得這麼頻繁？」

「祂說這石塔是什麼？」

凱奇看著泰勒。

「祂說是能改變我們人生的轉捩點。」

神只會在凱奇睡著的時候去找她，睡眠與死亡相似，因此睡眠也算是一種通道。

這次凱奇卻是在喝酒時聽到了神的聲音。

本以為神是為了訓斥她喝太多酒才來的，所以她很開心，希望神能就此不要再理會她。沒想到，神帶來的卻是其他消息。

「『選擇權在你們，但如果想活得輕鬆自在一些，就別毀了石塔。』祂是這樣說的。」

凱奇看著石塔，底下似乎壓著什麼東西。

「石塔下面有一個信封，我想應該是為了這封信才堆石塔的。」

她轉頭看向好友泰勒，坐在輪椅上的泰勒雖能看見石塔，卻看不見下面那封信。

「石塔上沒有其他氣息。」

雖然不到魔法師的程度，但能使用神聖之力的凱奇，對特殊氣息也有一定的敏銳度，能感知到大多數物品或場所之中暗藏的不祥之力。

畢竟她侍奉的可是死神。

她等著朋友的回答。

泰勒仰望夜空看了一會，才轉頭看著凱奇。

「推倒吧。」

凱奇立刻伸手推倒石塔。

砰、匡、啪。牆上的石頭一顆顆滾了下來，泰勒面無表情地看著這幅情景。

想活得輕鬆自在一些就別毀了石塔？

泰勒可從沒活得輕鬆自在過，而他也不想這麼做。他想治好這雙腿，並繼續往後的旅程，

然後——

我要毀了這該死的侯爵家。

泰勒伸出手，凱奇將信封放到他手上。他立刻拆開信封，發現裡頭放的是一封施了魔法讓人無法辨識筆跡的信。

不過能從紙質判斷，是貴族常用的信紙。

泰勒毫不猶豫地打開，並就著後院微弱的燈光，讀起了最上面的三行字。

王儲擁有古代之力。

是他不需要的「治癒之星」。

那是只能發揮一次的力量，可治癒任何殘疾。

而他渴望拿這股力量，交換一個牽制二王子與三王子的手段。

泰勒的指尖都在顫抖。

「怎麼了？」

見到泰勒的表情跟顫抖的指尖，凱奇也神色凝重起來。

「哈！」

泰勒發出一聲不知是哀嘆還是感嘆的笑聲，並把手中的信拿給凱奇。

「確實是個轉捩點。」

「什麼意思？」

接過信紙，凱奇讀了起來。古代之力與王子幾個字讓她怔了怔，並在看完後面的內容後，立刻轉頭看向泰勒。

即便腿腳不方便，你還有腦袋、雙手、雙眼與嘴巴。

你仍是活生生的。

而一切，皆交由泰勒·史丹，史丹侯爵家的長男做判斷。

泰勒看著後院的漆黑角落開口說。

「凱奇。」

「嗯。」

「把這裡交給管家，我們去首都吧。」

「好。」

她早已決定，只要泰勒還活著，她便會配合他做的所有決定。她感受過的死亡比任何人都要多，因此很清楚活著的價值。

「聰明的你應該會自己看著辦吧？畢竟你還算能照顧好自己。」

凱奇相信泰勒的腦袋是清楚的。

「曾經是這樣沒錯。」

「曾經」兩個字，讓凱奇看向了他。

「我本該懂得照顧好自己。」

他本該照顧好自己的，卻因為掉以輕心而傷了兩條腿……

泰勒抬頭望著這棟兩層樓的小屋子。為了不知真偽的一份古代文獻在這裡停留了好幾個月，卻什麼也沒找到，他早已感到心煩意亂。與其繼續待在這裡，不如暫時動身去其他地方。就這一次，相信神的話應該沒關係吧？死神很珍惜凱奇，不可能騙她。

泰勒開口說：「如果想趕上王室活動，就得盡快動身了。」

「好，我們快走吧。」

「沒問題嗎？如果要去首都，妳就得跟神殿的人打到照面。」

「他們能怎樣？有種就把我逐出教門啊，這樣反而更好。我比較擔心你。」

「謝啦。」

「謝什麼啊。」

凱奇舉起手上那封信。兩人看著這張薄薄的紙，隨後咧著嘴笑看彼此。

「恩人。」

雖然還不知道這究竟是不是恩人，但兩人的直覺告訴他們，這封信的主人就是恩人。既然如此，總有一天他們要找出這位恩人，還對方這份恩情。

早已從酒醉中清醒的兩雙眼睛，清晰明亮地看著那封信——那是迎接轉捩點的欣喜眼神。

而在遠方另一棟房子的屋頂上，目睹這一切的紅色小貓，開始對著姐姐氤低語。

「姐姐，我們可以回家了嗎？」

「嗯，任務完成了，回去吃宵夜吧。」

「好棒！」

兩隻貓悄悄地越過屋頂，回家去了。

隔天，凱爾雙手抱胸站在一旁，表情顯得相當不安。打扮得比平時要正經華麗許多的他，上下打量著站在自己面前的人。

「少爺，您出門不帶上漢斯沒關係，但怎麼能把自己弄得這麼狼狽呢？」

「應該讓我這個副團長來保護少爺才對！」

「哎呀，少爺，羅恩好心疼啊。」

昨天凱爾狼狽地回來時，那些關注令他感到相當不耐，所以今天便打扮得比平時更誇張。華麗的衣著，與他鮮紅色的頭髮非常相襯。凱爾就是那個無論去到哪都很出眾，絕不可能被埋沒的人。

只是此刻，他的臉上明白地擺著不怎麼高興的樣子。

「你要就這樣離開嗎？」

凱爾站在他們一行人下榻的旅館入口，雙手抱胸看著崔漢。崔漢只帶著一個小包袱，並把平時隨身攜帶的鐵劍繫在腰間，一臉平靜地站著。

「是。」

即使崔漢就要離開，他們也沒有舉辦聚餐或送別會。凱爾不是會做這種事的人，崔漢似乎也不想要這樣，所以離別的場面非常簡單。

只有凱爾、兩隻貓、漢斯、羅恩、比克羅斯以及副團長。副團長的出現令人相當訝異，他居然也來送行了。

「哎呀。」

凱爾嘆了口氣，從懷裡掏出一個袋子給崔漢。

崔漢輕鬆地接下了，那個袋子他很熟悉，送給黑龍的魔法袋就是這個大小。打開袋子，裡頭有用魔法縮小的藥水及其他幾樣東西。

崔漢抬頭看著凱爾，只見對方板起了臉。

「怎樣？幹嘛？想怎樣？不喜歡就丟掉。」

崔漢一句話也沒說，凱爾卻連珠炮似地講了好幾句，然後立刻轉身往房間走去。

「保重啦。」

丟下一句短暫的道別後，凱爾面無表情地離開。

到首都之後，他打算把羅恩跟比克羅斯送去給崔漢，並下達幾道指示之後，就中斷彼此的聯繫。理論上，以後應該不會再見到崔漢了。

「我去去就回。」

崔漢的語氣中帶著笑意，讓凱爾頓時感到背脊發涼，但他忍著沒有回頭。

看著沒有回頭的背影，崔漢覺得這才是自己所認識的凱爾。

接著他看向其他人，「之後在首都見了。」

「咳嗯，我會提升實力，到了首都就會是由我當少爺的護衛了。」

接在副管家漢斯之後，副團長也氣沖沖地向他道別。

「要好好磨劍。」

「記得再回來。」

比克羅斯口氣生硬，羅恩則裝出慈祥的樣子，兩人紛紛向他道別。當然，兩隻貓也用前腳拍了拍崔漢的腳，以此作為道別。

每晚窩在凱爾房間窗外，像在保護凱爾的龍，也維持透明化狀態來到旅館的院子裡，像是要跟崔漢道別一樣，隱約動用了一些瑪那，將一陣風送向崔漢。

「原以為已經收到很多恩惠了，沒想到還有更多。」

崔漢抱著魔法袋子，露出一個愉快的微笑。雖然凱爾沒看到那抹笑容，但在場的所有人都是第一次見到崔漢笑得如此開朗。

「首都再見。」

崔漢很有禮貌地向所有人道別，隨後便離開了旅館。數十年來，他身邊只有比死更深沉的孤獨，如今終於有了歸屬，也有了必須報答的對象。

得好好還清這頓飯錢才行。

告別凱爾一行人，崔漢獨自離開波瑟市。

隔天上午，凱爾一行人也搭乘馬車準備離開波瑟市。

「少爺，我們準備出發了。」

「嗯。」

聽了羅恩的話，凱爾點點頭。

羅恩隨即關上敞開的窗戶，並開始讓馬車準備出發。他們即將再度踏上艱辛的旅程。

「看什麼？」

凱爾冷冷地看著在旁磨磨蹭蹭，不停偷看他臉色的兩隻貓。兩隻貓頓了一頓，隨後便搖搖頭。

凱爾噗哧一聲笑了出來，「怎樣？你們看到龍啦？」

講完後，雖然聽到了驚呼聲，凱爾仍決定忽視不管。反正崔漢走了，龍想跟就跟吧，他可沒有時間煩惱這件事。

馬車駛出波瑟市的城門，他們決定好第一個紮營的地點，準備結束這一天時。

「如果你們不介意的話，能不能借我們一個角落歇息呢？」

一輛馬車停在凱爾一行人紮營處附近，坐在前頭看似是車夫的人下了車，朝副團長的方向走去。

「請問是哪位？」

副團長雖開口提問，卻在看見對方肩甲上印著的那條紅蛇，就意識到了問題的答案。對方直接越過副團長，向凱爾點了個頭並開始自我介紹。

「我是隸屬史丹侯爵家的騎士，湯姆。」

該死！

看著那輛什麼家紋也沒有的落魄馬車，凱爾好不容易才忍住差點脫口而出的髒話。

此時，馬車的窗戶打開，泰勒．史丹從裡面探出頭來。

「我是泰勒．史丹，因為看見海尼特斯伯爵家的家紋，才這樣失禮地前來請託。」

泰勒判斷，如果是擁有龐大勢力的海尼特斯伯爵家所在的紮營地，想必能夠確保今晚的安全，才會提出這個請求。

只是這對凱爾來說，並不是個好的決定。

看著眼前的泰勒，凱爾聯想到這個時候，應該正在獵野豬或鹿給他的龍，忍不住皺起眉頭。

該死。

走了一個，卻來了三個。

chapter 007

你究竟是誰

這三個還不是單純的三個人。其中之一是一頭傻龍，一個是渴望被逐出教門的神官，另一個則是史丹侯爵家的人。

「唉。」

凱爾忍不住嘆了口重重的氣。他先是低下頭，隨後又抬起了頭。他能感覺到氣氛相當凝重，而這氣氛讓他感到訝異，於是他看向了漢斯。

漢斯尷尬地笑著，並向他使了使眼色，示意他看看表情哀痛的騎士湯姆，以及從馬車窗戶探出頭來的泰勒。

只見泰勒帶著苦澀的微笑開口：「如果您不方便，我們就離開。」

被拋棄的侯爵家長男，在下半身癱瘓之後便只得到家族最低限度的支援，這樣的處境使泰勒的人生一夕之間墜入深淵。

史丹家中非繼承候選的貴族子弟都認為，沒了侯爵家繼承人的身分，泰勒只有死路一條，因此紛紛疏遠他。為了表現給巴尼翁或其他兄弟看，他們偶爾還會在眾人面前無視泰勒。如今泰勒的處境，可說比男爵家的子弟還不如。

泰勒聽過海尼特斯家的混混凱爾的名號。馬車上有富裕的黃金烏龜家紋，又留著一頭紅髮的年輕男子，就只有凱爾．海尼特斯一人。然而即便海尼特斯伯爵家堅守中立，對方仍有可能不願意跟自己混在一塊。畢竟自從他的身體半殘後，人人都這麼對他。

聽見凱爾的嘆息聲，泰勒再次領悟到這點。

「您要離開去哪？」

凱爾面無表情地大步朝泰勒的馬車走去。

「這土地也不屬於我，我們同是旅人，我不會做出趕人這種幼稚的舉動。」

隔著一道馬車門，凱爾與泰勒面對面看著彼此。

凱爾還趁機往裡看了一下。

果然也在。

瘋狂神官凱奇正坐在馬車裡，悄悄凝視著自己。聽說她的詛咒術相當怪異，初次見到詛咒術的人都說她是「受詛咒的存在」或是「死靈法師再世」。

凱爾將目光從凱奇身上移開，重新看向泰勒並伸出手。

「我是海尼特斯伯爵家的凱爾．海尼特斯。」

泰勒看著馬車外凱爾伸出的那隻手，接著又看向面無表情的對方……喀噠，打開了馬車的門。

禮法上，他應該要下馬車與對方問候，這才是應有的禮節。

「我的腳不方便，無法下到馬車外。」

「我知道。」

盯著絲毫不在意這種事的凱爾看了好一會，泰勒才回握住他的手。

凱爾則是迅速地握住再鬆開。

「很高興見到你，凱爾少爺。」

一點也不高興，凱爾一點也不高興見到他。他甚至不想聽泰勒介紹凱奇，便打算立刻轉身離開，偏偏泰勒是個過度有禮的人。

「這位是我同行的旅伴，凱奇神官大人。是侍奉永恆安息之神的人。」

永恆的安息，是指死亡之意。凱爾壓抑嘆氣的衝動看著凱奇，凱奇則像個善良的神官典範，向凱爾獻上最神聖的問候。

「很高興見到您，凱爾少爺。我是神官凱奇，願夜晚的寧靜與您同在。」

夜晚的寧靜，是侍奉死神的人向一般人問候時的用語。

該死。

別說什麼夜晚的寧靜了，凱爾覺得光是今晚就沒辦法好好睡覺。看著那笑得人畜無害的凱奇，他總覺得像是喝到檸檬汁的錯覺，口腔和腸胃裡都泛著股酸意。

還裝出一副善良神官的樣子，不是恨死了這一切，希望能快點被逐出教門嗎？

演技還真是出眾。對著那露出一副善良神官典範笑容的凱奇，凱爾咧著嘴露出一個笑容，大膽地說。

「我不信神。」

凱奇的眼睛裡閃爍著奇妙的光芒，就像是在說，居然敢在神官面前發神經說這種話。凱爾倒是很高興看到她這樣的反應，因為他只希望對方能繼續認為自己是個混混。

「真是位有趣的大人。」

「我確實挺有趣的。」

凱爾隨口應了一聲，便開始查看泰勒的馬車。雖說是侯爵家的長男，但這情況看起來實在落魄。只有一名同時兼任車夫的騎士、凱奇和泰勒，總共三人。

錢應該都用完了吧。

為了在波瑟市的居所設置魔法裝置，想必花了不少錢。現在沒能按時獲取伯爵家的援助，又不可能動用緊急備用金。在始終缺錢的狀態下，當然只能盡可能降低開銷。

見凱爾在查看馬車，泰勒先是緊緊閉上眼，然後才再度睜眼，試圖壓抑心中那股難堪的情緒。凱爾並沒有把他的反應放在心上，只是自顧自地陷入沉思。

他們應該是因為我才要去首都的。

他們要去的地方很明顯，是首都，是王儲所在的地方。

「漢斯。」

漢斯上前，凱爾簡單下達了指示。

「幫他們一下吧。」

「是。」

「也幫他們準備吃的，還有幫他們在旁邊紮個營。」

不想跟他們一起吃飯，也不想共用同一個營帳。

「然後有事不要來找我，在你的權限內自己看著辦。」

他一點都不想製造雙方接觸的機會。當然，狀況可能無法真的隨他所願就是了。

「是，我會像服侍少爺一樣服侍兩位。」

「隨便你。還有，拿點酒來。」

他怎麼又突然變得這麼熱情了？凱爾不滿地瞪著熱情洋溢的漢斯，然後輕輕向泰勒點了個頭。

「那我先離開了，泰勒少爺。」

「是，謝謝您大方的好意，凱爾少爺。」

「哪裡大方，這沒什麼。」

泰勒以微妙的神情向凱爾道謝，凱爾則是頭也不回地離開。接著立刻，沒有一絲遲疑地筆直朝自己的馬車走去。當然，他同時也向跟在一旁的副團長下達指令。

「那邊似乎只有一名騎士。副團長，由你來負責管理那邊的夜班。」

「是，少爺。」

上馬車之前，凱爾確實看見副團長對泰勒的騎士說了些什麼。想必是跟值夜班有關。見騎士露出歡快的神情，凱爾便趕緊坐上自己的馬車。

啪。

一個清脆的聲音響起，馬車門應聲關上。四周的人默不作聲地注視著刻有黃金烏龜的馬車門，隨後便開始做自己分內的工作。只有沒什麼事好做的凱奇與泰勒，呆看著那扇關上的車門。

上了馬車，兩隻貓欣喜地迎接凱爾。

「我知道那個人。」

「紅跟姐姐也見過他們。」

一直看著窗外情況的兩隻貓來到凱爾身旁，悄悄地坐了下來，開啟了他們之間的對話。雖然兩貓對話時看都沒看凱爾一眼，但他們說話的對象確實是凱爾，提出的問題也與他們曾經見過的凱奇和泰勒有關。

面對這兩隻敏銳的貓，凱爾說。

「假裝不知道。」

「跟龍一樣？」

「嗯。」

兩隻貓點點頭表示明白。從現在起，牠們將會假裝不認識昨晚已經見過的泰勒和凱奇。

凱爾雙手抱胸閉上眼睛。

治療之星。

這是他告訴泰勒與凱奇的古代之力的名字。凱爾之所以會得知這股力量的存在，是因為王儲與廣場恐怖攻擊事件。

治療之星，只能使用一次，能治癒一個人身上任何傷口或疾病，使其回到健康狀態的單次古代之力。那股力量就在王儲手中，是他死去的母親傳承給他的力量。

當王族在廣場上現身時，祕密組織大膽發動恐怖攻擊，在廣場與首都的各地引爆魔法炸彈。

當時崔漢只阻止了一半的恐怖攻擊，這已經算是非常了不起的創舉，因此王國認可他的偉大。但崔漢仍想著那些被剩下的炸彈炸死的人，始終憎恨著祕密組織。

當時的祕密組織，還把幾顆炸彈設置在人身上。

崔漢跟天才魔法師蘿絲琳一起，先從裝設在人身上的炸彈拆起，並協助其他人避難，唯獨有一個老人崔漢沒救到。

那名老人在扔掉身上的炸彈時，右手跟右腳卻不幸被炸斷，這使崔漢非常自責。而目睹老人受傷模樣的王儲，則想到了治療之星的事。當時書裡提起了治療之星，但王儲當然沒把那力量用在老人身上。而是安慰因眼睜睜看著老人死去而自責的崔漢，並視他為英雄。

這說不定是理所當然的結果。

凱爾不覺得王儲的判斷不對。自己的東西就該自己決定如何使用，別人哪有什麼權力置喙？當然，如果是崔漢或蘿絲琳，想必就會使用那股力量。

「話說，龍弟弟有跟上來嗎？」

被紅這麼一問，凱爾生硬地點了點頭。

事已至此，就好好利用一下龍吧。

雖然是救了牠，但牠可是龍，又不是什麼會報恩的喜鵲還老虎，卻這樣一直跟著自己，當然要好好利用。至於如何利用，凱爾也已經在兩天前的夜裡便想好了。

凱爾知道崔漢找到的五顆魔法炸彈在哪，但剩下五顆崔漢沒找出來，最終爆炸的炸彈，確切位置不得而知。

而找到的那五顆炸彈，是崔漢透過蘿絲琳的天才瑪那感應力勉強找出來的。至於現在那隻像失去母親的小鴨一樣跟著凱爾的存在，瑪那感應力強大的程度，蘿絲琳根本遠遠不及。

「得讓牠吃點苦頭才行。」

兩隻貓看了他一眼，凱爾卻假裝不知道，只顧著思考要在首都使喚龍去做些什麼。

龍自然也不知道凱爾的算盤，還在隔天一大早便把野豬肉送到紮營地。

前一晚為了訂定在首都的計畫而晚睡晚起的凱爾，醒來後得知野豬肉的事情，前去察看時，才發現周圍的氣氛有些難以言喻。

「漢斯，怎麼了？」

昨晚，他在馬車裡吃飯、睡覺，表現出絲毫不想與泰勒一行人有任何交集的態度。也因此不能理解現在這股奇妙、有些沉悶的氣氛究竟從何而來。

漢斯帶著尷尬的微笑迎接凱爾。包括他在內，凱爾一行人差不多也在這個時候，開始懷疑起這些肉與水果的來歷。

雖不知道羅恩怎麼想，不過其他人都是因為崔漢跟凱爾認為沒問題，因而沒把這件事放在心上。況且廚師比克羅斯也斷言，這就是最頂級的材料。

「哈哈，少爺，您起來啦？」

漢斯往泰勒一行人的方向看了看，隨後來到凱爾身旁。

「那個，我想泰勒少爺似乎有些誤會。」

「誤會？」

凱爾一眼便看見野豬，以及在野豬旁邊的泰勒與凱奇。泰勒坐在輪椅上，凱奇則在後頭推著輪椅，兩人都看著那頭野豬。

凱爾來到死去的野豬前面，在輪椅旁邊停下來說：「發生什麼事了？」

一如既往，龍抓來的野豬大得嚇人。那是比老虎還要巨大，能讓比克羅斯開心的野豬。野豬旁邊則一如既往地有著畫，似乎是懶得畫叉子，地上只畫了刀子。

「凱爾少爺，很抱歉。」

大清早的，這是什麼讓人摸不著頭緒的鬼話？

泰勒的嘴角掛著虛弱的微笑，轉過頭不敢看向那頭野豬。

「我想，應該是我的行蹤被發現了。」

行蹤？凱爾驚訝之餘，還聽見神官凱奇的喃喃自語，似乎非常生氣。

「明明是祕密行動，怎麼會有這種事？這傢伙的力量連我也沒察覺，這太過分了！」

以你們的水準，哪可能查覺到龍的存在？凱爾大概了解情況了。

靠普通的人的力量逮不到這麼大的野豬，擁有這股力量的存在卻能乾淨俐落解決野豬，而且還能隱密地放在這裡不被凱奇發現，顯然是實力高強之人。

更何況，旁邊還畫著一把刀。

對凱爾來說那是把小刀，對他們來說卻是把巨大的刀。泰勒以又是絕望又是抱歉的神情望著凱爾，凱爾沒有理會。

「凱爾少爺，這件事——」

「比克羅斯。」

凱爾喊了比克羅斯一聲。

史丹侯爵家次男巴尼翁現在忙得很，憑什麼要用盡全副精神去理會因下半身癱瘓而被拋棄的長男？況且巴尼翁根本不知道首都有「治療之星」。

「是，少爺。」

比克羅斯手中的刀刃反射著早晨刺眼的陽光，那木訥的臉上有著興奮的神情。

「看來你一早就得做豬排了。」

「少爺，這次我應該也能做出最頂級的豬排。」

呆看著他們的泰勒張大了嘴。

「這次也？」

凱爾點點頭，說：「我們之中有人特別負責配送食材。」

「那是誰？」

哈，凱爾嗤笑了一聲，無奈地答。

「是個跟外表不同，實際上非常害羞的傢伙。您看不到他的。」

看著營地後方樹上不斷抖動的葉子，凱爾搖了搖頭。這樣的舉動，讓泰勒與凱奇瞬間紅了臉。

「咳嗯，原、原來如此，是我們誤會了。」

「誤會也是難免的。比克羅斯是位非常出色的廚師，手藝很好，請兩位吃完豬排再走吧。」

比克羅斯摸了摸野豬，隨後看向凱爾。凱爾卻因為泰勒的回話，而沒有回應他的目光。

「凱爾少爺，聽說您正要去首都。如果您不介意，能否讓我們跟在您後頭呢？」

果然，就知道會這樣，一如凱爾的預期。

「請自便吧。」

就算是一起去首都，他們也不會知道自己就是寄出那封信的人。既然事已至此，不如就帶上他們，這樣還可以讓他們欠自己一筆。

只要順利解決，他們可是有許多可用之處的人才。

「好的，那在抵達首都近郊之前，要多多麻煩了。」

泰勒的話，讓凱爾微微勾起嘴角。

真懂得察言觀色。

首都近郊。泰勒的意思是，幾天之後，他們會在適當的地方跟凱爾分開，這樣即使兩人同行的事被巴尼翁與史丹侯爵家發現，他們應該也不會深究太多。若是一起進入首都，才會招來更多麻煩。

「這就到時再決定吧。」

當然，凱爾的想法跟他們不同。魔法箱子裡，還有幾件有用的東西正在等著派上用場。

「是。哪裡都好，到您方便的地方就行了，少爺。」

「就這麼辦吧。」

凱爾一派輕鬆地回答，泰勒與凱奇看著他的眼神卻相當微妙。只是凱爾沒有理會，而是轉頭對漢斯說。

「我在馬車上吃。」

「是。」

凱爾再度往馬車走去。就在這時，有個人叫住了他。

「凱爾少爺。」

是凱奇。她緊皺著眉頭，像是頭痛難耐一樣朝凱爾走去。

看著她朝自己走來，凱爾莫名感到有些不舒服。

「有什麼事嗎？神官大人。」

「您真的不信神嗎？」

這又是什麼意思？

「是的，我不信神。」

「……我明白了。」

聽見凱奇表示明白，凱爾便迅速往馬車走去。看著凱爾回到馬車之後，凱奇才回到泰勒身旁。

「怎麼了？」

除了親近的伙伴與神殿的人之外，凱奇很少主動與人接觸。這樣的她竟皺著眉頭與凱爾搭話，實在令人訝異。

只見她搖搖頭，一臉心事重重地說：「很奇怪。」

「哪裡？」

「沒有，就……」

凱奇摸著自己的後腦勺。

「有種很不舒服的感覺，好像死神一直帶著抱歉的眼神摸著我的後腦勺。」

「怎麼會有這種感覺？妳是不是沒睡好？」

「是嗎？」

每一次看到凱爾，她都有這種感覺。好像小時候在神殿裡，為了要蓋新神殿而必須重度勞動一樣。每當死神看著完成工作之後昏睡過去的凱奇，凱奇總會有與此刻相同的感受。

凱爾少爺應該不會像缺德神殿一樣使喚她跟泰勒吧？

凱奇認為或許真如泰勒所說，自己是因為沒睡好才有這種感覺，便決定不再多想。於是，與凱爾同行的人數增加，他們踏上平淡無奇的旅途，繼續前往首都。

每一次凱爾來到馬車外頭伸展沉甸甸的身體時，泰勒等人總會觀察他的一舉一動，但雙方都沒有特別多說什麼。

就這麼持續前進，直到抵達首都的前一晚，他們最後一次下榻旅館時……

「凱爾少爺，您喜歡喝酒吧？」

泰勒與凱奇來找凱爾。

「有什麼事嗎？」

雖然凱爾詢問兩人深夜來找自己的原因，但他的表情並不訝異。而這樣的態度，也讓泰勒的嘴角勾起一抹微笑。

「沒有酒便活不下去的混混，凱爾．海尼特斯。」

當泰勒還是有力家主候選人的時期，就已經把所有貴族子弟的資訊記在腦海裡。與凱爾有關的資訊相當特殊，他自然不可能不知道。

「但我想，這似乎並非您的全貌。」

只是實際與凱爾互動，才發現他與傳聞的不同。

為了他們，凱爾總是待在馬車裡，甚至還提供他們最頂級的待遇，且手下們也都仿效了他對他們的態度。最重要的是，他對待兩人就像對待平凡人。

「您與傳聞中的樣子很不同。」

此刻，首都近在眼前，泰勒與凱奇明天清晨就得靜悄悄地動身。當然，進入王宮時他們必須抬頭挺胸，只是在那之前他們必須先暗地裡做許多打探與準備。

本想靜靜離開的兩人，最後決定放下原本計畫，來與凱爾聊一聊。觀察凱爾．海尼特斯超過一個星期，這個人已經深深烙印在泰勒與凱奇的腦海中。

「凱爾少爺，離開之前一起喝一杯，沒問題吧？」

「請進。」

凱爾點點頭邀請他們進門，凱奇便推著泰勒進到屋內。

三人圍坐在桌邊，凱爾卻看也不看酒便問：「有什麼事嗎？」

凱爾的聲音極其平淡，甚至讓人感覺有些冷漠。

聽見凱爾這樣說話，泰勒更是確信，這個人比想像中更聰明，不可能只是個普通的混混。

泰勒不單純只是來找他喝酒。要跟值得信任的人在一起，才能夠放心喝酒。除此之外，酒不過只是用來探索與對話的手段。

「您覺得我是個怎麼樣的人？」

面對這個問題，凱爾先是盯著泰勒看了好一會，隨後便走到床邊，拿起一個袋子放到桌上。

啪。

金屬的碰撞聲響起，袋口稍稍敞開了一些，能看見裡頭裝著金幣、銀幣和銅幣。

凱爾平靜的聲音響起。

「我不太明白你為什麼要在這個所有貴族子弟和眾人目光聚焦的時刻前往首都，但選擇前往虎穴的人找上我，目的應該只有一個吧。」

從他們說要跟著自己，而且每一次凱爾現身都能感覺到他們的注視時，他便已經猜到了。

「你們的目的是錢吧？而海尼特斯家族非常富有。」

哈。神官凱奇發出一聲近乎驚嘆的聲音。泰勒是從雲端墜入深淵的人，凱奇卻是一開始便在深淵打滾。對她來說，凱爾真的非常特別。

雖然只要一有機會，他就會向副管家討酒喝。

不過他一點也不在意手下在做些什麼，而且只吃最頂級的料理，住最高級的旅館。時常一副游刃有餘的模樣，面對任何事情都毫不避諱，侃侃而談。

這樣的他，並不像是個混混。

這一點，泰勒要比凱奇更明白。

「原來您知道。」

「當然。」

凱爾說得一派輕鬆。

「看您的樣子，手上應該沒什麼錢。如果想在首都生活，還要不引人注目，最需要的想必就是錢了。我想你們本來並沒有這個打算，但既然都跟黃金烏龜同行了，誰都會想趁機討點什麼。」

泰勒無法反駁。正如凱爾所說，凱爾．海尼特斯並沒有疏遠他這個被家族拋棄的長男。如果能從對方手上得到一些錢，對他來說自然好處多多。

即使被拒絕，凱爾應該也不會把泰勒的請求告訴巴尼翁，因為凱爾看起來就討厭麻煩事。在泰勒眼裡，凱爾是主動選擇遠離世事的人才。

「凱爾少爺，謝謝您。」

凱爾並沒有給予任何謙虛的回應。從猜到他們會跟著自己開始，凱爾便已經有了想法，如今他也決定付諸實行。

「你們今天凌晨就會離開了嗎？」

「是的，我們本來打算悄悄離開，後來還是決定來找您一趟。接下來就得靠我們自己了。」

坐在輪椅上的泰勒，眼神相當清澈，只是面對那樣的清澈，凱爾卻無法給出正面的反應。

「你們打算經由神殿進入首都嗎？」

泰勒發出一聲驚呼，不敢相信凱爾竟知道他們的計畫。而就在這時，凱奇跳了出來。

「是的，我們打算經由神殿進入。」

他們打算偽裝成隸屬神殿的人員進入首都。但這樣一來，凱奇就得讓死神神殿知道自己的位置。為了泰勒，凱奇甘願冒這樣的風險。

然而即使藉由這個方法進入，他們也不可能完全隱匿行蹤。凱爾點出了問題所在。

「就算用這個方法進去，消息也會在三天內傳至巴尼翁或侯爵家的耳裡。畢竟在死神神殿裡，也有搞政治的人。」

「……這倒是真的，您非常了解呢。」

凱奇的嘴角微微揚起，她相信自己對凱爾的認知是對的。

「凱爾少爺，您現在這樣詢問我們的事情，是否代表您另有打算？」

噠、噠，凱爾用食指敲著桌子。

「泰勒少爺，讓您的隨行人員們在這裡多住一天吧，並用這筆錢付帳。」

凱爾伸出食指來指著兩人。

「兩位就搭我的馬車，讓剩下的隨行人員晚一天再進城。」

喀啦啦。凱爾推開椅子站起身，把從魔法箱子裡拿出的東西放在桌上。

「這是能在五分鐘內，讓特定地點的生命體變透明的魔法裝置。」

是必須以比勞斯之名借用的第二件物品。

「少爺，您想偷什麼？」

「什麼偷？我是想破壞。」

「想破壞？」

本來準備要用在廣場恐怖攻擊事件，現在卻提前派上用場。凱爾只覺得慶幸，這魔法裝置並不是只能用一次。

凱爾話一說完，眾人便陷入沉默。凱奇與泰勒的視線在魔法裝置與凱爾之間來回，嘴巴一張一合，一句話也說不出口。

就這樣，沉默持續了好一陣子。

「為什麼……」

沉默許久，泰勒才緩緩開口。

「為什麼要這樣幫我？這對您沒有任何好處吧？」

面對這個問題，凱爾想說的話可多了。

怎麼會問為什麼呢？這是因我而起的事，我當然多少得幫點忙。況且這對我也沒什麼損失。

而且等到泰勒掌控侯爵家，與其他國家打仗時，就不會因為史丹侯爵家的野心，而發生任何令人頭疼的事。這樣一來，海尼特斯的領地將會非常平靜，凱爾也能悠閒度過剩餘的人生。

「我一定要回答嗎？」

「是的，我想知道您的答案。」

泰勒想聽聽凱爾的回答，於是凱爾只能以不帶任何情緒的聲音回應，語氣無情到令人覺得殘忍。

「因為覺得你可憐。我很好奇因為雙腿殘廢而被家族拋棄，不知何時會沒命的侯爵家長男，究竟為什麼要這麼做？這樣的侯爵家長男，竟然還要開口向伯爵家的混混要錢，這樣努力、費心的樣子，實在讓人覺得可憐。」

泰勒張著嘴無聲地笑了。他雙手摸了摸自己的膝蓋，膝蓋卻感覺不到自己的撫觸。然而他的眼睛、鼻子、嘴巴、雙手跟一切都還很靈活，於是他開心地笑了。

「謝謝您的同情，我很需要這樣的同情。」

「但這一切都有一個條件。」

「是什麼條件？」

泰勒的感激，凱爾完全沒聽進耳裡。

「請你忘記。」

凱爾邊說邊將錢袋推到泰勒面前。

「請你忘記這一切。」

凱爾的態度很明確，雖然他提供了幫助，卻不想再跟泰勒有任何瓜葛。

泰勒也猜到了。

這時，凱奇站了出來，這也是她來這裡的原因。

「我跟泰勒少爺發誓，將不會洩漏一字一句。您應該知道，若是我們違背了對死神所發的誓言，將會立即迎來死亡吧？」

「我知道，請發誓吧。」

聽完凱奇的話，凱爾露出微笑。在死神面前所做的誓言——正是因為相信那著名的誓言，他才敢這樣幫助他們。

見凱爾因為願以死發誓的這番話而露出微笑，凱奇也終於笑出聲來。

「凱爾少爺，您不會發誓吧？」

「對，我不打算發誓。日後要是因為這件事惹上麻煩，我們這邊會把事情一五一十地說出來。」

「您是指告訴巴尼翁嗎？」

「對。」

面對凱奇帶著笑容提出的詢問，凱爾毫不避諱地回答。

看著眼前人的態度，泰勒反倒鬆了口氣，坦蕩回答總比陽奉陰違來得好。

「凱奇，發誓吧。」

「嗯。」

不知不覺間，兩人在凱爾面前說話的語氣不再那麼拘謹，這意味著他們在凱爾面前，開始展現部分真實的自我了。

「要開始了。」

黑夜，不見月亮的晦日，死神的力量比任何時刻都要強大。

凱奇閉上眼，雙手放在胸前。與單純的祈禱有些不同，她的手掌分別朝著凱爾與泰勒。

嗡嗡嗡……小小的震動在空氣中傳遞，黑色的煙如細絲般自她指尖冒出，隨後將三人圍繞。

這是神的氣息嗎？

這股氣息令凱爾產生一股奇妙的感受。這確實與古代之力不同，黑暗歸黑暗，卻令人感到溫暖。

「我凱奇，身為永夜之女，與泰勒．史丹一同以黑夜之名立下誓言。此誓言以命為代價，違背誓言之人，將被放逐至永恆的黑暗中。」凱奇看著兩人說，「今晚，在此處所分享的一切，我凱奇與泰勒．史丹將保密終生。除證人凱爾．海尼特斯外，不得向任何人透露。」

「不得向任何人透露。」

泰勒複述了凱奇的最後一句話。

聽見他的聲音後，凱奇再度閉上眼，黑色的煙穿過她的手掌環繞三人，然後……

嗡嗡嗡……再一次震動，煙霧隨之消失。

誓言已經完成。

「還真是簡單。」

凱爾發表自己的感想，同時也能感受到纏繞在自己手上的奇妙氣息，與古代之力有些相似。他能直覺感受到與誓言有關的力量。

「現在您所感受到的，是誓言的力量。若我們違背這個誓言，這股力量就會通知身為證人的凱爾少爺，讓您知道我們的死亡。」

「原來如此。」

凱奇的說明非常簡短，但凱爾很快便接受了，因為他感覺到一股讓他不得不相信的力量。

他一邊感受那股充斥體內的力量，一邊探索著神之力與古代之力的差異。

這時，泰勒拿起自己帶來的酒瓶。啪一聲，將酒瓶放在桌子正中央。

「凱爾少爺，要不要喝一杯？」

「酒嗎？」

儘管希望他們趕快離開，凱爾並沒有明確表現出來。

「是的，喝酒。這種好日子，當然要喝酒。」

雖然跟自己所想的狀況有些不同，而且目前也還無法完全信任凱爾，但泰勒還是想跟他喝酒。凱奇似乎從中察覺了什麼，噗哧一聲笑了出來，並伸手往自己寬大的神官服袖子裡摸了摸。

「鏘鏘！」

她從袖子裡拿出了三個杯子。

「哈。」

凱爾打從心底感到荒唐，誰會想到竟有神官把酒杯放在袖子裡到處跑？

「神官大人。」

「是。」

「您真是了不起。」

她是真正的酒鬼。凱爾從她手中接過杯子，泰勒則把酒斟滿。三人的杯子都裝滿酒之後，凱奇開口問凱爾。

「凱爾少爺，你不覺得神官喝酒很怪嗎？」

凱爾歪了歪頭，「這是我要在意的事嗎？」

凱奇喝不喝酒，他都不在乎。

「哎呀，我真是太開心了。」

凱奇感嘆，空著的那隻手拍著自己的膝蓋，接著又悄聲問凱爾。

「凱爾少爺，你想不想認識一位個性豪爽的姐姐呢？」

「不想。」

凱爾果斷拒絕後，泰勒又悄聲地問：「那個性善良的哥哥呢？」

「更不想。」

聽到這樣的回答，凱奇與泰勒不僅沒有失望，反倒呵呵笑了起來。凱爾不明白自己的話有什麼好笑，只是舉起了酒杯。

「乾杯。」

鏘！三個杯子碰在一起。

晦日，雖是月亮不會升起的日子，比月亮更深沉的酒卻將三人緊緊相連。

隔天。

「少爺，要出發了嗎？」

不知該說是個性豁達還是覺得有趣，副管家漢斯即使悄悄聽說了大致情況，卻還是假裝沒看見窩在馬車角落裡的兩人，只顧著詢問凱爾。

「嗯，出發吧。」

凱爾從容地下達出發指令。

兩小時，從現在開始算兩小時後，他們就會抵達首都的城門。

吱嘎聲響起，馬車隨之出發。

氳與紅一邊偷看坐在對面的凱奇與泰勒，一邊在凱爾身旁蹭來蹭去。

「凱爾少爺，您對此次王室舉辦的活動有多少了解？」

侯爵家的長男泰勒一開口，凱爾的目光便挪到他身上。有別於因宿醉所苦的神官，泰勒看起來正常多了。這看似弱不禁風的貴族，最擅長的便是喝酒。

凱爾正面迎上泰勒的目光，回答道：「這是我是第一次拜訪王室。在此之前，只有幾年前去參加過東北部貴族子弟的聚會。」

泰勒之所以提起這件事，並不是單純想跟凱爾搭話，而是出於對他的感激，想給他一個情報。

「原來如此。這次王室舉辦的活動，是為了紀念當今國王陛下誕生五十周年。」

「對王國子民來說，想必是非常愉快的慶典。」

凱爾說的好像自己不是王國子民一樣，讓泰勒的眼神閃過一絲疑惑。

「對凱爾少爺來說，難道不是愉快的慶典嗎？」

這哪是什麼慶典？他正因為恐攻事件而緊張不已呢。但凱爾決定把這句話放在心裡，因為他可能是除了祕密組織成員之外，唯一知道未來將要發生恐攻事件的人。

也因為知道這個情報，讓他有了沉重的責任感及無謂的煩惱。當然，責任感與煩惱確實在某種程度上有一定的關聯性。

雖然必須想辦法阻止恐攻，不過我要是因此受傷或惹上麻煩，那當然就得抽身了。

這是凱爾對恐攻事件的態度。在不讓自己蒙受損失的前提下，適度地盡力。正因為他深知死亡有多麼令人恐懼，因此凱爾，不，因此金綠秀無法假裝不知情。

「這對泰勒少爺來說也不算是慶典吧？」

凱爾輕描淡寫的一句話，不僅逗笑了泰勒，連因為宿醉而有氣無力的凱奇也跟著笑了。

「我把這當成是慶典前的最後一道關卡。」

有別於脆弱的外表，泰勒其實非常大膽。也因此即使他個性耿直，但在變成殘廢之前，在侯爵家的地位也高過巴尼翁。

「凱爾少爺。」

「是。」

「請小心王儲殿下。」

泰勒看著凱爾說。

「即使我是被家族拋棄的長男，但還是有方法能取得史丹侯爵家內的情報。此次五十周年誕生紀念是原本就有的活動，不過聽說召集所有貴族子弟是王儲殿下的主意。」

泰勒很了解王儲。

「雖不知道該如何向您形容王儲殿下這個人……」

看著對於該如何說明整件事感到遲疑的泰勒，凱爾冷不防開口。

「是個油嘴滑舌的人吧？」

「啊，沒錯……不，不是這樣的！」

好像凱爾給出了正確答案一樣，泰勒先是激動地同意，隨後又慌忙否認，最後還是認同了凱爾的話。

「是的，沒錯，原來您知道。」

「這是有心就能打聽到的情報。」

「沒錯。但我還是第一次聽到有人這樣如此精準地描述王儲殿下。」泰勒認同地點點頭。

看著他的反應，凱爾回想起書裡的王儲——油嘴滑舌。

言下之意即是，王儲非常擅長稱讚人，也懂得如何把人捧得高高的，然後再利用對方。

當然，對方並不會察覺到自己被利用。最經典的人物之一，便是王儲的好友，也是被捧為英雄的崔漢。

王儲稱平民崔漢為好友，並以寬厚的態度待他，讓崔漢對他的印象非常好。然而對讀到這些內容的金綠秀來說，王儲是個沒那麼討喜的人物。

問題是，他利用人的方向都是正確的。

他不會為了自己的利益、為了自己的權力而利用人。他是為了王國、王國子民，或為了更遠大的利益而利用人。

其實要說是利用也不太恰當。

與其說是利用，拜託似乎更為合適。因為那不是源自上下關係的利用，而是一種平等關係的請託。

以三寸不爛之舌大肆稱讚對方，同時以令人不得不幫忙的悲傷理由提出請託，讓崔漢完全無法拒絕。就連為人冷靜，但跟崔漢一樣善良的蘿絲琳也被說動了。

當然，有著這樣一張嘴的王儲也有弱點。

「凱爾大人，總之王儲殿下，嗯，如您所知，就是這樣的人。要是跟他牽扯上關係，您會非常困擾。」

「請您不用擔心，我打算盡可能保持低調，我不喜歡引人注目。」

凱爾非常自然地回應了泰勒的話。但沒過多久，他便意識到自己的話使馬車內所有人陷入沉默。無論是氳與紅，還是為宿醉所苦的凱奇及帶著淡淡微笑的泰勒，都一言不發地盯著凱爾。

「為何這樣看我？」

「嗯，您似乎無法保持低……不，沒什麼。」

「沒什麼。」

凱奇與泰勒紛紛別開視線並表示沒什麼，兩隻貓則搖了搖頭。這樣詭異的氣氛，讓凱爾忍不住皺眉。

孩子。

「即使真的有所牽扯，也不會發生任何您與神官大人所想的事。」

瞬間，泰勒跟凱奇看見凱爾露出一個淺淺的微笑，那抹微笑相當陰險，像極了愛惡作劇的孩子。

不知凱爾是否有意識到這一點，他只是從容地說：「畢竟我也有張能言善道的嘴。」

王儲遇到同類會退避三舍，這便是所謂的同性相斥。

若王儲是會藉著稱讚悄悄利用對方的人，那麼凱爾只要照做就好。

宿醉似乎稍稍消退了，凱奇的臉色不再那麼難看。注意到她看著自己，凱爾迎上了她的目光。

「凱爾大人更適合現在這個樣子呢，看起來壞極了。」

「總比看起來善良好吧。」

果然，凱奇自顧自地點了點頭，像是在贊同什麼似的，但凱爾並不在意，只是稍稍揭起窗簾往外頭看了看。

不知不覺間，他們就要抵達首都城門了。凱爾的馬車所前往的城門，與一般平民所出入的地方完全不同。他們的目的地，是貴族們主要使用，可以更快通過城門的入口。

「首都果然不同。」

匆匆瞥過外頭的光景，凱爾的讚嘆忍不住脫口而出。

泰勒點點頭，似乎很能理解這樣的反應。

「壚韵王國是『岩石』之國。」

凱爾能見到環繞首都的高聳城牆。每一道城牆上，都有著不同的雕像。

壚韵王國是個有些特別的國家。這裡是西大陸最大的大理石產地，王國境內的西北部與西部也遍布花崗岩，因而被稱為岩石之國。

越往王國的北邊走，山勢高聳處便大多是由岩石組成，是個有著大量岩山的王國。
泰勒像是突然想到什麼，接著說了下去。
「查看古代故事，會發現在壚韵王國建國之前，這塊土地上有許多與『岩石』有關的故事。其中之一，便是這塊土地上有類似『岩石』的守護者。」
壚韵王國位在西大陸的東北部。
「那是無論遭遇任何攻擊都能擋下來的守護神。當黑暗降臨大陸時，祂也是在最前線抵擋黑暗的存在。」
這個世界裡，有區分古代與非古代的神話。神話不是只有一種型態，而是在世界各地以不同形式流傳。
有些神話說在黑暗降臨世界並被擊退後，古代便隨之告終；有些神話則說古代之力擁有者覬覦彼此的力量、相互仇視，他們起了衝突，而在衝突落幕後，古代也跟著結束；也有些神話說，是因為神的憤怒，而使那個時代走向終點。
泰勒口中所說的神話，也是壚韵王國中流傳的多個神話分支之一。
「泰勒，你很喜歡那個神話喔？」
凱奇一問，泰勒便點點頭。
「嗯，很喜歡。」
看著窗外的凱爾轉頭看向面前的泰勒。在腳受傷之前，泰勒的身材就相當纖瘦，只見他摸著自己的膝蓋接著說話了。
「據說即使粉身碎骨，守護神也像岩石一樣堅毅不屈，所以才守住了大陸上被岩石所環繞的東北部，以及生活在這塊土地上的人們。」
與降臨大陸的黑暗有關的神話，可說是無窮無盡。

當黑暗從大陸中心開始蔓延時，便已經有其他神話在講述與黑暗對抗的故事。然而泰勒所說的故事，卻是唯一一個以守護為目的的神話人物。

泰勒覺得，這樣的存在才能稱為英雄。

「這樣的人不可能存在於現實裡，所以我才喜歡神話。」

「所以你不相信神話嗎？」

聽完凱奇的問題，泰勒點了點頭。

「願意讓自己受傷，甚至是粉身碎骨都要守護某樣東西的人，實在很少見。」

「沒錯。」

像是同意泰勒的話，凱爾也點了點頭。如果是保護自己那還很難說，但竟然是為了保護別人、保護東北部這塊土地，凱爾完全無法理解。

「但我好像是第一次聽說這個神話。」

《英雄的誕生》裡提到許多與古代之力有關的內容，凱爾讀到第五集，自然也看了許多類型的傳說與神話。這還是他第一次聽說壚韵王國岩石守護神的故事。

「是的，這個故事不太知名。我也是在翻閱許多古代書籍，深入調查古代之力的過程中得知的。我也有跟凱奇提過。」

凱爾點點頭，放下了揭起的窗簾，接著掏出懷裡的圓形墜飾扔給泰勒。

「差不多了，請做好準備。」

聞言，泰勒與凱奇便點了點頭，並一起握住墜飾，魔法裝置開始啟動。凱爾吐了口氣，拿起放在角落的酒瓶。

稍後，馬車停在貴族專用的城門口，外頭傳來副團長與另一個人的聲音。

叩叩叩。

「少爺，首都防衛騎士想檢查一下馬車。」

砰，凱爾用腳踢了馬車的門一下。開了門，一臉從容的副團長，與神情慌張的王室騎士站在外頭。

凱爾一手拿著酒瓶，另一手拿著裝滿酒的酒杯瞪著王室騎士。

「看吧。」

馬車裡飄出濃濃的酒味。凱爾滿臉通紅，只看一眼便能看出他肯定從昨晚就一直喝到現在。

雖然還有時間，但許多貴族子弟都為了一星期後登場的活動提早抵達，接二連三地從這裡經過。每一次有貴族子弟前來，便會有兩名王室所屬騎士前往察看馬車。即便只是做做樣子，也是不可缺少的過程。

「我們少爺都是用酒來醒酒的，在醒酒這方面他可說是達到了最高境界。」

看著王室騎士慌張的表情，以及想盡辦法稱讚自己的副團長，凱爾開始思考。

啊，好累。

於是他說：「可以快點檢查完嗎？」

王室騎士趕緊把同事叫來，看了看滿地酒瓶的馬車內部後，便允許他們通過。

「通過。」

聽到騎士如此宣告，副團長便緩緩關上車門。從逐漸闔上的門縫中，還能看見副團長正向王室騎士鞠躬。

「歡迎到訪首都。」

嘰咿咿，啪。門完全關上之後沒過多久，馬車便通過城門。

凱爾一邊將滿滿的酒杯往前遞出去一邊說：「他們說歡迎來到首都耶。」

解開透明魔法的泰勒笑著將魔法裝置交還給凱爾，並用空著的手接過酒杯。

「我很久沒聽到那種話了呢。」

凱爾一行人抵達首都。

馬車從容地往首都西邊駛去。

首都威茲四處都在進行美麗的裝飾。一星期後就要迎接生辰紀念，整座城市忙得不可開交。

凱爾微微揭起窗簾，看著外頭的情景想。

崔漢大約會在三天後抵達。

若不是瘋狂趕路，崔漢應該會比凱爾一行人晚三天到達首都，還會帶著蘿絲琳與拉克一起。由於要帶走拉克時與祕密組織有所牽連，因而拖延到了時間。

崔漢遇上青狼一族的唯一倖存者，也是具備狼王資質的拉克後，便一起來到首都，然後會再次遇上祕密組織。包括接下來的首都恐攻事件，崔漢總共會遇到祕密組織四次。

祕密組織毀了崔漢離開闇黑森林後第一個停留的哈里斯村。崔漢雖兩度與他們的成員相遇，卻不了解他們。

暗殺團體的衣服上可沒有星星。

哈里斯村、青狼一族都是殲滅的目標，因此祕密組織才會派出手下的暗殺團體。為防萬一，暗殺團體穿得一身黑，一旦被俘虜便會立刻自裁。

但從首都開始便不一樣了。

喜歡他們鮮血的傢伙應該會現身。

崔漢與蘿絲琳會阻止這次的恐攻事件，並見到祕密組織的「幹部」。那名幹部與手下的心口處，印有一顆白星和五顆紅星。

凱爾想起去見龍時所穿的衣服。那衣服由他自己親手製作，刺在上頭的星星雖粗糙卻又有幾分相似。關於那衣服與祕密組織的衣服，凱爾已想好在向他人說明時要使用的藉口。他冷漠地看了看窗外，隨後再度放下窗簾。

人們興高采烈地裝飾街頭，街道也逐漸變得華麗。而這一切，都會在一個星期後化為人間煉獄。

「泰勒少爺。」

首都威茲西邊，貴族宅邸聚集之處。馬車停在一處宅子前，凱爾起身準備下車。

「到了宅邸後，羅恩會為你們指路，你們再沿著路離開就好。」

打開馬車的門，凱爾又補充了一句：「請忘記。」

「謝謝。」

凱爾叮囑他們必須忘記與自己的會面，聲音在兩人耳邊迴盪。

「希望未來見面時，我們都是快樂的。」

凱爾微微揚起嘴角，凱奇與泰勒看著他，但凱爾與他的兩隻貓，視線卻從未停留在他們兩人身上。

喀噠，馬車門開啟。

「少爺，我們到了。」

凱爾、漢斯與兩隻貓雖然看得見泰勒與凱奇，但就當作沒看見。凱爾擺出一副他們根本不存在的態度走下馬車。

凱爾下了馬車，腳踩到地上的那一刻便看向馬車夫。羅恩裝出慈祥的微笑點了點頭。他已經從副管家那裡了解首都宅邸的配置，到時會視情況幫助兩人離開宅邸。很快地，羅恩便與車夫一起前往位於後門的馬廄。

凱爾毫不留戀，隨即收回了視線。

接著他發出一聲驚嘆，只見小貓氤與紅正驚訝地瞪大了金色的眼睛看著他。

「哦。」

「超乎預期耶。」

伯爵家果真有錢。巨大的鐵門之後，是一棟高五層樓的宅邸。正門與宅邸之間還有偌大的庭院。雖不到極其華麗，但與鄰近其他貴族宅邸相比，看起來確實昂貴許多。只要好好用心花錢，自然能營造出高級感與一定的氣場。庭院裡座落著刻有海尼特斯伯爵家黃金烏龜的雕像，正隱約散發出高雅的氣息。

嘰咿咿——

刻有黃金烏龜紋章的大門緩緩開啟。開啟大門的護衛、站在門後的總管與傭人們，分站在兩側列隊迎接凱爾。

「凱爾．海尼特斯少爺！歡迎您的蒞臨！」

這真是過度講究禮節的排場。他們的腰彎得極低，頭幾乎都要碰到地。看起來應是總管的一名老人，以脖子幾乎都要暴出青筋的聲量大聲喊道。

「我們將竭盡所能地好好服侍您！」

幹嘛這樣？

凱爾看著漢斯，漢斯蹩腳地假裝不知情。

他根本什麼都知道。

漢斯一副就是深知為何會有這種排場的樣子。

凱爾連問都懶得問，便來到總管面前，搭著他的肩將他扶了起來。接著看向其他的傭人說：「大家都把頭抬起來。」

所有傭人迅速抬頭。他們雖在這宅邸裡工作，卻從沒見過凱爾。然而，他們依然會從訪問首都宅邸的領地人士口中，聽聞凱爾的相關事蹟。

混混凱爾。據說他將在家族裡工作的人分為貴族與廢物，或是連廢物都不如的存在。他們緊張地等著凱爾的下一句話。

「未來不需要這麼過度有禮。對於認真工作的人，我不會特別拿禮節這件事去找他麻煩。」

瞬間，所有傭人的視線都集中到他身上。他依然能感覺到所有人臉上生硬的神情，凱爾微微皺起眉頭。

「聽說你們都是我母親親自挑選的人，也知道你們對自己的職業感到很驕傲，想必會有相應的表現。」

傭人們的表情頓時變得有些難以言喻。

「之後如果有相關的事情想問，就去問漢斯。」

要做的事情本來就很多了，還是把其他瑣事推給漢斯比較輕鬆。況且也不會在這裡停留多久，何必費太多力氣？凱爾稍稍放鬆了表情，看著表情變得開朗一點的傭人，跨出步伐。

「走吧。」

凱爾走在最前頭，領著所有人往五層樓高的宅邸前進。

據說屋主首度進到自己的屋子裡時，必須親自從大門走到玄關，象徵著這裡是屬於他的領域。

王儲登上王位時，王儲，不，國王也會從王宮正門走到自己辦公室所在的中央宮，也是類似的道理。

過去德勒特伯爵與伯爵夫人曾經這樣走過，但如今這偌大宅邸的主人，是凱爾．海尼特斯。

嘰咿咿——

刻有黃金烏龜的高聳鐵門應聲關上。與此同時，海尼特斯伯爵家的貴族子弟抵達首都的消息，也以一如既往的方式往周遭的貴族家傳遞出去。這可比派人到王室稟報凱爾抵達的速度要快多了。

也因此，東北部貴族子弟聚會中，較早抵達的三人陷入了深深的煩惱。原本正悠閒喝茶的三人，接獲消息後臉色便沉了下來。

「哈……沒想到來的人真的不是巴森少爺，而是凱爾少爺。這樣就頭痛了。」

「但他畢竟還是我們的人，還是得帶上他。」

「說的也是。即便是混混，也不會在我們面前露出醜態，是吧？」

海尼特斯伯爵家屬於中立溫和派。巴森少爺善良卻不知變通，而凱爾則是出了名的混混。在參與東北部聚會的貴族當中，他們幾個與海尼特斯伯爵家的關係算是比較親近，最後他們還是決定要為自己的未來好好打算。

「我們就好好看著他、保護他，讓他別去做些沒用的事。總之，先去跟他見面聊聊吧。」

對他們來說，凱爾雖然容易惹事生非，但也像個被遺棄在水邊的孩子一樣需要保護。於是他們隨即向凱爾發出邀請函，邀請函也在當天晚上立刻送到本人手中。

「哈。」

凱爾以極度不耐煩的神情將信扔在桌上。

「您不打算去嗎？」

「可以不去嗎？」

「不行，這是東北部的聚會。」

「是啊。」

貴族家的這些人，獲取情報的速度真的很快。當然，凱爾也不遑多讓。漢斯將從總管那裡接到的文件交給凱爾。

「這是目前已有人抵達首都的貴族家族清單。」

「好。羅恩有把事情處理好嗎？」

凱爾簡短地問了一句，並沒特別提什麼事，漢斯也簡短回答。

「有。」

凱爾對此很滿意。他事先替泰勒與凱奇準備好假髮、長袍、遮住家紋的輪椅與充分的金錢。當然，除了錢之外，剩下都是漢斯準備的。

「辛苦了，你今天也先休息吧。」

「是，請您好好休息。」

凱爾要他休息，漢斯並沒有拒絕，只是趕忙準備離開。在他離開前，凱爾又補了一句。

「啊，先幫我拿點吃的來。」

「知道了。」

當凱爾表示不打算去餐廳時，漢斯立刻做出了回應。

不久後，凱爾的臥室裡已經準備了一桌相當豐盛的餐點。凱爾滿意地望著桌上準備好的各種美食，不僅有肉類，還有各種甜點和紅酒，隨後便走向了陽臺。

他的臥房位在三樓最能照到陽光的位置。他走向陽臺，一把打開玻璃落地窗。

「進來吧。」

開了窗，他走回餐桌邊坐下。坐定之後看向陽臺，幾片樹葉隨即飛了進來，飄落在凱爾對面的長椅上。

身上沾著樹葉的龍進到了房間裡。

將透明化的龍夾在中間，氳與紅也一起坐到椅子上。凱爾靜靜地看著他們，隨後拿起紅酒邊倒邊說。

「吃吧。」

杯子裡裝滿了紅酒。

「雖然你一直幫我們找食材，但你自己沒什麼吃吧？」

凱爾拿起紅酒杯湊到嘴邊。

「一路上跟著，辛苦你了。」

瞬間，黑龍解除透明化魔法現出形體，氳把龍身上的樹葉拿掉。

紅叉了一塊比克羅斯做的牛排送進龍的嘴裡。

看著這些平均年齡七歲的動物們吃東西的模樣，凱爾將自己面前的食物推了過去。氳與紅看了他一眼，黑龍也靜靜停下咀嚼的動作盯著他看。凱爾一邊喝著酒一邊想——以後可有你受的。

這些傢伙要代替自己吃苦，當然得先餵飽他們。看著這些雖然年紀小，但力量足以勝過一般戰力的傢伙，凱爾久違地感到悠閒。

「這樣多好。」

在這樣的房子裡，吃著這樣美味的食物，享受這樣從容的悠閒。要是能過上滿足這三點的人生，不知道該有多好。凱爾再次下定決心，若巴森成為少家主，他就要過這樣的生活。

他打開放在一角的魔法音響，不知名吟遊詩人的音樂流瀉而出。他喝了口紅酒，越過陽臺望著遠方逐漸暗下來的天空。

「真好。」

這才是人生。凱爾嘴角揚起輕鬆的微笑。

叩叩叩。

就在這時，敲門聲響起。黑龍隨即以透明化魔法掩去形體，兩隻貓則開始洗起臉來。

凱爾起身往門口走去。

「啊。」

匡啷！

凱爾起身時不小心踢到酒瓶，整瓶酒直接摔碎在地，地毯被染成了紅酒色。

真讓人不安……

一股莫名的不安襲上心頭，凱爾一邊思考著，一邊趕緊往門口走去。

這股不安究竟是什麼？

是崔漢嗎？

不可能。崔漢若沒有瘋狂趕路，絕不可能在三天內抵達首都。

崔漢總不可能帶著受傷的拉克日夜趕路吧？雖然給了他藥水，但對被神拋棄的狼族來說，帶有神之力的藥水沒有用處。

而且為人謹慎小心，一開始隱藏自身魔法能力的蘿絲琳，也不可能施展屬於高階魔法的移動魔法，帶著他們立即來到首都。

最重要的是，凱爾曾經叮囑崔漢，要他先入住首都的某間旅館。凱爾打算先去那裡見過他，再透過羅恩與比克羅斯解決問題。

沒錯，這股不安就像跟羅恩或崔漢這種人待在一起而發生的慢性頭痛。凱爾安撫自己的心情，用力轉動門把打開房門。

「你——」

瞬間，凱爾的心沉了下來，一道著急迫切的聲音在他耳邊響起。

「凱爾大人，真的很抱歉，我只能想到您了。」

崔漢一臉著急地站在他面前，似乎是一路狂奔過來，顯得相當狼狽。

凱爾只覺得自己面對此生最恐怖的情況。但當看到表情與崔漢無異，只是多了一絲訝異的漢斯，以及被崔漢一路背到這裡的人之後，凱爾便趕緊推開門。

「先進來吧。」

崔漢背上所背的人，正是狼族的拉克。

「把他帶進來。」

青狼一族的拉克，這名身為狼王繼承人的少年，此刻狀況非常嚴峻。

拉克因狼生即將到來的首次狂暴化而發著高燒。本該在一年後才發生的首次狂暴化，為何現在就發生了？凱爾實在不得而知。

但他依舊看著其他人說：「別擔心。」

崔漢、拉克以及一起前來的蘿絲琳，三人進到凱爾的房內，崔漢與蘿絲琳的表情滿是焦急。

「漢斯，拿點喝的來。」

「什麼？喔，是。」

凱爾對副管家漢斯下達指示，沒讓他進到房裡便把門關上，隨後對看著自己的漢斯指了指床。

「先讓他躺下。」

「是。」

崔漢小心翼翼地讓拉克躺在床上。

凱爾緩緩走到拉克身旁，眼前的少年確實是狼族中最純的血脈，看起來卻像極了脆弱的平凡人類。然而就一名少年來說，他的個子比平均高出許多。

「哈啊、哈、哈……」

因高燒而喘著氣的拉克奮力睜眼，那扭曲的臉孔、無力蜷縮的身體，在在都說明他面臨著狂暴化。

面對這名努力睜眼看著自己，只有個子像成年人的狼少年，凱爾說：「閉上眼睛休息吧，不要浪費力氣。」

果決的語氣雖不帶強迫性，卻有著令人遵從的力量。拉克緩緩閉上眼，一個不知名的聲音在他耳邊響起。

「會沒事的。」

因高燒而不斷喘息的拉克，無聲地喊了一個名字——叔叔。那是青狼一族的族長，也是在即將登上狼王之位時為部族犧牲之人。叔叔將拉克藏了起來，隨後便去對付入侵者。

「會沒事的。」

叔叔如是說。

因高燒而意識模糊的拉克，臉孔痛苦地扭曲。

冷冷看著他的凱爾轉過了頭。

「凱爾大人，拉克為何會這樣？」

崔漢看起來既焦躁又慌張。原本據書裡的描述，這時期的他只是逐漸敞開心房，並沒有對拉克完全放下戒心。

究竟發生什麼事了？

凱爾不蠢，很清楚崔漢的狀況是因為自己的影響才造成不同的。他沒有提出自己的疑問，只是靜靜等著崔漢解釋。

「藥水也沒效。我聽蘿絲琳說，藥水沒辦法在狼族身上發揮作用。治療魔法也不見效，我實在不知道該怎麼做。我要保護他、守護他才行……」

「冷靜點。」

這樣下去你就要覺醒了，那可是跟角落裡那隻黑龍覺醒一樣可怕的事。不知是不是獨自生活了十多年，或即使獨自生活十多年，也沒能改變他原本的性情，崔漢確實是個重情善良的人。

「凱爾大人。」

「如果你相信我，就把他交給我。」

「……我相信您。」

「好。」

凱爾確定崔漢冷靜下來後，便轉頭看向蘿絲琳。

蘿絲琳，柏雷王國王位的第一繼承人，同時也是正在準備放棄這個位置的天才魔法師。她有著一頭比凱爾更甚的紅頭髮，以及嘴角微微揚起的紅色嘴唇，令人聯想起紅玫瑰。然而比起玫瑰，她的個性更像太陽。

蘿絲琳沒有看著拉克、崔漢與凱爾，而是愣愣地盯著角落。

「這股氣息，如此龐大的瑪那之力！」

她一句話也說不出來，只能盯著餐桌邊的椅子，盯著透明化的龍所在的位置，緊握著拳的手止不住顫抖。

「唉。」

凱爾嘆了口氣，看來是龍對魔法師感到好奇了。

黑龍肯定只對蘿絲琳釋放自己的瑪那，並展現出她無法想像的魔法技術。畢竟龍本來就特別喜歡不能納入普通人範疇的魔法師。

龍是因為開心才這麼做。

凱爾對著看不出有任何生命的餐桌低聲說：「適可而止。」

接著蘿絲琳才發出了喘息聲，恢復了呼吸，也很快找回了平靜。想必是龍收回了瑪那。

蘿絲琳看向凱爾，眼裡充斥著無法掩飾的驚訝。

「這是怎麼——」

凱爾打斷她，指著拉克說：「先處理這邊。」

「啊。」蘿絲琳很快便恢復了理性，她看著閉眼癱倒在床上的拉克問，「拉克究竟發生什麼事了？」

凱爾看著她手上的小法杖，他們之所以能在三天內趕到首都，應該是因為蘿絲琳用了移動魔法。有別於原本的預期，蘿絲琳提前展現了自己的魔法能力。

「妳是魔法師吧？」

「是的，沒錯。」

「妳聽過狂暴化嗎？」

啊，蘿絲琳發出一聲嘆息，只是她依然滿臉疑惑。

「我曾經在書上讀過狼族狂暴化的事，但還是第一次看到這樣伴隨高燒與疼痛的情況。」

「因為是第一次。」

「什麼？」

凱爾對房間裡注視著自己的眾人說。

「第一次狂暴化的時候，獸人會因為複雜的身體變化而感到痛苦，進而失去理智。經歷完這個過程後，他們就能將狂暴化作為自己的武器使用。」

獸人最強大的時刻，就是狂暴化的時候。

凱爾確認了一下拉克的情況，隨後接著說：「他很快就要狂暴化了。」

蘿絲琳與凱爾對上了眼，明白了他眼神中的意思，她點點頭果決地說：「雖然不知道你究竟是誰，但你很會察言觀色，也很能立即掌握狀況。」

有別於語氣中的堅決，她的眼神透露著她的迫切。

「他還是個孩子。」

「我知道。」

她提出請求，而凱爾回應了請求。

這時，兩隻小貓突然出現，縱身一躍，跳上了床鋪。氤與紅緊緊地盯著拉克，下一刻……

「吼——」

拉克露出獠牙，對著氤與紅低吼。此刻他的本能壓過理性，因此會以狼族的身分對其他獸人做出反應。模樣相當凶殘，連崔漢都忍不住緊張起來。

「喵嗚。」

噠。紅用前腳往發出咆哮聲的嘴上踩了一下，如刀一般精準的前腳攻擊，是在表示拉克不要太囂張。

接著紅看了凱爾一眼，示意凱爾趕緊救他。

「沒事的。」凱爾簡短地回應。

叩叩叩。敲門聲響起，門隨即打開。漢斯帶著飲料和沾濕的毛巾站在門口。

凱爾向他下達指示。

「漢斯。」

「是。」

「擔架。」

「什麼？」

凱爾指著躺在床上的拉克。

「用擔架把他抬到地下室的演武場去。把演武場裡的騎士都先打發走，不要留任何人。」

把生病的人送去演武場？漢斯的表情顯現出他極度困惑，凱爾卻沒有理會。

「快去。」

「……是。」

雖然漢斯滿頭疑問，且認為凱爾的舉動相當怪異，但還是相當聽話。漢斯出去準備擔架，凱爾則轉身指著陷入混亂的兩人。

「崔漢，還有妳。」

「我叫蘿絲琳。」

「好，蘿絲琳。」

兩人站在拉克所躺的床旁邊，轉身面對凱爾。擔心、憂慮、迫切與真摯，兩人的臉上滿是這些情緒，比起英雄，看起來更像普通的善良百姓。

凱爾忽視他們的表情，淡淡地說：「要麻煩你們受點皮肉之苦了。」

「……什麼？」

幾秒的沉默之後，蘿絲琳率先表示疑惑，崔漢則靜靜等著凱爾說下去。

「像狼族、虎族跟熊族這樣帶有猛獸血脈的獸人，在第一次狂暴化時，都是由他們的父母、兄弟來處理。家人會承受狂暴化後的所有攻擊，保護孩子不受任何傷害。但對這孩子來說，可能有點難實現。」

啪！凱爾拍了一下手，接著指向崔漢與蘿絲琳。

「來，你們就當他的爸爸媽媽。如果不願意，當哥哥姐姐也可以。請你們想辦法保護他。」

凱爾雖然有「不破之盾」，但他並不想親自出面解決拉克的狂暴化。有比自己更強大的人在，何苦強出頭。

蘿絲琳跟崔漢看著彼此。

「經過一段時間後他自己會覺得累，等狂暴化的強度消退，他就會恢復理性。第一次狂暴化的最後，讓理性恢復是最重要的，這樣他才能在未來的狂暴化中保持理性。」

重點是讓理性戰勝本性的時間點，獸人必須獲得這個時機。

「凱爾大人，狂暴化持續的時間會是多久？」

「他是純血中的純血。」

「……您的意思是說，會花很長時間嗎？」

「嗯，大概一、兩個小時吧。」

凱爾來到床旁，拍了拍站在床邊的崔漢的肩。

「這對其他人來說也許很困難，但崔漢，這對你來說很簡單，我相信你。」

「……我會努力，因為我是拉克的哥哥。」

蘿絲琳以難以言喻地看著崔漢。在她的記憶中，崔漢是為保護倖存者，不惜殘酷地殺害職業殺手的人。他一直為了搜索而繃緊神經，面對如今急迫的狀態，他卻顯得放鬆許多。

正當蘿絲琳看著崔漢時，凱爾的聲音在她耳邊響起。

「好，等結束之後就去吃頓好吃的。」

凱爾想到自己還未能享用的美食與紅酒。就在這時，房門再度打開，漢斯與羅恩一起帶著擔架進來了。

「少爺，演武場已經淨空。」

「真快。」

凱爾指示崔漢，把雖然還沒有任何攻擊反應，但已經開始低聲咆哮的拉克搬到擔架上。

「走吧。」

凱爾隨手把需要的東西放進魔法袋子，便往演武場前進。

宅邸地下的演武場。

海尼特斯伯爵家是出了名的富裕，但他們其實是武將出身。畢竟領地與充斥危險怪物的闇黑森林接壤，要是太弱小，可就不像話了。

因此宅邸地下總是有著相當優良的演武場，絲毫不輸一般公侯爵家。一進到寬敞的地下空間，凱爾隨即指示漢斯與羅恩。

「你們也出去，在一樓守著，別讓任何人進來。」

「是，少爺。」

「明白了，少爺。」

羅恩臉上掛著過度慈祥的微笑，實在讓凱爾很是在意。但看到兩人乖乖聽話離開之後，他便帶著兩隻貓往演武場的角落走去。當然，他也沒忘記要揮揮手，把崔漢跟蘿絲琳趕到遠一點的地方。

「你們兩個到中間去！」

兩人聽從著凱爾的指示行動，崔漢帶著拉克往演武場中央去，蘿絲琳則一臉嚴肅地逐漸遠離拉克。

「呃！」

拉克開始出現些微發作的徵兆，他的手腳抖動得越來越強烈，指甲也開始長長，變得尖銳如猛獸的腳爪。

「咳呃呃！」

躺在地上的拉克身體開始抖動。如弓一般扭曲的身子，慢慢開始有了變化。凱爾確認演武場的巨大鐵門確實關上後，便躡手躡腳地往角落走去。氳與紅也一樣，躡手躡腳地跟在後頭。

真不是開玩笑的。

凱爾可以看見，身材修長、個子高眺的拉克，此刻正逐漸轉變型體。

「咳呃，啊啊啊！」

拉克長出了銳利的犬齒並發出高喊，隨後緩緩起身。他搖搖晃晃地站直了身子，一臉痛苦地睜開眼，隨後仰天長嘯。

「喝啊啊啊！」

就在那一刻，凱爾的眼前出現一道半透明的牆。那是盾。

當氳與紅受到驚嚇，左右張望的時候，凱爾淡淡地說：「龍，你還真是厲害，但拜託把聲音也一起擋住吧。」

這時盾又多了一層。

蘿絲琳悄悄往這裡看了一眼，似乎被雙重盾給嚇到了。凱爾能聽見在防護盾內某處的龍說話的聲音。

「你太弱了，所以需要被保護。」

得知黑龍也在，氳與紅非常高興。像是同意龍的話一樣，他們抬頭看著凱爾。

凱爾沒有理會他們的視線，而是平靜地答道：「隨便你。」

「真不知道你為何不用那股力量。」

「不用你管。」

黑龍發現，凱爾並沒有將古代之力展現給其他人看，因此才以「那股力量」來發問。

凱爾聳聳肩，而盾又多了一層。此刻，有三道防護擋在他面前。

龍的實力正在快速增強。

龍使用魔法的方式跟人類不同。龍是以意志操控魔法。凱爾驚訝於黑龍能力成長的速度，同時也希望這股力量能為自己所用。

「呃呃，啊啊啊啊！」

整座演武場都在震動。若沒有隔音或阻隔衝擊波的魔法，宅邸裡的騎士恐怕都會因為這聲音而下來演武場查看。

每一次高聲喊叫，拉克的身體就會變得更加巨大。他長出原本沒有的肌肉，眼睛也逐漸充血，那都是失去理性的證據。

為何那名狼族少年拉克會狂暴化呢？

在《英雄的誕生》中，拉克要一年後才會經歷第一次狂暴化，原因是某個存在的死亡。

希勒・潘得利。

這名精靈在戰鬥中死去，而他讓拉克想起死去的族長，也就是他的叔叔。他讓拉克失去理智、陷入瘋狂，並把眼前所見的生物全部趕盡殺絕。

「氳、紅。」

凱爾低頭看著緊緊挨在護盾內的兩姐弟。

「你們還沒經歷過狂暴化吧？」

兩隻貓點點頭。

「你們了解狂暴化嗎？」

「不太了解。」

「沒有大人教我們。」

就知道會這樣。氳與紅應該是純血，狂暴化的反應應該也會非常劇烈。

凱爾再度看向前方，「如果是狼族、虎族、熊族與鯨族，狂暴化時會失去大部分的理性。所以我們都認為這四個種族，是更接近怪物的獸人。」

對貓族，他就不太了解了。

「貓族我也不太清楚，但要是感覺要狂暴化了，或是有發燒、突然哪裡不舒服，就一定要立刻來找我。」

因為他們要是闖禍，那可就頭痛了。誰要來收拾善後？當然是凱爾自己。

只要被納入自己人的範疇之內，凱爾就會負起責任。

沒聽到任何回應，凱爾便往旁邊看了一眼。只見兩雙金色的眼睛直直盯著凱爾，隨後便靠近他的腿邊蹭了起來。

「幹嘛這樣？」

被他們這樣磨蹭讓凱爾很不舒服，只好維持坐姿微微往旁邊挪了一下。就在這時，半空中傳來一個令人毛骨悚然的聲音。

「龍沒有狂暴化嗎？」

「沒有。」

瘋了嗎？龍怎麼會有狂暴化？龍要是狂暴化，不夷平幾座山肯定是不會平息的，也太可怕了。凱爾看著正前方，表情比任何時候都僵硬，一副不想繼續聽下去的樣子。

「嘖。」

空中傳來不屑的悶哼聲。

這隻龍是怎麼回事？就在凱爾認真思考這隻龍為何如此善變時，狂暴化似乎正式開始了。

砰！雙腳站立的狼人踩到地面上，整座演武場都震動了起來。

青狼一族的毛是深青色。那不能再稱之為少年的凶暴狼人，渾身覆蓋著深青色的毛髮，手上長著尖銳的爪子，有著壯碩肌肉的手臂不停揮舞著。

「拉克！」

「拉克，你醒醒！」

崔漢與蘿絲琳焦慮地呼喚著他，但對失去理性的拉克來說，那只是他必須攻擊的生命。

拉克嘴裡發出野獸咀嚼的聲音。

「呃呃呃——」

比崔漢壯一點五倍的狼人，筆直地朝崔漢衝去。

「拉克，清醒一點！我是崔漢！」

崔漢無法攻擊，只能一個勁地防禦，並哀求似地連聲呼喚拉克。這樣他就能恢復理性嗎？

凱爾看著眼前的情景搖頭。

「把他敲昏是最快的方法吧？」

哈，兩隻貓驚呼了一聲，從凱爾身邊退開。雖然口出狂言，但凱爾並沒有任何動作。畢竟昏過去的獸人，之後要是再狂暴化，同樣會失去理性。

「哎呀。」

狂暴化的狼人攻擊力超乎想像，即便那是遵從本能的動作，但操控肌肉的方法就是不一樣。

「氲、紅。」

凱爾把貓姐弟喊了過來。之所以帶他們來，是有原因的。

「看清楚那個狼族小孩的動作。」

他指著拉克，讓氲與紅能看清楚。拉克不斷朝崔漢與蘿絲琳衝去，沒有後退的戰鬥，像極了狼族。

凱爾低聲對兩隻貓說：「那是獸人本能的行為，與人類不同，那是本能驅使下的動作。是獸人的偉大，也是獸人的美麗之處。」

砰！拉克的拳頭砸在地上，石頭地面瞬間粉碎，真是驚人的怪力。

「狂暴化會使獸人無所畏懼、勇於前進，是獸人最強大的時候。」

凱爾用手敲了敲兩隻貓的頭。

「貓族跟狼族不一樣，但你們也是獸人。好好學學那遵從本能、充滿野性的動作吧。這樣──」

兩雙金色眼睛望向凱爾。

「才能把那股力量變成你們的東西。不然就想想看，有什麼辦法能咬斷熊、老虎、狼這類猛獸的脖子吧。」

兩個貓族的孩子趕緊將目光從凱爾身上移開，緊緊盯著拉克。他們不知何時站了起來，專注地觀察拉克。銀色、紅色，他們身上的毛紛紛豎起，顯示兩隻貓也陷入緊張狀態。跟猛獸相比，貓確實是脆弱的種族。總是低調的他們，清楚知道凱爾的話是什麼意思。

凱爾看了看兩隻貓，隨後喚了龍一聲。

「喂。」

半空中露出了黑龍的身影。蘿絲琳與崔漢根本沒空看這裡，全副精神都在拉克身上。

凱爾指著他們兩人對龍說：「去觀察蘿絲琳怎麼用魔法但不會傷害到對方，再觀察清楚崔漢為了不讓那個狼族的孩子受傷，而奮力操控劍氣的方法。」

砰、砰、砰！拉克揮舞毫不留情的拳頭，試圖破壞蘿絲琳的護盾。即便如此，蘿絲琳依舊懇切地呼喚著他。

「拉克，你還記得姐姐吧？不是說你現在就是我的家人了嗎？快點醒過來！」

崔漢刻意放出殺氣，讓拉克把注意力從蘿絲琳轉移到自己身上。

「來攻擊我吧，拉克。要保護你的人是我。」

對殺氣有所反應的拉克，隨即朝崔漢揮舞自己的爪子。他的肉體極為強悍，讓他不需要在這記攻擊裡注入劍氣。

凱爾遠遠地看著這幅情景，幽幽地跟龍說：「比起傷害人，不讓人受傷更困難。但你是龍，應該很快就能學會。」

龍答道：「我可是龍，是無所不能的。」

「沒錯，所以你就看完後，再自己判斷吧。」

龍坐到貓身旁，再度透明化。此刻他應該也像這兩隻貓一樣，目不轉睛地盯著蘿絲琳、崔漢與拉克的攻防。

是不是該帶瓶紅酒下來才對？

凱爾按下心中那股因為少了酒而起的遺憾，靜靜觀賞只有一人拚命攻擊，另外兩人拚命防禦的無聊光景。兩小時，恰好一部電影的長度，兩個種族的孩子們一刻也沒有分神地看著，直到崔漢與蘿絲琳逐漸疲累。

「哈、哈、哈……」

但最累的還是狼人。

「哈啊、哈、哥——」

「拉克！」

聽見拉克喊了一聲「哥」，崔漢喜出望外。儘管狂暴化尚未完全解除，崔漢仍大膽地走向了那個搖搖欲墜的狼人。

凱爾則有些不太贊同地看著崔漢大膽上前的行為，同時站了起來。

「姐、姐姐——」

拉克也接著認出了蘿絲琳。

「啊，拉克。」

蘿絲琳衝上前去，一把抱住渾身還覆蓋著青毛，但眼神已逐漸恢復理性的拉克。拉克沒有受到任何傷害，反倒是蘿絲琳與崔漢身上多了不少傷口。兩人像家人一樣，保護了拉克。

「抱、哈啊、哈、抱歉。」

少年找回了理性，很快理解了所有的狀況，是一次完美的狂暴化。蘿絲琳的身軀大小連拉克的一半都不到，但他還是將臉埋進蘿絲琳的肩頭。拉克努力維持著逐漸渙散的意識，只怕再次狂暴化。

少年連忙眨眼，試圖阻止視線越來越模糊，這時男人抱著兩隻貓來到他身旁。

叔叔。

說出叔叔曾說過的話的那個男人對他說：「你可以好好休息了。」

男人咧嘴笑了一下，拉克則閉上了眼。

「都結束了。」

直到這時，拉克才終於放下心來閉眼，靠著崔漢失去了意識。崔漢小心翼翼地讓拉克重新躺回擔架上。

看著崔漢的動作，凱爾從剛才帶下來的袋子裡掏出藥水瓶扔給蘿絲琳。雖然只是隨手一丟，蘿絲琳依舊接得神準。

她看著瓶子問：「藥水對拉克沒用啊。」

凱爾冷冷地看著蘿絲琳，像是在質問她為何要問這種顯而易見的問題。見她依舊不解，這才開口說。

「我何必給狼族藥水？是給妳的，妳辛苦了。」

蘿絲琳驚訝地看著凱爾。剛才她看見驚人的三重魔法盾，有很多事情想問凱爾，最後脫口而出的卻不是問句。

「謝謝。」

先道謝才對。

「別這麼說。」

凱爾輕輕答道，隨後便轉頭看著崔漢，崔漢也正看著他。

「崔漢。」

他需要知道事情為何會變成這樣。

「我們私下聊聊吧。」

凱爾帶著崔漢離開了地下演武場。

「漢斯、羅恩，拜託你們幫忙下面那兩個人。」

將拉克與蘿絲琳交給守在一樓門前的漢斯與羅恩後，凱爾便再度回到房裡與崔漢面對面。還沒收走的食物依舊擺在桌上，兩人分別坐在餐桌的兩頭。

凱爾對崔漢說：「說來聽聽吧。」

「是。」

兩人沒多說別的，直接切入正題。崔漢坐直了身子，立刻開口解釋。

「在遇到蘿絲琳為止，一切都還很順利。」

「繼續說。」

「我到了凱爾大人您說的城市，也在那裡找到了準備前往首都的商團。雖說是商團，其實是只有五個人的小團體。」

這樣的小團體說不上是大商團，更像是一群商人同行。

「他們剛好在找兩個傭兵當護衛，因為原本跟他們同行的護衛武士受傷了。」

崔漢與蘿絲琳便頂替了那兩名傭兵的位置，這是原本的故事發展。

「我也在那裡見到了蘿絲琳，她的穿著打扮就跟您描述的一樣。」

柏雷王國與墟韵王國西北邊界接壤，蘿絲琳先去了位在墟韵王國下面的威波王國，然後才在墟韵王國遭遇暗殺危機。

隱藏了大半實力的她，靠著魔法擺脫了危險。在不知道凶手的情況下，與其直接返回王國，她決定先前往墟韵王國的首都，從情報公會那裡獲取一些情報。

之後她會去柏雷王國大鬧一場。

在商團遇見蘿絲琳的崔漢接著說：「她也正好在前往首都的路上，我覺得很剛好，我們就變熟了。」

他說什麼？

「嗯？變熟了？」

「是。」

崔漢語帶羞澀地說。

「雖然我不太會主動跟人搭話，但我覺得既然目的地相同，不如就保持友好關係。」

「何必如此，照你的個性來就好。」

凱爾的表情很是不滿。

依照原本的故事，蘿絲琳跟崔漢在遇見拉克之前，可是一點都不熟的。經歷危險後提升警戒的蘿絲琳，不可能主動親近任何人。而崔漢在哈里斯村的事件後，也處在不會主動為了打好關係親近他人的狀態。

崔漢點頭表示贊同凱爾的話，但還是笑著補充道：「這確實不太像我會做的事，但我還是想好好還那頓飯錢。」

唉……凱爾搖搖頭嘆了口氣。

彷彿是預料中的反應，崔漢沒有問凱爾為何嘆氣，只是板著一張臉繼續說下去。

「那個商團短暫停留的地方，就在凱爾大人說會見到拉克的村莊附近。」

這是當然的。只有五人的小商團，是受青狼一族恩惠的商人所組成，受傷的護衛武士則是青狼族戰士。

從波瑟市前往首都的過程中，商人沒有選擇最短路徑而非要繞路的原因，也是為了把生活必需品交給青狼一族，以換取他們手中的藥草。當然，前往位在深山裡的青狼族村莊做生意，確實會帶來很大的損失，也因此交易選在山腳下的村莊祕密進行。那名商人六十多歲，與青狼族的緣分少說有三十年了。

「抵達那個小村莊之後，事情就發生了。」

凱爾繃緊了神經，接下來的故事非常重要。

「抵達村莊的時候，我得知護衛武士是獸人。也發現商團為了交易而要會見的對象，就是凱爾大人說的，來自深山村莊裡的人。」

凱爾一邊點頭一邊聽崔漢說話。如果是崔漢，要掌握這點情報可說是輕而易舉。

「所以我想說，跟著那個從深山村莊裡下來的人，應該就能夠見到拉克。」

但村裡的人並沒有來。

「可是山村裡要交易的人並沒有來。這時候，商人就對我們提出一個請求。」

凱爾想起了那個請求——跟護衛武士一起去村子一趟。

「商人問我們，能不能跟護衛武士一起去山村一趟。」

「那你答應了？」

「是的，我答應了，蘿絲琳也答應了。」

跟原本的故事發展一樣，那究竟是哪裡變了？

在《英雄的誕生》裡，跟護衛武士一起進入深山青狼族村落的崔漢與蘿絲琳，看見被燒成一片廢墟的村子，並在絕妙的時間點遇見逃跑的暗殺團。

那幅情景令崔漢想起哈里斯村，並立刻對暗殺團發動攻擊。一同前往的護衛武士也失去理性，開始攻擊殺手們。在這個過程中，已經受傷的護衛武士再度受了重傷，最後死了。

蘿絲琳是在那時候才知道崔漢的力量。

當時蘿絲琳假裝成初級魔法師，隱藏自己的力量。但在得知崔漢的力量之後，便正式委託崔漢護衛自己返回王國。當然，委託金額非常龐大。

然後他們在毀壞的村子裡發現了躲起來的拉克。

膽小的狼少年，拉克。他遵從族長的指示，悄無聲息地躲了起來，最後被崔漢找到。這時拉克相當害怕，既傻又脆弱。簡單來說，就是那種會讓讀者氣到說不出話的角色。

但他與生俱來的神力與身體能力，在戰鬥領域可說是首屈一指的高手。經過初次狂暴化後，他的力量便正式被激發。

「凱爾大人。」

「嗯。」

但為何他狂暴化的時間提前了？

「我在那裡看見了熟悉的東西。」

「你看到什麼了？」

面對凱爾的問題，崔漢只是點了點頭，沒有立刻回答。兩人之間擺著早已冷掉的食物，四周的空氣逐漸瀰漫著一股緊張感。

崔漢開口：「一顆白色星星跟五顆紅色星星。」

凱爾愣住，心匡啷一聲沉了下去。

這意思是說，去到那裡的不是祕密組織的暗殺團，而是組織的正式成員嗎？為什麼？

在《英雄的誕生》裡，青狼一族是需要消滅的對象。因此應該是由暗殺團去執行任務，不該是正式團員前往。

崔漢看著凱爾冷漠的表情，想起了當時的情況。他不自覺握緊拳頭，手更因為憤怒而顫抖。

那些蓋在深山裡的房子，比想像中要溫馨可愛。然而這一切卻遭到摧毀，且狼族的屍體全像被火燒過一樣，一片焦黑地散落在地。

被燻黑的屍體，彷彿大火肆虐的嗆鼻氣味，從綻開的傷口流淌出的鮮紅血液。大部分的狼族，都死不瞑目。

「山裡的村子完全被燒毀了。我們抵達的時候，許多狼族已經喪生了。」

青狼一族擁有強大身體能力，暗殺團是怎麼殺死他們的？

對狼族來說，家人、群體、朋友比自己的性命還重要。

幼小的狼人尚未經歷初次狂暴化，暗殺團便是抓了他們當人質，並使用帶有神之力的物品削弱成年狼人再殺死他們。之後，再殺掉那些作為人質的年幼狼人。至於少數幾名發瘋似地猛撲的成年狼人，則使用聖水對付。

狼族被神遺棄，祕密組織深知這一點，且他們是擁有具備神之力物品的強大團體。他們也是會以孩子為人質，並在他們面前將母親、父親及其他大人全數殺害的殘酷之人。

書裡沒寫到他們那時使用的是怎樣的物品。

要是知道這點，應該就更能掌握祕密組織的真相。遺憾的是，書裡只有描述狼人因為神之力而弱化的模樣，無法從中得知祕密組織的真實身分。

凱爾低聲問：「全都死了嗎？」

見崔漢搖頭，接著說：「他們打算把倖存的幼狼都抓走。」

凱爾一愣。抓走？本來不是要消滅嗎？為何非要帶走年幼的狼人？凱爾的腦袋越來越混亂。崔漢看著似乎深陷煩惱的凱爾。

「我們抵達青狼一族村莊的入口時，族長就快死了。」

青狼一族的人口不到一百人。

「差點被綁架的年幼狼族總共有十人。」

……這故事也變太多了吧？

「族長倒下的那一刻，一名少年出現在試圖帶走孩子們的人面前。」

「……是拉克嗎？」

「對，正是拉克。」

依照原本的描述，在幼狼死去時他也躲著沒有出來，這次為何現身了？是覺得死亡與綁架不同嗎？狼無法眼睜睜看著比自己更弱小的家人、弟妹、朋友死去，是什麼讓拉克身為狼的本性覺醒？

「我阻止了他們。不，我本來打算殺了他們。」

崔漢說這句話時，雙眼直視著凱爾。凱爾沒什麼表情變化，只是示意他繼續說下去。

「繼續說。」

「……我發現那些身穿黑衣，衣服上沒有星星圖案的傢伙，就跟我在哈里斯村遇到的暗殺者一樣，我從他們使用的黑色力量中發現了這點。」

凱爾驚訝地問：「跟消滅哈里斯村的人使用同樣的力量？」

「是的。」

「竟然有這種事。」

凱爾一手撐著頭，忍不住嘆息。他相當驚訝，好像是第一次聽說這件事。當然，這是演出來的。

「他們之中，只有一個人的胸口印有一顆白色星星與五顆紅色星星。就是他殺了護衛武士。」

說到這裡，崔漢皺起了眉。

「那傢伙簡直是垃圾，他喝了狼族的血。」

凱爾閉上眼。

飲血的魔法師，也就是此刻正在首都主導恐攻事件的瘋子幹部。凱爾依然閉著眼，崔漢繼續說了下去。

「最後我沒能把他們抓起來或殺光。被活捉的全部自盡，剩下的人則被胸前有六顆星星的傢伙用移動魔法帶走消失了。」

最頂級的魔法師，為鮮血所瘋狂，甚至會飲用鮮血的傢伙……究竟是為何，又是為了什麼要帶走本該被消滅的青狼族孩子？

是因為我救出了龍，讓什麼地方出錯了嗎？

凱爾唯一能想到的變數，就是自己所做的事。

「那魔法師說……」

崔漢喃喃自語地複誦起魔法師的話，他雖想保持平靜，聲音裡卻充滿了憤怒。

「真可惜，本來很適合當種子呢。這些小東西的血肯定更美味。」

種子。凱爾雖不知道這代表什麼意思，但他將這個詞記在腦海裡。他睜開眼問崔漢：「那些孩子呢？」

護衛武士、族長、成年狼族都死去之後，留下來的十個孩子。

崔漢悄悄迴避凱爾的目光。這是兩人來到房間之後，崔漢首次出現這樣的反應。這個動作觸動凱爾的直覺。

崔漢小小聲地報告：「在旅館。」

他就知道會這樣。

崔漢猶豫了一會兒，又小聲地補充道：「是用蘿絲琳的魔法一起帶過來的。」

這樣下去，根本可以開動物農場了……凱爾覺得頭很痛。

其實只要把這些孩子，交給長時間與青狼一族交易的商人就好。那傢伙現在只是遠離權力而已，過去其實是個很優秀的商人。

「凱爾大人，順帶一提，同行的商人也都在旅館。」

故事是這樣發展的嗎？凱爾腦袋裡只有這個念頭。崔漢的故事似乎都說完了，只見他背靠到椅子上，輕輕地嘆了口氣。

凱爾問他：「你是不是很好奇？」

崔漢看著桌上的菜餚答道：「是的，我很好奇。」

不必特別說出是在好奇什麼也沒關係。

崔漢好奇的是，持續奪取人們性命的那些人究竟是誰？他們又為何要這麼做？凱爾又為何知道他們的事？

想必是對這一切感到好奇吧！看著雙眼盯著滿桌菜餚的崔漢，凱爾心想。

這傢伙肯定很生氣。

只是那不是對他的怒火。崔漢將對祕密組織的憤怒當成一把銳利的劍，一再打磨、修剪。

他對哈里斯村，對受虐的龍，對青狼一族的事，都充滿著憤怒。以崔漢的個性來說，他不會選擇逃避，會直接迎面而上。

凱爾拿起一塊有點冷掉但依舊不失美味的麵包，一邊撕下一小塊一邊說：「我打算跟你講兩件事。」

「不打算把所有事情都告訴我嗎？」

「對。」

明知崔漢看著自己，凱爾卻刻意避開他的目光，手中拿著麵包直接站了起來。地上鋪了地毯，推動椅子時並沒有發出任何聲音。

「起來吧。」

「我們要去哪裡？」

見崔漢跟著起身，凱爾便看了看鐘。早已過了晚餐時間，夜越來越深。而凱爾想去的地方，卻是夜越深就越明亮之處。

凱爾往房門口走去，一邊回答崔漢的問題。

「死神神殿。」

凱爾打算帶著崔漢，一起前往在這夜幕低垂的時刻反倒最耀眼的地方。

死神神殿裡，有其他神殿沒有的特別祭司。

那就是聾子神官。

他們聽不見任何聲音，因此死神信徒會直接去拜訪他們。凱爾雖然不是信徒，但也打算效仿大部分的貴族，前去拜訪這群人。

來到房門前，凱爾才終於轉過身。崔漢依然站在餐桌旁，沒有任何要移動的意思。

凱爾咧嘴對他笑了一笑，「我打算跟你講兩個真相。」

然而他說出口的話，卻並不如他的表情那般輕鬆。

「以我的死亡做擔保。」

崔漢的眼神微微動搖。但有別於他的反應，凱爾依然帶著微笑。

「跟我來吧。」

崔漢緩緩繞過餐桌來到房門口，他的眼神已逐漸平靜，只有神情依舊僵硬。

凱爾轉動門把，同時開口道：「我會賭上性命把真相告訴你。」

兩人便一同動身前往死神神殿。

沒有人對凱爾突如其來的外出而表達疑惑。侍從羅恩不知去了哪裡，也不見人影，只有漢斯詢問凱爾打算去哪。

「少爺，您要去哪裡？」

「你不用管。」

「是！但今天是抵達首都的第一天，您要喝酒的話，能不能拿著酒瓶就好，別拿來砸呢？」

「你是在教我要怎麼做？」

「絕對不是，請您路上小心，少爺。」

坐在馬車上的凱爾一路上都在想，究竟該拿漢斯如何是好。馬車才停下來，他便立刻起身。

「下車吧。」

「是。」

崔漢上了馬車後，不，應該是說自從離開凱爾的房間後，便始終不發一語，似乎有千頭萬緒。凱爾對崔漢的認識，僅止於《英雄的誕生》前五集所描述的模樣。真要說書裡沒寫到的事，他只知道一件，那就是崔漢善良但並不蠢，是個聰明而心地善良的傢伙。

拿一些不像話的理由來辯解，一開始他可能會相信，最後還是會起疑。

崔漢獨自生活了數十年，確實是個很孤單的人，卻也聰明、執著，因此才能獨自撐過那段歲月。

雖然崔漢現在對自己友好、追隨自己，但就如《英雄的誕生》第五集所描述的一樣，這傢伙終究會自立門戶。他是個只為自身正義而活的人。

「……好白。」

凱爾下了馬車，發現眼前的死神神殿白得發亮。聽說因為死亡是白色的，因此要每天擦拭，不許有一粒灰塵，不許有一點髒汙。

真是個稀罕的地方。

夜晚。死神神殿似乎渴望著向世人宣揚一件事——大多數人類所害怕的夜晚，其實並不那麼可怕。或許正是因為如此，神殿總在太陽開始下山的時候對信徒與外部人士開放。

白天來的話，神官應該都在睡覺吧？

凱爾覺得這實在稀奇。稍後，他便在神殿的入口處遇見了兩名向他問候的神官。

「願安息與您同在！」

「願安息與您同在！」

死神神官們大多數都擁有強大的力量。說到死亡，大多數人或許都會以為是靜態的，但其實鼓勵人們能更積極正面地度過邁向生命終點的這段過程，才是神殿傳道的態度。

「神官大人。」

凱爾緩緩走向神官。

神官以微妙的表情看著凱爾。從衣著看來，凱爾在貴族之中也屬於家世良好或相當富裕的商人。而他身後則跟著一名像乞丐的男子，然而那名男子身上佩著劍，看起來相當強大。

「請問您需要些什麼呢？」

「有空的死亡之房嗎？」

站在入口處的兩名神官，表情瞬間一愣。

凱爾主動搭話的那名神官，看了兩人一眼便開口道：「請問是要賭上誰的死亡呢？」

嘴上這麼問，神官的眼神卻一直朝崔漢飄去。那不知從哪座山上滾下來的破爛衣著、彷彿有兩天沒好好吃頓飯的疲憊面容，以及一副容易遭人欺騙的善良面向，讓神官心底升起一股不安感。

神官將目光轉向那名看似富裕的男子。華麗的紅髮、帥氣的外貌，雖沒有深邃的帥氣五官，卻無論走到哪都能引人注目，再加上現在這名男子臉上還掛著笑容。

男人笑著對神官微微舉手。

「我。」

「什麼？」

神官茫然地應了一聲，凱爾露出微笑。

「要賭上我的死亡。」

這時，崔漢的手搭上凱爾的肩。

「凱爾大人。」

「怎麼？」

凱爾轉過頭，看著眼神透露著些許不安的崔漢。

「您不需要做到這個地步，我也會相信您。」

凱爾的微笑閃爍著微妙的光芒，低聲道：「你應該不會信。」

崔漢當然不會信。

所以凱爾也沒打算全盤托出，只要把重要的部分，以賭上性命的方式告訴他，讓他能相信就好。

何必全都告訴他，硬是把他扯進來呢。

站在追求自我人生幸福的立場來看，凱爾不需要跟崔漢有這麼深的牽扯。看看現在，他不就帶著狼族的孩子跑來找麻煩了嗎？

他可是未來會召喚鯨族，騎著鯨魚去與人魚對抗的傢伙啊。

在這個以人為中心的世界，崔漢會逐漸轉變，成為同時擁抱人類與非人類的人物。而讓他有這種轉變的起始點就是鯨族，在第五集結尾出場的鯨族，實際上非常駭人。

他們是最可怕的掠食者。

鯨族是最強大的獸人，卻也是最美麗的獸人。在這個世界上，人魚是兩隻腳上有蹼，身上又長滿鱗片的人種。鯨魚則是與水更為相近，有著黑色、灰色、粉紅色等多種美麗色彩的獸人。

但他們的凶猛程度不輸龍。

都是些令人畏懼的傢伙。個體數雖少，卻擁有只要輕輕一拳，便能把人頭打爆的力量。即便是拉克，在鯨族面前也不敢造次。

他們的性情相當凶殘。

總之，除此之外，崔漢還會牽扯到許多人、許多意外。

自己不想再跟他有任何牽連了。

「神官大人，有房間吧？」

「有的，我立刻為您準備。請跟著我往地下走。」

「好。」

凱爾跟著神官移動腳步，崔漢不怎麼情願地尾隨後頭。感受到他的動作，凱爾更加從容地往神殿深處走去。

走了好一會兒，才看到一面有許多扇門的牆。神官開啟其中一扇門，走上通往地下的階梯。

「死亡就在最下層等待。」

「很好，走吧。」

神官新奇地看著凱爾從容不迫地往地下走去。

死神神殿所說的「死亡」，也帶有「誓言」的意思。總有一天會找上門的死亡，那是無可避免之事。教團認為這個過程是與人類生命共存的宿命，也是有如誓言一般的存在。因此若違背誓言，便會走向名為死亡的終點，這就是死神教團所做的事。

因此前往死亡之房，或說誓言之房的人，大多都嚴肅且真摯。這樣從容且富裕之人，神官只覺得神奇。

讓人想起了凱奇神官。

凱奇，雖然總是口無遮攔地辱罵教團，卻依然受到神祇的喜愛。神官突然想起了她，但也很快將她從腦海中抹去。而在這個時候，位於遠方的凱奇又再度聽到神的聲音，並且毫不掩飾地發起脾氣。

徹底將神官凱奇從腦海中抹去，來到了階梯的最底端，神官轉動眼前那扇門的門把。

「請您稍候，我這就去準備。」

說完這句話，神官便留下凱爾與崔漢，獨自搶先進到房裡。

凱爾看著那扇緊閉的門，開口說：「如果你真的覺得不需要這樣，那我就先跟你說一件事吧。怎麼樣？」

崔漢立刻回答：「是，請說吧，我相信您。」

「是嗎？」

凱爾一手摸著下巴，接著冷不防開口道：「兩個真相中的第一個。」

他的眼睛直直地看向崔漢。

「我不知道祕密組織的真實身分與目的。」

「這是什麼——」

崔漢的眼睛劇烈抖動。就在這時，喀噠，門把轉動的聲音響起，神官走了出來。

「兩位可以進去了。欲賭上死亡者，進去之後向神官舉手就好。」

「好，知道了。」

有別於凱爾平靜的回應，崔漢看起來思緒混亂且手足無措。神官對此感到疑惑，但依然沒有多做停留，因為這並非他分內之事。

凱爾握住門把，回頭看向崔漢。

「很難相信吧？」

「不，這個……」

看起來有些慌張，又有些不敢置信，崔漢罕見地語無倫次了起來。他嘴上說著相信凱爾，實際上根本不信。

他居然說不知道跟那個組織有關的事？這合理嗎？

這時，一道平靜的聲音在崔漢耳邊響起。

「我能理解。」

崔漢看著凱爾，那張面孔一如既往地從容成熟。

那張臉對他說：「進去吧。」

崔漢跟在凱爾身後走進那扇白色的門，進入死亡之房。

房間內同樣是一片雪白，連桌子、椅子與壁紙都是白的。唯一不屬於白色，身穿其他顏色的神官站在裡頭，對方遮住了嘴巴與耳朵。

聾子神官。凱爾對這個稱呼不太滿意，但他們確實受到人們的尊重。貴族與王族，需要不能被他人聽見的契約或密談時，都會來找這些神官。

凱爾靜靜低頭問候神官，隨後舉起了手。神官點點頭，指示兩人分別坐到桌前的椅子上。

凱爾坐在右邊，崔漢坐在左邊。神官坐在主位，將一張紙推到兩人面前。

賭上死亡者，與祂同在者，將獲得死神之眷顧。

屆時只需明述誓言。

違背誓言時，賭上死亡者將迎接死亡。

這還真是令人毛骨悚然的句子。

確認崔漢讀完整段內容之後，凱爾將紙張還給神官。就像之前凱奇所做的一樣，神官微微向前伸出雙手。那一刻——

嗡嗡嗡嗡——

嗡嗡嗡——

白色的房間開始震動。也許因為這裡是侍奉神的空間，在震動的同時，神官四周也冒出黑煙。黑煙包圍凱爾與崔漢，逐漸變成一條線。

「……這是神的力量嗎？」

「是的。」

凱爾回應崔漢的問題，感受環繞身體的黑煙。雖然在與凱奇進行誓言儀式時，他沒有特別追問，但他想這應該就是神之力。

只要違背誓言，我就會死。

崔漢應該也感受到了，因此他的表情才會如此僵硬。凱爾感受神的撫觸，開始說出誓言。

「眼前的神官所聽不見之事即為真實，若不屬實，神官將降下死亡作為謊言之代價。」

與聽不見的神官共處一室時，大家總是習慣性地這麼說。

「而我，凱爾・海尼特斯在永恆的安息之神面前，將對崔漢說出真相。此話若有半分虛假，作為誓言的代價，本人將立即迎接死亡。」

立即。這個詞讓崔漢的神情更加緊張了。

起初凱爾也想過是否要把一切都告訴崔漢——他進到自己讀過的書裡，他也是韓國人，所以知道第一到五集的內容。這個祕密組織會在大陸各地惹事，整片大陸很快會因為各種利害關係而引發戰爭，進而變得荒蕪。

該這樣說？

他進到自己讀過的書裡，發現自己成了有錢貴族的兒子。本來想過點好日子，但因為想到書中內容，才稍微插手其中。總之，這世界即將迎來戰爭，我打算過好自己的生活就好。

還是這樣呢？

無論是哪一邊，結果所帶來的影響都令人害怕。如果是第一個說法，一不小心捲入大陸的戰爭，他很可能會死在戰亂中。而如果是第二個說法，他可能會受到崔漢的輕蔑。

兩個凱爾都不喜歡。

「首先。」

兩個真相中的第一個。

「我，凱爾・海尼特斯不知道該團體的真實身分。」

唉，崔漢重重嘆了口氣，用手摀住自己的臉。放下雙手，他便能看見說完這句話後依然活著的凱爾。

「我真的不知道他們的真實身分。」

這是真的。

金綠秀雖然讀完了《英雄的誕生》一到五集，只知道祕密組織做了些什麼，卻不知道他們的目的及真實身分。

「第二，這是我最真誠的想法。」

兩個真相中的第二個。

「我討厭他們，希望他們消失。」

這些人硬是引發各種意外，是介入大陸戰爭的元凶，而他討厭他們。祕密組織消失，大陸恢復平靜，他才能過上平靜日子。

崔漢的表情顯示他有些摸不著頭緒。他看著連結自己、神官與凱爾的那條黑線，手反覆握拳再鬆開，表情非常駭人。

凱爾顯得有些遲疑。

而就在這時，崔漢開口：「既然您不了解他們，又為何能討厭他們？」

「因為我知道他們幹的一些勾當，像是黑龍的事，還有拉克的事。然後崔漢，」凱爾用食指指著自己，「我一直是個混混，而當個混混就是我的夢想。」

夢想當個混混這話，讓崔漢的表情變得有些微妙。

「我不打算當家族的繼承人，我希望我的弟弟巴森・海尼特斯能夠成為繼承人。」

這也是真的，也因此凱爾問崔漢：「但為何我明明希望巴森當繼承人，還自己代表海尼特斯家來到首都？即使是身為家主的父親命令我來，我依然能夠拒絕。」

沉默了許久，崔漢才開口。

「……我不知道。」

「因為我知道祕密組織打算在首都做什麼。」

崔漢的雙眼再度睜圓。

「我無法告訴你我為何知道，我只能說，他們打算在首都殺害許多人。因此我無法讓巴森來這裡，而我也想阻止這件事。」

當然，他是打算拚盡全力，但不包括賭上性命。

「等盡可能低調解決這一切之後，我打算回到領地。」

「……您不能告訴我您為何知道嗎？」

「對，我不能告訴任何人。無論是世上的誰，我都不能透露。」

崔漢的眼裡充滿疑問，卻緊閉著嘴不發一語。

不知道組織的真實身分，卻知道他們打算做的某些事情，而且討厭他們，希望他們消失。崔漢緩緩低下頭，陷入深深的苦惱。但黑色煙霧所傳達的神之力也讓他明白，說謊者將會當場死去。

「但是為了你，我就再多說一件事吧。」

一件事，這個詞讓崔漢迅速抬頭看著凱爾。

「最後一件事。」

新加上的第三個真相，凱爾接著說下去。

「我不打算害你。」

凱爾非常坦蕩。他仍然活著，顯然這是真相。

崔漢的臉開始扭曲。

啪、啪。他握著拳敲著自己的大腿，用的力量雖弱，握著拳的手卻相當用力。崔漢微微抬頭，凱爾依然活著。

「……我相信您。」

聽見崔漢沉默良久才給出的答案，凱爾用進門前說過的那句話回應。

「我能理解。」

然後他笑了。

「哈。」

白色的桌邊，崔漢的嘆息聲響起。他抬頭看著凱爾。不知何時，眼神已經恢復成往常的善良，也帶著一些固執。

「凱爾大人，請您再發一個誓吧，這樣我就能打從心底信任您。」

凱爾可沒料到這點。

崔漢的反應，讓凱爾一直有些在意。誓言嘛，他可以巧妙地避過重點就好，因此沒有太多問題。問題是那句「打從心底信任」，才是他無法出口拒絕的原因。

「好，你說吧。」

「凱爾大人。」

「嗯。」

「我必須向他們復仇。這是我第一次這樣憎恨某人、憎恨某個團體。」

善良的眼睛染上了憎恨，乍看之下甚至有些瘋狂，想必是憶起了哈里斯村的事吧。嗯。

凱爾在心裡默默應了一聲。就是因為這樣，即使崔漢追隨自己，凱爾仍不想把他留在身旁。

崔漢雖然善良，但只要下定決心就會堅持到底。凱爾緊張地等待崔漢接下來要說的話。

只見崔漢淡淡地說：「要是知道他們的真實身分，請務必告訴我。」

「啊……喔，好。」

還以為是什麼很難實現的要求呢。

凱爾有些不情願地發誓：「我，凱爾・海尼特斯發誓，只要知道他們的真實身分，就會告訴崔漢。若違背此誓言，將接受死亡為代價。行了吧？」

「是，這樣就可以了。」

至此，崔漢才笑了出來，看起來輕鬆多了。

看著他這樣，凱爾心想，自己有可能知道他們的真實身分嗎？

若想知道他們的真實身分，就得依照書裡崔漢的發展繼續前進，這樣才有可能找到線索。他應該是瘋了才會想跟著崔漢，因為這樣一來，他就必須離開首都、離開壚韵王國，接觸所有的英雄與異族，光想就覺得可怕。

「可以結束了吧？」

「是。」

砰一聲，凱爾的手重重往桌上一敲。這動作讓桌子微微震動，神官睜開了眼，點了點頭，接著空間再一次震動。

嗡嗡嗡嗡──

與此同時，黑煙分別滲入彼此體內。與瘋狂神官凱奇所做的有些不同，凱爾感覺死之誓言進入身體，並從內袋掏出一張紙。

那是上千萬加隆的支票。凱爾將錢放在莊嚴肅穆的神官面前便起身，向神官道別後便離開了房間。

崔漢的目光在錢與凱爾之間來回幾下，隨後也跟著離開房間。關上門之後，他驚訝地看著凱爾，凱爾則冷不防回應道。

「世上沒有什麼事情是免費的。」

「原來如此。」

凱爾重新回到地面上。站在一樓門前的神官看見凱爾活著回來，便出聲問候。

「願您的生命能長久延續。」

這句話的意思，便是要他別違背誓言，好好活下去吧？這是多麼可怕的一句話啊。

「謝謝您，神官大人。」

凱爾以微笑道謝回應。神官對凱爾的微笑與從容的態度感到疑惑，凱爾卻毫不遲疑地走過他們身旁，離開了神殿，直接上了馬車。

馬車緩緩駛動，凱爾對崔漢說：「順帶一提，那個飲血的瘋狂魔法師，也是我說的首都事件的主導。」

「……要是見到他，我能殺了他嗎？」

「當然可以，你想怎麼做就怎麼做。」

要不要殺都隨你。只是對方是最頂級的魔法師，又擅長移動魔法，小說裡的崔漢每次遇到他，都無法真的殺了他。

「是，我一定會殺了他。」

凱爾悄悄將視線從崔漢那張充斥憎恨與執著，卻依然良善的臉上挪開。那副殺氣騰騰的樣子，令自認膽小的凱爾實在無法招架。

而此處，還有一個凱爾無法招架的人。

「少爺。」

「羅恩。」

回到宅邸，暗殺者羅恩帶著慈祥的微笑，攔下正打算回臥房休息的凱爾。

chapter 008

按兵不動

凱爾靜靜看著羅恩遞給他的茶杯。

「……睡前還喝檸檬汁？」

「是的。」

就寢之前喝檸檬汁？他還沒到這種瘋狂的境界吧。雖然不怎麼情願，凱爾還是接過了茶杯。在羅恩的注視下，他含了一口檸檬汁在口中。

「少爺，我可以斗膽拜託您一件事嗎？」

「咳，什麼？拜託？」

聽到對方嘴裡吐出「拜託」兩個字，讓凱爾瞪大了眼睛。

羅恩嘴角依舊泛著溫柔的微笑。

凱爾瞇起了眼睛，腦袋開始高速轉動。

這陰險的老頭有事要拜託我？拜託這個他看不起的我？

一股莫名的不祥預感瞬間襲上心頭。這種感覺就像是想擺脫麻煩，結果反而多添了更多麻煩的人，或者像是金斧頭、銀斧頭都想要，最終連鐵斧頭也沒得到的樵夫。

凱爾調整了一下心態，用最為平靜的口氣問道：「好，你說吧。」

羅恩隨即開口。

「我可以請兩天假嗎？」

「哦。」

凱爾不自覺驚呼了一聲，突然有種不僅問題迎刃而解，還順利得到自己想要的東西，並獲得一筆意外之財的感覺。凱爾放下茶杯，猛然握住羅恩的手，罕見地以連珠炮似的速度說道。

「好，這個想法很好。羅恩，為了照顧我這個混混，你已經辛苦幾十年了。想休息就儘管去，你完全有資格這麼做。」

是啊，乾脆好好休上一陣子也無妨。但如果想將他跟崔漢牽在一起，那羅恩就必須要在首都恐攻事件前或剛發生後回來，因此兩天剛剛好。這兩天能夠不看到這個殺手的臉，真是件幸福的事。

羅恩難以言喻地看著緊抓住自己手的凱爾。

凱爾卻將目光從他身上挪開，轉身來到床邊，打開矮桌的抽屜。裡頭放著一個錢袋，凱爾拿了起來。

雖然支票等大額的財務放在宅邸的金庫裡，這錢袋裡仍裝了不少錢。

凱爾緩緩地拿起錢袋。他是富裕人家的孩子，窮到只剩下錢，能給的也就只有錢。

「來，雖然這沒多少，你就用這個多吃點美食，好好休息一下，享受愉快的休假吧。」

羅恩看著凱爾放到自己手中的錢袋。

吃美食跟愉快的休假啊。

羅恩想起那段必須隱姓埋名的日子。那是跟眼前這個混混、這個小寶貝一樣的少爺共度的時間。

現在是畫下句點，繼續下一步的時候了。在未來等著他的，有很高的機率是混沌。萬一那些傢伙來到西大陸，情況將會比混沌更可怕。

那我就把兒子留在這裡吧。

羅恩注視著眼前一派輕鬆的少爺。

「少爺，我真的可以這麼做嗎？」

羅恩問能否去過愉快的休假，凱爾欣然回應。那回應之中，滿是凱爾的期待，希望對方因為覺得休假太快樂，因而萌生想離開自己這種混混身邊的念頭。

「當然囉，羅恩有這個資格。」

資格啊。

羅恩本打算幾天後靜靜地一個人，或帶著比克羅斯離開。但問題就是這該死的情義，因此他打算先申請兩天休假。當下做出決定的時候，他非常好奇這小鬼會說些什麼。

羅恩的表情依舊溫和，眼神卻變得相當冷漠。

「少爺，這錢實在太多了，如果我拿著這筆錢逃跑該怎麼辦？」

既然少爺已經從崔漢那裡聽說他的強大，這些話是真心希望他好好休息，還是希望他就此離開？

羅恩硬是擠出不合適的笑容，讓因歲月而留下的皺紋顯得更加深邃。在那些皺紋的掩飾之下，羅恩看著凱爾的眼神充斥冷漠的本性。

這時，凱爾哼了一聲。

「我會不明白你的個性嗎？要跑的話，你肯定一聲不響就跑，或是直接跟我說你要走吧？」

在《英雄的誕生》裡，羅恩確實就是這樣離開的。在伯爵家時是一聲不響地離開，而要暫時離開崔漢一行人時，則是將合約條件告訴崔漢之後才逐漸疏遠。

「沒錯，您說對了。」羅恩帶著慈祥的微笑點點頭。

仔細想想，比起自己的兒子比克羅斯，他反倒跟眼前的小狗少爺相處更久，對方說不定是最了解自己的人。

看來我也老了。

老人承認了自己的年紀，以及時間烙印在自己身上的痕跡。一如年輪需要經年累月的堆積，歲月也在他的本性之上留下了紋理。

「您去王宮時，我會陪您一同前往。」

「隨你吧。」

看著漫不經心回應自己的凱爾，羅恩接過了錢袋。

不能讓少爺比王宮裡的其他王族或貴族遜色，他可不希望自己從小照顧到大的小狗少爺，在任何情況下被輕視。

「那我就先離開了。」

「好，去吧。」

坐在床上目送羅恩離開，那晚凱爾睡了一場久違的甜美好覺。

直到隔天接近中午時分凱爾才醒來，而羅恩早已在清晨便去休假。因此侍奉凱爾的人，是副管家漢斯。

「羅恩先生說，他不放心讓我以外的人來服侍您。哈哈，我還算挺厲害的吧？」

「你還是閉上嘴吧。」

凱爾沒有理會漢斯，只是看著房門外。崔漢一大清早便站在門口，凱爾好奇他為何要這麼做，因此一直盯著他看。崔漢那充滿信賴的眼神，讓凱爾不用特別開口問也知道理由。

「羅恩先生拜託我。」

羅恩是基於什麼想法才做這種事？凱爾嚴肅地接過漢斯遞上的茶杯，然後整張臉皺了起來。

「漢斯，為何是檸檬汁？」

「什麼？少爺，您不是喜歡檸檬汁嗎？」

唉。凱爾重重嘆了口氣，一口喝光了檸檬汁。確實，比起冷水，檸檬汁更能讓人打起精神。

崔漢在門外看著凱爾與漢斯，一邊回想昨晚與羅恩的對話。

「你要離開？」

「對。」

「去哪裡？」

「那不是你這種小鬼該知道的。」

「你來找我是為了凱爾大人嗎？」

「你比我更清楚原因。」

羅恩只說到這裡，待天一破曉便立刻離開了宅邸。在離開宅邸的羅恩身上，崔漢看到的不是隨從羅恩，而是職業殺手的姿態。

「崔漢。」

沉浸在思緒中的崔漢，因為凱爾的呼喚而猛然抬頭。凱爾下了床，正往浴室走去。

「拉克醒了嗎？」

「是。」

狼族的恢復力確實與眾不同。凱爾算了算時間，遲早普林商團的庶子，我們的小豬存錢筒比勞斯就會抵達首都。凱爾約好要跟他一起喝酒。

而地點凱爾已經決定好了，就是他指示崔漢入住的旅館。那間旅館同時也做酒館生意，酒是出了名的好喝。

而把崔漢跟比勞斯牽在一起的關鍵就在那裡。

想著此刻應該正與十名狼人處在一起的商人，凱爾問崔漢：「旅館的孩子跟商人呢？」

「我打算等之後凱爾大人的聚會結束後，再送他們上路。」

「……聚會？」

漢斯靠到意外的凱爾耳邊低聲說：「少爺，就是東北部貴族子弟送來的邀請函。」

「啊。」

對耶，還有這些人的存在。畢竟是一群不太重要的傢伙，因此凱爾早就忘得一乾二淨了。凱爾微皺著眉煩惱。他該怎麼搗亂才好？雖然他們是凱爾，是金綠秀從沒見過的人，但這又有什麼關係？他可是混混凱爾。

「還有一位客人想見凱爾大人。」

「是蘿絲琳嗎？」

「是的，她說什麼時間都無妨，她願意配合。」

也是，蘿絲琳很會察言觀色。她應該是在想，昨天感受到的那股瑪那氣息是來自龍。她雖然從不曾見過龍，但世上只有龍才會擁有這樣的瑪那之力。

凱爾打開浴室的門入內，同時對漢斯下達指令。

「我要在房間裡吃早餐，幫我準備一下。然後去問蘿絲琳，要不要跟我一起吃早餐。」

「是，我知道了。還有，現在是中午，所以是午餐了。」

「……漢斯。」

「我會用心準備。」

凱爾不甚滿意地看著大聲回答的漢斯，下達完最後一道指令後便關上了浴室門。

「啊，還有，把陽臺的門打開。」

反正黑龍隨時都要進來。稀奇的是，牠睡覺的時候一定會睡在外頭，而且還是非得睡在窗戶附近的樹上才開心。

「那我去請蘿絲琳大人過來。」

「去吧。」

稍後，凱爾坐在對某些人來說是早餐，對某些人來說是午餐的一桌菜餚旁，並把漢斯打發出去。比克羅斯似乎費盡了功夫，桌上的菜色相當華麗。因為凱爾要求不要一道一道上，而是一次把菜上齊，因此桌上擺滿了菜。

「凱爾大人。」

崔漢靠上前。

「吃飯時間我會去拉克那邊。」

「原來你們兩人輪流照顧他啊。」

崔漢笑了笑，凱爾的話似乎讓他有些不好意思。雖然體力已經恢復，拉克目前依然躺在床上，接受蘿絲琳與崔漢的輪流照顧。當然，大部分時間都是蘿絲琳負責。

「氳跟紅也一起在照顧他。」

「那哪是什麼照顧。」

凱爾的話，讓崔漢露出有些尷尬的神情，但他並沒有否認。氳與紅的確一直待在拉克的房間。

兩隻小貓悄悄告訴凱爾。

「我們太弱了，沒辦法殺死狼族。就算狂暴化，應該也會輸，得找出能夠壓制那種傢伙的方法。」

「沒錯，所以我們打算去研究一下。」

氳與紅不是去照顧人，而是為了學習如何在遇到那樣的敵人時，能夠準確地殺死他們。

「但有兩個可愛的小傢伙陪著，拉克心情似乎也比較放鬆。」

「……那還真是萬幸。」

凱爾沒打算說出真相。

崔漢探索了周圍的氣息，確認黑龍尚未進入室內之後，便悄聲地說：「我沒有告訴拉克與蘿絲琳是奉凱爾大人的命令把他們帶來的。」

「很好。」

「我有守密。」

或許是因為昨天的誓言，崔漢突然對凱爾展現了可靠的一面。但崔漢不知道，言語這種東西有多麼巧妙，在聽者與話者之間，存在著極大的鴻溝。

死亡誓言，是依循發誓的凱爾所說的話與他的解釋而定，因為凱爾是當事人。所以普通貴族要做死亡誓言時，通常會花至少一個星期議論，內容基本上會超過十張紙。

凱爾想著如何利用這點，同時對信任起自己的崔漢說道：「崔漢，你是不是說遇見飲血的魔法師，就要殺死他？」

「是。」

毫不猶豫地回答，讓凱爾點頭道：「我告訴你怎麼找到他。」

崔漢的眼神變了。

凱爾告訴他：「當然，要先阻止恐攻事件。」

就在崔漢表現出希望能立刻知道方法的模樣時，叩叩叩，敲門聲響起，接著是漢斯的聲音傳來。

「少爺，我請蘿絲琳大人過來了。」

聞言，凱爾對崔漢點了個頭便起身。崔漢緊抿著嘴，起身去開門。蘿絲琳跟漢斯走了進來。漢斯停下腳步站在門邊，嚴肅地說：「凱爾大人、蘿絲琳大人，如有任何需要，請隨時呼喚我。」

接著他彎腰鞠了個躬便離開房間，崔漢也跟在他後頭離開。

「蘿絲琳，我去拉克那邊。」

「好。」

連崔漢也離開房間後，房裡便只剩下蘿絲琳與凱爾。蘿絲琳的臉色看起來輕鬆許多，但她的眼神仍透著一股冷意。

「謝謝您邀請我來，凱爾少爺。」

「不用客氣，蘿絲琳小姐。」

凱爾指著自己面前的位置請她坐下，隨即開口道：「畢竟我們還有些話要說。」

「看來少爺不喜歡拐彎抹角。」蘿絲琳嘴角微微揚起。

只見凱爾對著敞開的陽臺窗戶說：「進來。」

那一瞬間，蘿絲琳迅速轉身，見到幾片樹葉飛了進來，她握緊了微微顫抖的雙手。

今天的她比昨天更理性。昨晚，她一邊照顧拉克一邊想，擁有能施展三重魔法的實力，能這般操控瑪那的能力，答案只有一個。

她的目光從靠近餐桌的樹葉上移開，直視著凱爾說：「是龍大人嗎？」

果然，魔法師們都很尊敬龍，從用詞上便能看出。

凱爾笑了笑，對著那幾片樹葉說：「你自己介紹自己吧。」

下一刻，樹葉便飄到餐桌上，準確地說是在牛排前面轉啊轉的，接著一隻黑龍便解除了透明化，現出身影。

「嗯。」

蘿絲琳既沒有驚嘆，也沒有尖叫，只是發出一聲沉吟。

龍——綜觀東西大陸，也不超過二十隻的存在。

牠們不會離開自己的領域與巢穴，只會優雅地以這世上最優秀的存在活著。同時，龍也是瑪那與自然之王。

龍是高傲的存在。

已經確定龍現在只有約二十隻，牠們的顏色、個性、習性與特徵也都不同。魔塔認為這點相當稀奇。為何即使是由相同的父母生下，牠們的膚色與性質仍有這麼大的差異？

對此，有一個答案傳了下來。

龍認為自己是最為珍貴的存在。

活在世上的期間，龍希望自己是世上獨一無二的，即使是同族，也不希望有同樣的顏色、特徵等。

這樣高傲的存在，竟出現在蘿絲琳眼前。

雖然還是隻幼龍，但那瑪那之力與龍獨特的眼神，仍是隻高傲的龍。

黑龍靜靜盯著蘿絲琳看了會，隨後漠不關心地轉頭。面對龍這樣的舉動，蘿絲琳什麼也沒說。

黑龍在牛排前面坐定位，並開口說：「好餓。」

「……好，吃吧。」

凱爾回答後，便邀請蘿絲琳坐下。

「我們也用餐吧。」

「啊……是。」

蘿絲琳一臉呆滯地坐了下來。年幼的黑龍，就在她面前吃著牛排。而由於必須參加東北部貴族聚會，因而打扮的比平時更加華麗帥氣的凱爾，則是正以慵懶卻優雅的姿態舀湯喝。

要是去魔塔說出自己看到的畫面，恐怕不會有人相信。

「身為魔法師，能看到這樣的光景，實在非常驚訝。龍竟然跟人在一起。」

蘿絲琳相信自己眼睛所見，並毫不掩飾地表達了自己的感想。

凱爾沒有回答她，反倒是黑龍放下吃到一半的牛排看著蘿絲琳，隨後又轉頭看向凱爾。雖是爬蟲類的臉孔，卻能明顯看出表情。

黑龍皺著眉頭，對正在喝著湯的凱爾說：「因為他超弱，武力完全是垃圾等級，所以才這樣。」

「是啊。」

凱爾同意，龍也同意，只有蘿絲琳一臉神奇地看著他們。但很快地，她也大大點了點頭。

「竟然能跟凱爾少爺和龍大人一起用餐，真是我的榮幸。」

優雅地拿起叉子，蘿絲琳從容不迫。凱爾見她也用起餐來，便繼續低頭喝湯。

真是個大膽的人。

換做其他魔法師，想必是手腳發抖地讚揚龍，並要求龍教他們如何操控瑪那、如何使用魔法。因為龍的魔法、龍的系統，令大陸上的所有魔法師瘋狂。

凱爾對先吃沙拉的羅莎琳說道。

「您可以放心地待在這裡。」

「凱爾少爺。」

「是。」

「我有三件好奇的事，其中一件已經解決，還剩下兩件。請問我能提問嗎？」

「請吧。」

已經解決的那件想必與龍有關。凱爾想了很久，最後決定讓蘿絲琳知道龍的存在，因為他覺得這應該有好處。

接下來的兩個問題，他似乎也知道是什麼。

「第一個問題。」

蘿絲琳從容卻慎重地開口。

「隨意讓沒受到邀請的人進入宅邸、留宿，真的沒問題嗎？您是貴族，應該對維繫威嚴這種事相當敏感。」

凱爾淡淡答道：「是崔漢帶來的人，沒關係。」

凱爾看了正在吃牛排的龍一眼，隨後又看著蘿絲琳接著說：「還有這傢伙在，所以沒關係。」

聽見凱爾這麼說，黑龍卻沒有一點表示。牠只是將整張臉埋進裝著牛排的盤子裡，頭也不抬地以極快的速度撕咬著牛排。

蘿絲琳盯著龍看了好一會，她一雙紅色的眼睛才轉向吃著魚排的凱爾。

「……原來如此。那最後一個問題。」

凱爾停下正打算把鮭魚塞進嘴裡的動作，直直看著蘿絲琳。

兩人的視線在空中交會。

小說裡的蘿絲琳進到首都之後，便把紅色的瞳孔換成了黑色，頭髮也是一樣。但現在她並沒有這麼做。

「您是貴族，為何對我說話這麼恭敬？」

凱爾拿起放在魚排旁邊的酒杯，喝了一口白酒，然後才對蘿絲琳說：「紅髮、紅眼、魔法師、自行揭露姓名叫蘿絲琳。」

在展現自我的人面前，刻意假裝不認得對方，實在是件奇怪的事。

凱爾帶著微笑問：「我才想問王女大人，對我說話是不是不該這麼恭敬呢？」

蘿絲琳嘴角掛著愉快的微笑。

「商團主說你是出了名的混混，看來並非如此。」

見蘿絲琳隨即收起恭敬的口氣，凱爾並不感到意外。宅邸裡的普通人，確實不太可能知道鄰國柏雷王國的王女是什麼模樣，但貴族可就不同了。

當然，若是沒落的貴族，確實較難掌握情報，但如果是伯爵，那麼掌握周遭國家的王族與貴族的情報，可說是基本中的基本。貴族這個頭銜，可不是什麼舒服的身分。

凱爾回答蘿絲琳：「我確實是出名的混混，但魔法師應該要以五感來判斷吧？」

「沒錯，凱爾少爺，我們只相信我們自己的感覺。」

凱爾覺得蘿絲琳的用詞非常巧妙。身為王女時，她說話的態度並不恭敬。但剛才她說「我們」，顯然是以身為魔法師的身分在說話，而這時她的態度又相當恭敬。看來，蘿絲琳有強烈的魔法師自覺。

「那麼，王女大人。」

「蘿絲琳。」

她果然不希望受到王女的待遇。

「好，蘿絲琳小姐，您好奇的事都問完了嗎？」

「是，都問完了。」

她莞爾一笑，接著說：「凱爾少爺是不是不想跟我有所牽扯？」

即使知道蘿絲琳是王女，凱爾也只要她好好休息後，想離開時再離開。當然，蘿絲琳並不覺得討厭。如果她想要特別待遇，直接亮出自己的全名與身分就行了。她不想要那種待遇，而凱爾是她的恩人，是讓她了解拉克的恩人。

「這個嘛，我是覺得王女大人似乎不願意，所以才會如此。」

騙人。蘿絲琳覺得凱爾這番話只是辯解。

跟龍在一起的人類，雖以混混的形象示人，實際上卻並非如此。只要他有心，肯定已經通知王室，柏雷王國的王女就在這裡。

她露出一個看似什麼也不知情的微笑，表達對凱爾的感謝。

「您似乎沒有聯絡壚韵王室，謝謝。」

「別這麼說，這種事情應該要聽從本人的意願才是。」

凱爾覺得，要是聯絡了王室，混蛋王儲肯定會像發現獵物一樣，闖進他家的宅邸來。

「凱爾少爺說的沒錯，我並不願意。未來王室若有針對這部分對少爺有什麼微詞，就請告訴他們，說是我不願意就好。我會寫封信給他們。」

「是。」

「謝謝您空出地方讓我們留宿，我的事情我自己會看著辦，不會給您帶來困擾。」

不會帶來困擾。蘿絲琳給出了凱爾最想要的答案，凱爾輕輕向她點頭道謝。

「謝謝。」

「別這麼說，這是當然的。」

簡單回應後，蘿絲琳便繼續用餐。凱爾與蘿絲琳，兩人之間已經不再需要對話。只是蘿絲琳仍時不時偷看龍一眼。

這也是無可奈何之事，魔法師就是會被龍吸引。

龍將準備給凱爾的手工香腸都吃得一乾二淨，隨後才看向蘿絲琳，冷冷地說：「吃妳自己的，這是我的。」

黑龍將另一盤裝著手工香腸的盤子抱入懷裡。凱爾自在地往牠的盤子裡放了些其他食物。牛排的味道、其他食物的味道與生肉截然不同，黑龍也逐漸沉迷其中。

蘿絲琳看了凱爾一眼，凱爾用不被黑龍發現的方式，單手比了個四。

牠才四歲。

看懂了他的意思，蘿絲琳笑著說：「是，龍大人，應該的。」

黑龍繼續吃飯，蘿絲琳與凱爾也自在地用餐，兩人一龍度過了一段悠閒平靜的時光。

午餐結束後，凱爾便搭上馬車，前去參加東北部貴族子弟的聚會。

東北部貴族聚會，由約十個貴族家族組成。

若將身為家臣的男爵、準男爵與沒落貴族也算進來，人當然會更多，只是主要的成員就是十個家族。其中，今天要與凱爾碰面的三人，都是長久與海尼特斯伯爵家交好的家族。

「真是煩惱。」

因此凱爾相當煩惱。以護衛身分跟來的崔漢，小心翼翼地問道。

「是什麼事呢？您如果有什麼煩惱，就請跟我說吧，我想多少幫您一點忙。」

「不，你不用管。」

凱爾隨口打發了崔漢，繼續苦惱著。看著這樣的凱爾，崔漢也跟著煩惱了起來，因為這是他第一次見到凱爾如此煩惱。

真的，凱爾很煩惱。

該怎麼耍流氓，才會看起來像個混混？

當他得到崔漢與黑龍這兩個負擔之後，他便有了很大的改變。他開始煩惱自己的混混人生。東北部貴族子弟們，一直以來都只看見凱爾混混的那一面，也經常在領地內接到消息，聽聞凱爾像個混混一樣闖了不少禍。看來他必須更小心……不，他必須更放肆。

「哼嗯。」他放下雙手。

還是學著像隻瘋狗一樣？人家不是說，混混之中最可怕的，就是像狗一樣的混混嗎？正當凱爾深入思考要如何像狗一樣的時候，馬車已經停在了一座宅邸前。

「歡迎蒞臨，凱爾．海尼特斯少爺。」

凱爾看了看在正門口迎接自己的老管家，接著又看了他身後的宅邸一眼。

這是惠斯曼伯爵家的宅邸。惠斯曼伯爵家，領地就位在東北部的入口處，是個稱不上極為富有，武力也說不上強大的平凡家族。也因此才會在沒有公侯爵的東北部聚會中，與同屬伯爵的海尼特斯伯爵家交好。

站在海尼特斯伯爵家的立場，惠斯曼伯爵家有別於他們這些地處邊陲的貴族，距離首都最近。因此能與他們交好，自然是在各方面都有好處。

凱爾想到惠斯曼伯爵家的繼承人。

艾瑞克·惠斯曼。

前來這座宅邸之前，副管家漢斯小心翼翼地問了凱爾。

「少爺，雖然您跟艾瑞克少爺處得不錯，但在場還有其他貴族，因此斗膽地建議您，不要表現得太過隨意比較好。」

從這話當中可以聽出，艾瑞克與原本的凱爾非常要好。但貴族子弟報告上所寫的艾瑞克並不是個混混，而是個踏實且認真的人。

「少爺，我帶您進去吧。」

「帶路吧。」

凱爾在老管家的帶領之下，進入了惠斯曼宅邸內。

此刻，這裡不僅有艾瑞克·惠斯曼，還有吉伯特·切特、亞米勒·烏瓦爾等其他貴族子弟。在跟他們見面時，他究竟該如何行事才好？凱爾一邊思考一邊走著。

但從結論來說，他並不需要煩惱這種事。

「凱爾，你還是挺聽我這大哥的話嘛，對吧？」

艾瑞克·惠斯曼推了推戴在鼻梁上的眼睛。

凱爾露出微妙的表情，此刻他正坐在餐桌旁，卻被三名貴族包圍，像是在接受審問一樣。真奇怪。

然而比起審問，氣氛卻更接近安慰。

艾瑞克．惠斯曼開口道：「你不也覺得很煩嗎？」

子爵家的亞米勒與男爵家的吉伯特出聲表示贊同。

「對啊，凱爾少爺，聽說您不喜歡這種繁文縟節。」

「凱爾少爺，覺得煩躁並不是壞事。」

看著三人像在安撫小孩一樣的態度，凱爾決定先回應他們的話。

「是啊，是很煩。」

「對嘛，我就說了！」

啪。艾瑞克輕拍了下桌子。與其說這個舉動是出自憤怒，更接近他說話時的習慣動作。他對這個小時候很可愛，長大之後便成了混混，只有一張帥臉可取的弟弟凱爾悄聲說道。

「到時候你不要說話，也不要笑，在那邊不要有任何反應！靜靜待著，剩下的我們都會幫你解決。你不是很討厭麻煩事，也很討厭遵守禮節嗎？」

凱爾用相當微妙的表情答道：「我很擅長靜靜待著什麼都不做。」

「哦？你嗎？啊，對，你是這樣沒錯，你很擅長這樣。」

艾瑞克的個性踏實認真，唯一的缺點就是太愛操心。但他並不膽小，實在非常矛盾。

他對著從昨天開始就成為他心中最大擔憂的凱爾說話，而另外兩名貴族子弟則對艾瑞克投以支持的眼神。

「其他東北部的傢伙說不定會把你惹火，畢竟支持史丹侯爵家或其他公侯爵家的傢伙，現在眼睛都長到頭上去了。但只要你乖乖待在一旁，什麼都不要做，我們就會幫你解決所有問題，怎麼樣？」

這是艾瑞克最擔心的事。現在東北部十個主要家族中，只有在這裡的四個家族沒有特別加入哪一派，其他早已選擇加入其他大貴族勢力的人，肯定是想把這次東北部的聚會，獻給他們上頭的那些大人。

因此他們必須小心再小心。

這四個家族必須穩固掌握東北部的核心，尤其是持續堅守中立且最為富有的海尼特斯家族，絕對不能惹出事端。

不光是艾瑞克，其他兩人也相當注意凱爾的反應。

「那當然好。」

凱爾給出肯定的答覆，嘴角也揚起溫柔的微笑。艾瑞克一邊想著凱爾只要不喝酒，就依然像小時候一樣善良乖巧的模樣一邊說。

「我也希望我們四個能一起去向王儲殿下請安，不過你應該連這都嫌煩，想立刻去喝酒吧？這可能有點困難。總之只要去跟他請安，剩下的就交給我們，我們會全部處理好。」

哦哦，這氣氛實在微妙。凱爾揚起嘴角，拿起放在自己面前的酒杯。

吉伯特少爺的肩膀似乎微微抖動了一下。

凱爾感到很奇妙，明明自己是個只會闖禍的混混，僅因屬於同一陣線，這些人竟然便決定這樣保護他。

他用紅酒潤了潤喉，開口說：「很好啊。」

「對吧？」

艾瑞克露出歡喜的微笑，他的眼鏡在吊燈的照耀下閃閃發光。凱爾決定什麼都不做，接受這三名年輕貴族的保護。

這個狀況讓他非常滿意。

「只要去那邊坐著就可以了？」

「對，就這樣。」

這個要求非常好，是凱爾最理想的狀況。今天來這裡舒舒服服地吃頓飯，真是個再好不過的決定。

雖然艾瑞克、吉伯特與亞米勒仍在持續觀察他，似乎並沒有因此放心。因為在東北部貴族子弟的聚會上，凱爾也是一開始安安分分的，後來卻拿起酒瓶亂扔。

尤其這次跟王儲的會面，必須要促成王室對吉伯特與亞米勒家族領地所在的東北海岸進行投資，因此他們必須事事謹慎。

「葡萄酒還是海尼特斯領地的好喝。」

當然，凱爾已經透過漢斯給的報告，大概了解兩家族打算推動的東北海岸投資。這是四個家族共享的情報，但他知道這投資不可能成事。

西大陸很快就會在南邊掀起戰事，還談什麼投資？如果是海軍，說不定還有機會。

四名貴族在談笑之間持續用餐。見凱爾第一次這樣安分地用餐，其他三人感到安心，稍稍放下了一些擔憂。

這是一段讓所有人都頗為滿意的時間。

回到宅邸，凱爾稍微休息後便開始做起準備。聽聞崔漢回到宅邸的消息，便把崔漢叫了過來。

「凱爾大人，您找我嗎？」

「旅館呢？」

「我已經去看過了，孩子們都很有活力。」

想到十個狼人小孩充滿活力的樣子，凱爾的表情顯得有些無奈。反倒是崔漢放心了不少，表情開朗許多。

「那現在就沒別的事要做了吧？」

「是的，有什麼問題嗎？」

凱爾點點頭，隨即站起身。這時崔漢才發現凱爾不是穿著睡衣，也不是平時的衣著，而是一身普通平民的打扮。

凱爾朝著床鋪走去，「我要躺在床上，你去跟漢斯說不要待在門口，叫他走開，這樣他就會頭也不回地離開。」

崔漢看了看敞開的陽臺，外頭夜幕低垂。

「您要出去嗎？」

「對。」

凱爾的嘴角掛著好看的微笑。

「我會像上次一樣開著陽臺的窗，你再回到我房間來。」

「我明白了。」

崔漢的眼神瞬間變了，他記得凱爾說過會告訴他如何找到那名飲血的魔法師。

「不帶上氳跟紅，只有我跟凱爾大人嗎？」

崔漢一臉專注地詢問凱爾，卻從別處得到了回答。

「我也會一起。」

黑龍解開透明化魔法，從陽臺的窗戶進到房內。崔漢看了看黑龍，再轉頭看向凱爾。凱爾的態度比任何時候都要從容。

「我們三個一起去。」

崔漢收回看著凱爾的視線，先是看了看俯視自己的黑龍，隨後又小心翼翼地詢問凱爾。

「您是打算毀掉一切嗎？」

「不，絕對不是。」

他在想什麼？也太偏激了吧。凱爾躺上床，揮了揮手要崔漢離開。

「快去快回，記得戴頂帽子。」

「明白了。」

崔漢打開床邊矮桌上的魔法電燈，隨後關上房裡所有的燈，便離開房間對房門外的漢斯說了幾句話。

凱爾閉上眼睛，假裝在睡覺。

門很快關上，漢斯也沒有進房。在崔漢離開時，施展透明化的黑龍，再度解開了透明化，坐在凱爾床上。凱爾感覺床的一側嚴重傾斜，一道有些擔憂的聲音傳來。

「你不能真的睡著。」

聽見這句話時，凱爾心想，在龍的眼裡自己難道只有四歲嗎？他嘆了口氣，隨即坐起身來。

稍後，崔漢穿著袍子從陽臺回到房裡。

「來啦？長袍確實比帽子好。」

凱爾將帽子遞給崔漢，崔漢點了個頭，並看著黑龍說：「你要這樣跟著去嗎？」

「我會透明化。」

「……聽說龍能夠變身，不能變成人類的樣子嗎？這樣應該比較輕鬆。」

龍的魔法是意志的表現，因此崔漢以為只要龍有那個念頭，就一定能夠變身。

黑龍對崔漢的發言嗤之以鼻。

「我討厭人類，不想成為類似人類的存在。龍很傲慢、很帥氣。」

「誰說龍很帥氣的？」

崔漢反問，龍瞥了凱爾一眼，咻地撇過頭，接著便飛起來施展透明化。床上的凹陷處消失，凱爾用微妙的眼神，淡淡地對看著自己的崔漢說。

「龍很帥氣吧？」

「是啊。」

崔漢點頭，跟在凱爾身後朝陽臺移動。他看著三樓陽臺的窗戶停下了腳步。

「那個，凱爾大人。」

「怎樣？」

「……要我背您嗎？」

崔漢的話實在令人不甚滿意，只見凱爾不屑地哼了一聲，伸出食指指了指天花板。下一刻，凱爾整個人便微微離地，他的身體也逐漸變透明。凱爾看著自己從頭到腳開始變透明的模樣，便對著空中說。

「龍很偉大吧？」

「沒錯，我很偉大。」透明化的黑龍回答。

崔漢從凱爾的臉上，看見稍縱即逝的邪惡笑容，這下他知道對方是怎麼操控龍的了。

他也說：「龍真是偉大。」

在贊同龍的偉大之下，他也得以跟凱爾一樣，在透明化魔法的保護下，舒舒服服地離開宅邸。當然，宅邸的圍牆上雖有魔法裝置，但那只是用來防範外人入侵。若是從裡面出去，裝置就不會有任何反應。

站在離宅邸有距離的巷子裡，崔漢說：「從這裡開始就沒問題了。」

語音剛落，凱爾與崔漢的透明化魔法也隨之解除。飛行魔法一解開，原本距離地面約十公分的凱爾，便輕輕地落到地面上。

凱爾暗自驚訝。

黑龍的魔法實力比想像中好很多，難道是與特性有關？這程度的能力，可比最頂級的魔法師還強了許多。等到黑龍成年，就會變得更像隻龍，屆時他的能力應該足以毀滅一個王國。

但只要有風之聲，就可以靠自己移動了，也不必特別帶著龍或崔漢到處跑。

風之聲，是凱爾想獲得的第三個古代之力。但想獲得這股力量，就得前往壚韵王國的東北海岸。

得去到亞米勒的領地。

凱爾打算在返回領地的路上，順道去取得風之聲。他只需要跟其他人說，既然都出門了，就想趁這個機會去到處走走看看。在海邊的古代之力，這點讓他有些掛心，但因為是能夠低調入手的力量，因此凱爾決定不要想得太複雜。

反正到那個時候，崔漢他們一行人就不在我身邊了。

鯨族與人魚要到第四集尾聲，才會首度出現在東北海岸。主要是因為東大陸與西大陸之間掀起海洋戰爭，所以只要不在那時候去到海邊，就不會與他們有牽扯。

凱爾以帽子遮蔽紅髮，並從懷裡掏出地圖，走在前頭。

「跟我來。」

透明化的黑龍與崔漢一左一右走在凱爾身後，離開了貴族聚集的首都西側，往威茲市的市中心走去。

越往市中心走，首都的夜晚就與白晝越來越相似。四處都是明亮的燈火，還有許多深夜仍在做生意的店家。尤其是眾多的酒館，比任何時候都要充滿活力。

「首都的夜晚確實比其他地方更明亮。」

「是啊。」

凱爾走進威茲市的中心——光榮廣場。圓形的廣場映入眼簾，各個方位都設置了一個噴水池，每個噴水池邊都有王國子民三三兩兩地聚集。

結束一整天工作的他們，正與家人、與朋友分享日常光景。現在是晚上九點左右，想必直到晚上十一點警衛兵開始巡查之前，廣場都會是這樣人群聚集的狀態。凱爾往旁邊看了一眼。崔漢正待看著東方噴水池邊，一個家庭聚在一起談天說笑的模樣。

凱爾淡淡地看著崔漢與那個家族，開口說：「遮蔽我們的聲音。」

話才說完，便有小範圍的透明魔法護牆從四周罩住凱爾。只有在範圍內的崔漢、凱爾與黑龍能看到這道護牆。崔漢這時才看向凱爾。

「有種東西叫魔法炸彈。」

「炸彈？」

「對。魔法炸彈的型態非常多變。西大陸的戰爭史很長，而且將魔法用於戰爭的歷史也很悠久，因此魔法炸彈的型態非常多元。」

崔漢靜靜聽凱爾說。

「但受到的制約也很多。像是設置地點、瑪那調節等，炸彈使用起來其實很繁瑣。」

因此在一般的戰爭中，魔法師偏好使用魔法，而不是使用魔法炸彈。但這次的魔法炸彈，又與前述情況不同。

「其中新開發的魔法炸彈，六天後會在這裡跟附近各地同時爆炸。」

凱爾認為，《英雄的誕生》中崔漢與蘿絲琳發現的五顆炸彈所設置的地點，或攜帶這些炸彈的人，應該不會與小說中相同。故事走向已經變了，因此之後的狀況也很有可能改變，所以凱爾擬定了新的計畫。

但他相信，魔法炸彈恐攻事件本身，仍會依照小說的發展而發生。

畢竟已經確定瘋狂魔法師就在這個國家了。

製作魔法炸彈的人，就是瘋狂魔法師。往後的日子裡，他會將這些炸彈供應給壚韵王國的幾個貴族領地。當然，他並沒有因此曝光祕密組織的真實身分。

「您是說這裡會有炸彈爆炸嗎？」

「對。」

崔漢看著光榮廣場的噴水池，以及四散的人群。這時，一道冷酷的聲音在耳邊響起。

「炸彈可能被埋在任何地方，也可能被裝在人身上。當然，那個人不會知道那是炸彈，會把炸彈誤當成其他東西，帶著或綁在身上到處跑。」

人。一聽到這個字，崔漢便轉頭看著凱爾。

凱爾卻只是冷冷地說：「所以必須阻止這件事。」

當然，不是凱爾自己去做，而是崔漢、蘿絲琳與黑龍要去做。凱爾打算待在一旁，靜觀這次的事件。

「該怎麼阻止才好？」

「很簡單。」

凱爾雙手抱胸，靠著種在廣場上的樹說：「魔法炸彈其實就是一團瑪那集結而成的東西，只要用瑪那感應力去探索四周，找到瑪那密度高於其他地區的地方，就可以去查看。」

凱爾解釋得相當輕鬆，崔漢卻頓了一頓，隨後才小心翼翼地問：「瑪那的密度會高到能讓人一下就感應到嗎？」

「不，密度的差異非常細微，不夠出色的魔法師發現不了。那小小的一團瑪那，會在一瞬間把周圍的瑪那吸引過來，引發強大爆炸。」

崔漢的表情變得有些難以言喻。他是用劍的人，會使用劍氣，因此多少能夠感覺到瑪那。只是不如魔法師那般敏銳，也無法利用。

「凱爾大人，這件事似乎不容易。」

「很簡單。」

凱爾答完，便轉頭問黑龍。

「對吧？」

空中隨即傳來一個聲音。

「不是不能做，只是麻煩。」

凱爾身邊有黑龍，不僅能使用高強的魔法，更有頂尖的瑪那感應力。崔漢很快便接受了。他一下子忘了，這龍是非常偉大的存在。

凱爾將手中的地圖交給崔漢。

「炸彈雖然不曉得會裝在什麼人身上，但設置在特定地點的炸彈，至少會在事發兩天前就放好。」

慶賀國王誕辰的日子即將來到，前一天開始首都的警戒便會大幅強化，且廣場也會因為要設置講臺等許多設施而進行管制。

「其他地點我不清楚，但我相信至少有一個會設置在這廣場附近，因為這裡是最多人聚集的地方。」

「是，我也認為是這樣。」

「好，那就以這廣場為中心。」

凱爾的手指向崔漢，接著又指著空中某處。

「崔漢，你跟龍兩個一起，每天晚上都在首都裡面繞一繞，把炸彈找出來。」

「我們兩個？」

面對崔漢的提問，凱爾拍了拍他的肩回答。無論是對黑龍還是崔漢，他操控的手法都差不多。

「是啊，如果是你，應該能夠隱藏自己的行蹤，在掩人耳目的情況下暗中活動，畢竟你的能力非常優秀。」

崔漢嚴肅地點點頭，接著又問：「找到之後該怎麼辦？」

「先擺著。」

「不用拆除嗎？」

「當天再拆。」

「我可以問一下原因嗎？」

凱爾嘴角微微上揚。

「你想找到那個魔法師吧？」

雖然這並不是問題的回答，崔漢還是點了點頭。

凱爾環顧廣場，所有人看起來都相當歡快，但其中說不定混入了祕密組織的成員。他也不知道飲血的魔法師確切的位置，反正不是藏在某處，就是換了個外表隱密行動中。

「要引爆魔法炸彈，終究要有魔法師。製造炸彈的魔法師，會透過中央控制器引爆炸彈。」

「那麼——」

崔漢本想說出他的想法，卻又停了下來，只是盯著凱爾。

凱爾以有些冷淡的口氣說：「先把炸彈找出來。如果發現設置炸彈的人，最好是偷偷跟著他們，避免被發現。」

既然是跟黑龍一起行動，即使崔漢跟蹤這些人，應該也能避免追得太過深入，而觸動他們藏身處的魔法裝置。但凱爾覺得，要找到這些人並不容易。

要找出聚集較多微弱瑪那的地點，必須多方奔走，是件繁瑣又疲憊的事。所以凱爾才把這件事交給他們兩個，因為他幫不上忙，他也不想幫忙。

「只要巡到慶典前兩天就行了嗎？」

「不，前一天你們也得偷偷去巡。」

「前一天也要？」

那時的戒備應該會更森嚴吧？

崔漢感到疑惑。當然，並不是戒備森嚴他就不會去做。只是那會更麻煩，而且也必須更小心，他自然也會更累。

就在那一刻，崔漢看見凱爾再度露出惡作劇般的微笑，只見對方從懷裡拿出一顆黑色珠子到自己面前。

「啊。」

崔漢驚呼了一聲。他很熟悉這顆黑色珠子，是瑪那擾亂裝置，範圍能擴及一整座山。這東西居然再次從凱爾手中現身。

凱爾嘴角掛著微妙的微笑，他知道炸彈會在何時爆炸。

「那天附近會有很多魔法師，這裝置應該用不了十分鐘，但可以幫上很大的忙。可以讓與魔法有關的東西，在大約有十分鐘的時間內變成廢物。」

十分鐘左右，那很足夠了。

只要在那十分鐘內，把身上帶有魔法炸彈的人救出來就好。肯定有方法能辨識身上帶有炸彈的人。屆時不光是崔漢跟龍，凱爾還有很多人跟種族能夠使喚。

崔漢的視線在黑色玻璃球與凱爾之間來回，一陣沉吟之後終於開口。

「凱爾大人竟一個人把這一切——」

「是啊。」

凱爾似乎知道崔漢想說什麼，連忙果斷地打斷他，並對崔漢跟黑龍說：「快去幹活吧。」

崔漢呆看著凱爾。

感受到他的視線，凱爾卻只是說這廣場附近，有一間生啤酒店的酒非常好喝。

「你們今天巡到十一點就好，我會在那裡等你們。」

崔漢想了想，隨後才笑了一聲並點了點頭。

「是，今天我會跟龍一起，盡快巡查廣場一帶。」

凱爾要他們趕快出發，崔漢卻突然開始好奇，凱爾為何不跟他們一起去？但他很快便想通了，在自己與黑龍大顯身手的時候，凱爾就只是多餘的包袱。

凱爾很弱，從他身上感應不到任何瑪那，也看不出曾練過劍術的跡象。說到底，他也只是個某些方面不太普通的普通人罷了。

「我們會努力巡查，回來後就請我喝杯啤酒吧。」

「好，龍也小心點。」

黑龍像在回答凱爾，解除了阻擋外頭聲音流入的透明隔音牆。而崔漢只是點了個頭，便留下凱爾離開了。

兩小時後，凱爾帶著一無所獲的崔漢與黑龍回到宅邸。

隔天晚上，三人依舊無功而返。

前一晚沒睡好的凱爾，直到日正當中才悠悠醒來。但因為擁有心臟之活力的緣故，即使沒睡好，也還是不顯疲態。

「少爺，您起來了啊？」

「……羅恩。」

仍在半夢半醒的凱爾瞬間清醒過來。

「我回來了。」

自外頭歸來的羅恩走上前，拿出一封信給凱爾。凱爾一看到那封信，便久違地向羅恩下達了指示。

「羅恩，去幫我挑一瓶最好的紅酒，包裝好送過來。」

信上頭畫有普林商會的紋章。凱爾拆開來，立刻就能看到上頭寫的一行字。

少爺，我馬上就能喝到您招待的酒了嗎？

普林商會的庶子比勞斯，即將抵達首都。

正在估算他何時會抵達的凱爾意識到，距離前往王宮面見王儲的日子不遠了。在這個壞人群聚的地方，他應該低調低調再低調。

羅恩點了點頭，離去之前不忘多加上一句話。

「我明白了。不過，少爺，您還記得後天要去王城的事吧？」

在廣場舉辦慶賀活動，宣告國王誕辰慶典將揭開序幕前，貴族家的子弟得先與王儲見面。那既不算宴會也不算晚宴，是一種介於這兩者之間的聚會形式，將會使用整座宴會用的宮殿來舉行。

一講到王儲與王宮，凱爾便自然聯想到一個名字。

泰勒跟凱奇不知過得如何？

被拋棄的長男與瘋狂神官，他們應該能自行搞定吧？凱爾是這樣想的。

「嗯哼。」

但就在那一瞬間，凱爾的背脊莫名發涼，他不自覺地摸了摸自己的後腦勺。這一陣寒顫，令他下定決心。

好了好了，別再想他們兩個了。

凱爾打算在王宮裡乖乖地待著，無論身旁是否有人罵他，他都要靜坐不應。

凱爾看了桌子一眼，有封信在那。

凱爾，真的，你真的什麼都不用做。

大哥會幫你解決一切，懂嗎？

東北貴族子弟之一的艾瑞克·惠斯曼每天都會送一封信來，信上字字句句都充滿著擔憂。

凱爾隨手撿起桌上那封信，一把往角落扔去。

「我這就去把最好的酒拿過來。」

「去吧。」

凱爾冷淡地看著羅恩離開，並透過羅恩未緊閉的門縫，看見那些許久不見的臉孔。羅恩看了那些生物一眼，隨後便關上了門。他們進到房內，便筆直地朝凱爾走去。

「要是太大意可能會被殺死喔！」

「是自尋死路喔！」

進到房內的是小貓氳與紅。許久沒見到的兩隻貓，似乎是找到了方法，知道該如何殺害像狼族這樣武力強大的獸人族，只見牠們相當興奮。

「辛苦了。」

凱爾沒頭沒腦地扔出這麼一句話，兩隻貓靠到他的腿邊用臉蹭了蹭他。似乎是覺得有點煩，凱爾輕輕推開了牠們。

稍後，羅恩再度回到房裡。

「少爺。」

「嗯。」

聽見凱爾不帶感情的回應，羅恩看著他問：「我能夠以專屬侍從的身分跟您去王城嗎？」

「當然可以啊，你不去誰去？」

一聽見凱爾的回答，羅恩便下定決心——似乎該離開了。

以「黯」之名在背後操控東大陸的那群人，如今已開始將魔爪深入西大陸。「黯」只是他們的爪牙之一，其真正身分無人知曉。

支配東大陸夜晚五大暗殺家族之一，莫蘭家族的家主——羅恩．莫蘭，他憎恨且恐懼「黯」。

「少爺。」

「怎麼了？」

「您在王宮裡，肯定會是最帥氣的少爺。」

「羅恩。」

沒想到休了個假回來，羅恩竟開始說些不合他形象的奉承話了。

凱爾也只是平靜地反問：「以人類的標準來說，我的臉跟身材還算不錯吧？」

喵嗚嗚嗚。

兩隻貓似乎在對凱爾的發言表示不認同，但他們的確無法全盤否認凱爾的長相。他確實是俊美又慵懶的美男，外形很有看頭。

對於這個混混，凱爾自己最滿意的第一點是有錢，第二點就是這副身材跟長相。凱爾的嘴角微微揚起。

「當然了，少爺是最完美的。」

但才剛揚起的嘴角，瞬間便垂了下來。

我剛才聽到了什麼？

那和藹、仁慈又充滿疼愛的聲音，居然來自羅恩！凱爾渾身發麻地轉頭往沙發後面看去，羅恩帶著滿足的微笑站在那裡。

這笑容似乎與他平常裝出來的微笑有些不同。

對於渾身起雞皮疙瘩的凱爾，羅恩絲毫沒有理會，只是自顧自地做著自己的事。

「那麼我先離開了，我還有事要跟漢斯副管家說。」

「喔，好。快去吧，快去。」

羅恩很快便離開了房間。

看著關上的門，凱爾心想。

他幹嘛？

但凱爾也沒打算深究羅恩為何如此。畢竟是羅恩的私事，他何必干預？凱爾帶著困惑的神情，盯著緊閉的門看了好一陣子。

叩叩叩，有人敲響了門。

小貓紅說：「是狼的味道。」

凱爾看著門說：「進來。」

稍後，喀噠一聲，有人小心翼翼地開了門。從門縫中探出頭的，是狼族的拉克，他的神情看起來有些遲疑。

「那個，我是想來向您道謝，但不知道什麼時候來見您比較好。如果您不介意，我可以進去一……」

「進來吧。」

不想繼續聽他拐彎抹角的言詞，凱爾便隨意做了個手勢要他進來。拉克謹慎又緊張地關上門，隨後來到凱爾身旁。

凱爾指了指自己對面的沙發。

「坐吧。」

「好、好的。」

拉克坐在沙發上，不敢正眼看向凱爾。凱爾的話讓拉克想起了他的叔叔，他們都有種難以親近的感覺。但與叔叔不同的是，叔叔是強大到難以親近，而凱爾雖然神色從容，卻散發著令人不敢輕易搭話的氣質。

「有話就說吧。」

「那個……」

拉克悄悄瞥了他一眼，像在思索該如何開口，隨後突然站起身來，對凱爾低下頭。

「謝謝！」

幼稚又膽小，某些地方還有點笨笨的，就跟小說裡的拉克一模一樣。

書裡經歷第一次狂暴化後，他的個性就變了。這次居然沒變。

凱爾回應他的感謝。

「嗯，謝我是應該的。」

「什麼？喔，是。」

拉克重新坐回椅子上，表情變得有些奇妙。

凱爾對他說：「你的謝意我心領了，你走吧。」

「啊，那個，我……」

拉克沒有起身，而是支支吾吾地開了口。自從他聽了蘿絲琳、兩名貓族、崔漢，以及偶爾會來的漢斯說的話之後，就開始煩惱起來。而此刻的他，也仍在煩惱中。

凱爾看著他默不作聲。其實他已經知道拉克大概會做出什麼行動，因此他想盡快打發拉克離開。

「那個，我……少爺，那個……」

拉克不知從何說起。他不停重複著看凱爾一眼，再低頭看著地板，輕咬住嘴唇後又再次放開的行為。在這沉悶的氣氛中，拉克再一次厭惡起自己這樣的性格。

就在這時，一道冷酷的聲音傳來。

「說出來。」

「什麼？」

拉克抬起頭來看著凱爾。這是他進到房間之後，第一次正眼看向凱爾。

凱爾看著他說：「沒錯，對話的時候就該好好看著對方。」然後又接著說，「把你心裡想說的話都說出來。」

凱爾看了看時鐘，冷冷地對呆看著自己的拉克說。

「我會聽你說的。」

啊，拉克驚呼了一聲。他握緊不安的雙手，終於開了口。

「我、我是個哥哥。」

這名身材高大，心智卻依然年幼的少年看著凱爾說。

「我得照顧弟妹們。」

拉克知道自己目前仍不足以成為獨當一面的狼族，但他還有比他更年幼的十個弟弟妹妹，他必須照顧、保護他們。

以及……

「而我同時，也是別人的姪子和弟弟。」

他膽小又愚蠢，是青狼一族愛護他、保護他。那些家人、朋友與鄰居，他永生難忘。

「所以我必須報仇。」

也因此，這筆債他必須徹底清償。

拉克握緊了顫抖的雙手，想到哪裡便說到哪裡。接著他感覺腦袋一片空白。他低下了頭，看著自己的腳跟地毯。

「你是狼人啊。」

拉克抬起頭。凱爾．海尼特斯，是這座大到難以想像的宅邸的主人，是崔漢哥認為值得賭上三分之二性命的男人，此刻對拉克說出再理所當然不過的事實。

「原來你是狼人啊。」

那一刻，無數過往與回憶在拉克腦海中浮現。青狼一族的一幕幕生活，在他腦海中勾勒了出來。

「聽說狼人會守護家人，並把家人視為第一優先。我認為他們是相當自負的種族。」

拉克注意到凱爾輕輕揚起的嘴角。

「我聽懂你的意思了。」

從這時開始，拉克才終於能好好看見眼前的這名男子，以及房間裡完整的風景。坐在凱爾兩旁的可愛貓族弟妹，以及在白晝的陽光照耀之下平靜無波的房間。

拉克這才終於想到自己該說什麼、想說什麼。

「謝謝您幫我。還有……請您幫幫我。」

而這平靜風景的主人對他說：「道謝只要一次就夠了。」

凱爾近來開始思考混混行為的最大原因，就是崔漢與黑龍。黑龍本身令他煩惱，而跟崔漢一起出現的這些傢伙也令他煩惱。

「我並不想幫你。」

凱爾不想幫助拉克。但失去父母與立足之地的十個狼族孩子有多麼悲傷，他非常清楚。因為他曾經歷過。

而此刻，他也已經一腳踏入這個狀況裡，但他仍不想為一切負責。只要做他能做到的，不讓自己受到損失就好。

聽見凱爾不想幫忙，拉克垂下了頭。

凱爾看著他說：「但我打算跟你交易。」

「……交易？」

「對。」

「你要我幫忙什麼？而你可以給我什麼？」

凱爾不打算教導這隻笨笨的狼所有事情，那是崔漢或蘿絲琳要做的事。不過在他去王城之前，有幾件事情必須完成。

凱爾站起身來，看向狼族少年。

「等你把這些事都想清楚了，再來找我吧。」

拉克想了想，便起身向凱爾點了個頭。

「是，等我都想清楚之後，我再來找您。」

「好。」

凱爾摸了摸拉克的頭。拉克再度抬頭時，眼神看起來很不錯。

凱爾帶著王儲的邀請函下了馬車。這是一場從下午五點開始的晚宴。

他仰頭看著偌大而華麗的王宮，心想果然海尼斯特領主城與首都宅邸皆無法比擬啊。

喜悅宮，舉辦晚宴的宮殿，是現任國王因王儲的誕生，欣喜之下所建造的小宮殿。不過如今，國王更愛護三王子。

凱爾打算在宮門口與艾瑞克、吉伯特與亞米勒會合後，再一起入內。他靜靜看著整座宮殿，一邊想著。

該不會又有什麼老套劇情要發生了吧？

偏偏在同一個時段，有另一輛馬車來到宮門口，一個人下了車。

「哎呀，看看這是誰啊？這不是我們鼎鼎有～名的凱爾少爺嗎？」

唉，凱爾暗自嘆了口氣。那種語氣傳入耳裡，令他感到一陣不適。

走上前來的是圖斯子爵家的繼承人，尼歐。

巴尼翁的小跟班，為何偏偏挑這個時候出現？

尼歐．圖斯，粗魯又經典的反派。以史丹侯爵家繼承人，次男巴尼翁的左右手自居。

飼育黑龍的那座村莊，便是位在圖斯子爵家的領地內。

過去他們曾與海尼特斯伯爵家走得很近，海尼特斯伯爵家也一直待他們很好。但五年前他們投奔史丹侯爵家後，氣焰便逐漸高漲起來。圖斯子爵家的人本來就不怎麼喜歡海尼特斯伯爵家，畢竟兩個家族雖然只隔了一座山，富裕程度卻是天壤之別。

當然，他們不會明目張膽地擺出囂張態度，只是偶爾試圖掌握東北部聚會的主導權。

尼歐．圖斯笑嘻嘻地站在凱爾面前。

「你一個人啊？」

距離宮門口還有段距離，副團長與羅恩為了獲取入宮許可，正在與行政官對話。凱爾只帶了最低限度的隨從人數，他由上往下俯視著尼歐。

「我要跟凱爾少爺聊一聊，你們也去取得入宮許可吧。」

尼歐派隨從上前與行政官溝通，自己則朝凱爾走了一步，兩人之間的距離頓時變得非常近。

「凱爾少爺。」

尼歐以溫柔又滿是喜悅的臉孔，用只有凱爾聽得到的音量說。

「你這種水準低下的混混，把這裡當成什麼地方了？竟敢隨便跑來？」

哈，真是幼稚。凱爾暗自在心裡嘆氣。

不知是因為他已經在書裡讀過，還是因為他深知這是個奇幻世界，再不然就是現實中也有這種傢伙存在，他並不覺得意外。

是啊，既然我存在於這世界上，總會有人想找我麻煩。

子爵家子弟竟敢用這種口氣對伯爵家子弟說話？當成書中節情看的時候，覺得沒什麼。實際經歷後，凱爾只覺得一股煩躁。

他又不是主角，不需要經歷這種老套的劇情吧？這種不知分寸的雜魚，乾脆拜託羅恩把他殺掉好了。

凱爾俯視尼歐，而那視線讓尼歐笑得更開了。只有外表正常的混混就在眼前，對待在首都期間，必須一直屈居巴尼翁之下的尼歐來說，可說是再好不過的獵物。

「怎麼，想拿酒瓶扔我？還是想打我？來啊。」

這是尼歐．圖斯刻意在找凱爾的麻煩。由於無法攜帶魔法物品進入王宮，因此凱爾沒帶魔法錄音機，反倒讓這傢伙逮到機會囂張了。

要是凱爾在這裡惹事，大家肯定會認為是混混與健全的貴族子弟打架，反倒只會有尼歐得利。尼歐是故意想破壞海尼特斯伯爵家名聲，才會這樣來找凱爾麻煩。

凱爾只是靜靜站著，什麼都沒做。

他的腦海中有道聲音響起。

那是龍的魔法。

—這傢伙真沒禮貌，讓我想起巴尼翁那混帳。

他是巴尼翁的手下。無法把話說出口，凱爾只能在心裡默想，龍的聲音再度在他腦中響起。

—要殺了他嗎？

似乎不需要做到這個地步……凱爾對透明化後跟來的龍搖了搖頭。

尼歐對凱爾的舉動感到好奇，同時又因為對方還沒有要鬧事的樣子，試圖再度開口挑釁。

就在這時，凱爾的視線看向另一輛剛抵達的馬車。

匡啷！

馬車一停下，門便粗魯地被推開，艾瑞克．惠斯曼走了下來。馬車裡還有吉伯特與亞米勒。看艾瑞克瞪大了眼睛趕緊往自己走來，凱爾使了個眼色，並用食指指了指尼歐，接著開了口。

「大哥。」

那呼喚艾瑞克的莊重嗓音、冰冷的眼神與手勢，讓艾瑞克一下便了解了。

把他弄走。

凱爾站在那裡，用眼神向艾瑞克示意。

「咳嗯、咳！尼歐少爺，好久不見了。」

艾瑞克趕緊站到凱爾面前，擋在凱爾與尼歐之間。

尼歐的眼神顯得有些狼狽。本以為找到一個好獵物，但艾瑞克．惠斯曼一出場，他就很難動凱爾了。

「是，艾瑞克少爺，好久不見。」

尼歐掩飾自己真正的想法，向惠斯曼與亞米勒小姐、吉伯特少爺問好。看著幾個人紛紛站到凱爾身旁，尼歐暗自驚嘆。

看來只要是同一派的，就算對方是混混，他們還是會好好護著他。

見三人作勢保護凱爾，尼歐便決定不再挑起一些無謂的紛爭。艾瑞克也察覺尼歐的意思，悄悄轉身看向凱爾。

連帶的尼歐也一起看著凱爾。

「嗯。」凱爾不自覺地低應了一聲。

凱爾雙手抱胸，以相當輕蔑的眼神俯視著尼歐。他從剛才就沒開口跟尼歐說任何一句話，但眼神、動作卻已經清楚表達了他的意思。

沒水準的傢伙。

那眼神，讓尼歐聯想到巴尼翁看自己的眼神。雖然令他憤怒，卻又因為是大貴族才會有的眼神，使他只能屈服，只能讚揚。

見尼爾瞬間動搖，凱爾收回了視線。他的耳邊，傳來黑龍的悄聲回報。

—儲存聲音的魔法都設好了。

他帶黑龍來是有原因的。

凱爾拜託黑龍，把今天他所聽到的對話都錄下來。影像需要龐大的瑪那流動，而且難以長時間持續，因此只能改為錄音。

凱爾本來想，在對魔法相當敏感的王宮裡，恐怕很容易被察覺，所以不打算這麼做。但黑龍說這點程度的瑪那探測不要緊，只要把錄音範圍縮小到凱爾周圍，就可以不被發現。

凱爾下定決心，以後要靠這東西來讓尼歐付出血淚般的代價，便朝著宮門口走去。

凱爾是個非常會記仇的人。

艾瑞克．惠斯曼心滿意足地看著凱爾，看來自己一天一封信的努力，似乎發揮了效用。但吉伯特與亞米勒卻以微妙的眼神看著凱爾的背影。衣服不夠華麗就不穿的凱爾，今天居然只穿著簡單的黑色西裝，沒戴任何飾品，連一頭紅髮都打理得乾淨整齊。

是因為沒喝酒嗎？

一步、一步，凱爾所跨出的每一步都從容又慵懶。

亞米勒與吉伯特能看到，凱爾站在門口回頭看著他們。

「尼歐少爺，稍後在晚宴會場見了。亞米勒小姐、吉伯特少爺，走吧。」

有別於艾瑞克滿心歡喜，亞米勒與吉伯特來到凱爾面前時，卻產生一股極為強烈的奇特感受。

凱爾對兩人、對正沉浸在喜悅中的艾瑞克說：「走吧。」

說完，三人一起進到了宮裡，吉伯特與亞米勒所感受到的違和感又更強烈了。不過對此，凱爾毫不在意，今天他只想好好使喚這三個人。

「海尼特斯伯爵家，凱爾．海尼特斯少爺入場。」

凱爾進到晚宴會場，接著便能聽見侍從高喊艾瑞克、吉伯特與亞米勒的名字。

「挺不錯的嘛。」

他環顧寬敞的晚宴廳，跟在艾瑞克身後前進。亞米勒小姐偷看了凱爾一眼，刻意配合他的步伐調整速度。

「凱爾少爺，晚宴會場裡，最中間的主位是王儲殿下的位置，接下來則是各地區的桌子。之所以會這樣分……」

亞米勒正打算說明，卻在看到凱爾的表情後便住了嘴。

「應該不需要我說明了吧？」

「謝謝您的好意，但我知道的。」

亞米勒看凱爾的眼神更詭異了，一絲異樣的光芒短暫閃過她的眼底。

凱爾淡淡地看了她一眼，便往東北方向的桌子走去。

晚宴廳裡共放了五張桌子，分別是東北、西北、西南、東南與中央，依照各地貴族勢力分布而成的座位。

王儲很擅長這種事。

讓貴族之間彼此隱隱較勁，又能不著痕跡地融入在一起，這就是王儲最擅長的事。而王儲對待自己，更是徹底遵守這個原則。

五張桌子的正前方，最高處放的是王儲的桌子。

第二、第三王子的位置則低他一階。

雖是王儲主辦的活動，但由於大多數的貴族都會出席，因此第二、三王子不出席反倒奇怪。王儲邀請他們出席，卻又刻意讓他們低自己一等。

總是在意這種無聊的細節。

王儲，地處如此高位的人，實在不是凱爾偏好的類型。

「我們的桌子果然離入口最近。」

艾瑞克的聲音聽起來略微苦澀，凱爾卻沒有接話。今天喜悅廳將東門指定為入口，東北地區的貴族子弟，位置自然離門最近。

東北部的貴族雖會為自己發聲，卻沒有一個家族強大到足以大聲說話。凱爾拍了拍艾瑞克的肩膀。

「離門近一點很好啊。至少我們在我們的位置上，不需要屈居於其他人之下。」

在其他地區，貴族們必須要向類似史丹侯爵家這樣的領袖低頭，或是刻意在他們面前突顯自己。

凱爾話才說完，除了他以外的三人便停下腳步。見領在前頭的三人停下，凱爾也跟著停下。

艾瑞克轉頭看著凱爾，沉默了半晌才開口：「凱爾少爺。」

畢竟是在晚宴會場哩，艾瑞克講話仍相當注重禮節。

「我的誠意似乎打動了你，真讓人開心。」

誠意？什麼誠意？

凱爾用丈二金剛摸不著頭的表情看著艾瑞克，艾瑞克只是自顧自地大步往離入口最近的桌子走去。

艾瑞克不知道，凱爾不僅沒看他的信，甚至還隨手扔在房間角落。

「他是怎麼了？」

聽見凱爾的問題，亞米勒小姐無奈地搖了搖頭，吉伯特也是同樣的反應。凱爾聳聳肩，跟著往桌子走去。就在這時，一道聲音響起，讓他們停下了腳步。

「史丹侯爵家，巴尼翁．史丹少爺入場。」

凱爾這下知道，為何尼歐．圖斯沒有立刻跟著他們進來了，因為他就跟在史丹侯爵家的繼承人後面。

不過對凱爾來說，尼歐，甚至是巴尼翁都不是什麼重要角色。

「凱爾！」

艾瑞克突然加快腳步，把正往自己位置走的凱爾叫回來，但凱爾只是擺擺手便坐回了位置上。

「嗯。」

「啊，凱爾少爺來啦？」

只是個禮貌上的問候，凱爾隨口給了個平淡的回答。

「是啊，很高興見到你。」

瞬間，整桌陷入了沉默。

凱爾則不著痕跡地將手伸進桌布底下。

果然。

他能感覺到，透明化的黑龍渾身都在顫抖。

—沒事，我說沒事。

凱爾聽著腦海中黑龍的聲音，輕拍了拍那顫抖的身軀。這顫抖之中，混雜著憤怒與恐懼。

這就是為什麼，幼年時期經歷的虐待比成年後受到的虐待更可怕，身體會一直記憶著。

顫抖的身體不聽腦袋所做的理性判斷，黑龍實在無法好好回應凱爾。

—沒關係，我是偉大的龍。

凱爾已經提前告訴過黑龍，說巴尼翁·史丹也會出席，而黑龍也答應他，今天不會殺了巴尼翁。

除此之外，他們還多做了一個決定。

—之後，之後我會殺了那群人。把他們碎屍萬段，讓他們變得像空中的灰塵。

聽見黑龍滿是憤怒的聲音，凱爾試著讓他冷靜。幸好，牠並沒有因為激動而造成瑪那波動。

凱爾收回在桌子下方安撫黑龍的手，一邊想著不遠的將來，與巴尼翁有關的史丹侯爵家一干人等陷入地獄的模樣。

幸好龍沒有當場抓狂，如果牠抓狂了，這座宮殿會直接被炸飛，自己也將拜別這個世界。

成功安撫龍的情緒後，凱爾鬆了口氣。他抬頭看了看四周，一眼便看到艾瑞克與巴尼翁兩群人正往這裡過來。也不意外，畢竟巴尼翁是隔壁西北部桌的。

啪、啪。黑龍用自己的頭撞了凱爾的腿兩下。

「嗯。」

對於這個行為，凱爾思考了一下。

那一刻，與凱爾視線交會的艾瑞克瞪大了眼睛向他打暗號。

安靜！別輕舉妄動！

凱爾沒有動作，他只是在想，怎麼做才能讓巴尼翁忽視自己。但就像是要嘲笑他的煩惱一樣，巴尼翁主動跟他打了招呼。

「凱爾少爺，好久不見。」

巴尼翁．史丹。好些日子沒見，他整個人似乎變得非常神經質。但那張依然帶著柔和笑容的臉，看起來儼然是溫柔貴族的範本。

尼歐．圖斯跟在這樣的巴尼翁身後，看起來有些侷促不安。

凱爾露出歡快的笑容道：「是啊，巴尼翁少爺。自從上次在圖斯子爵家的領地見面之後，我們就沒再見過了。」

巴尼翁加深了笑容，尼歐的臉色則更加蒼白。

史丹侯爵家，是掌控王國政界的四大家族之一。透過凱爾的一番話，人們才得知這樣一個位高權重的侯爵家繼承人，曾經到訪過東北地區領地一事。而且他所到訪的還不是一般領地，而是毫不避諱地以史丹侯爵家手下自居的圖斯子爵家領地。

不光是東北部貴族子弟的表情不怎麼好看，聚集在此處的其他貴族家子弟，眼神也都瞬間一變。居然造訪沒有頂尖大貴族所在的東北部，他想幹什麼？

「沒錯。我去拜訪了一下好友尼歐少爺，那時恰好在回程的路上。」

巴尼翁．史丹毫不在乎那些投向自己的目光。對他來說，要涉足東北部這樣一塊小小的土地，根本不是問題。

帶著些許探聽的意圖，巴尼翁溫柔地對凱爾說：「那次我們見面時，還約好要在首都一起喝一杯。」

「是啊。」

兩人對話的模樣極其平凡，但一旁圍觀的人，心裡卻一點也不平靜。

注意到尼歐．圖斯不時偷看自己，凱爾咧嘴笑了笑。見尼歐的眼神頓了一頓，凱爾才開口道。

「啊，對了。遇見巴尼翁少爺的隔天，圖斯子爵家的騎士曾來找過我。」

凱爾以極為擔憂的神情對尼歐說：「聽說尼歐少爺家的別墅被搶了個精光，狀況還好嗎？」

尼歐的肩膀都垂了下來，凱爾則能看見巴尼翁的嘴角細微地抖動著。

「巴尼翁少爺，您聽說過這件事嗎？兩位這麼親近，您應該聽說過了吧？」

巴尼翁頓了許久，才以極其自然的語調回應，但凱爾能聽得出來其中隱藏著憤怒。

「……是，那真是個悲傷的消息。」

「是啊，當時我正在以酒醒酒，聽到消息不知道有多麼驚訝。老天啊，整棟別墅！一個不剩地被搶了個精光！應該遺失了不少貴重物品吧？」

世上最惹人厭的傢伙，就是嘴巴不牢靠、不會察言觀色，卻又不帶惡意的傢伙。

此刻的凱爾三者兼具，這是多麼快樂的一件事啊！

凱爾對尼歐誠懇地說：「尼歐少爺，請加油。人生在世，難免會經歷一次這種事，不是嗎？」

「啊，是，對，你說的沒錯。」

尼歐擔心會露出馬腳，連看都不敢看巴尼翁一眼，只能敷衍地回應。

凱爾則帶著親切的微笑建議：「發生這麼不好的事，只要喝酒就會全部忘記了。尼歐少爺，今天就跟我一起喝個痛快吧。巴尼翁少爺，要不要也來喝一杯？」

巴尼翁靜靜看著凱爾。失去黑龍，也令他大大失去侯爵的信任。以騎士們的證詞和證據為基礎，巴尼翁現在懷疑襲擊別墅的犯人，就是把黑龍送給他的那個組織。但恰巧在附近住了一晚的凱爾一行人，也實在很難讓人不懷疑。

事實上，並沒有合理的證據讓他能懷疑凱爾。他之所以來跟凱爾搭話，只是想試探看看而已。

「我們一起喝上一整天，最後以酒醒酒，那些不好的記憶就會全部消失。」

但巴尼翁意識到，面對廢話連篇的凱爾．海尼特斯，他實在沒必要再確認什麼了。

「凱爾少爺，感謝你的好意，但下次再喝吧。」

「啊，真是可惜，得下次再喝了。」

巴尼翁從凱爾身旁走過。就在那一刻，他聽見凱爾對尼歐說話的聲音。

「騎士們來的時候嚇得臉色發白呢。尼歐少爺，凡事都得提前做好準備才是，怎麼會一口氣遺失這麼多重要物品呢？加油啊。被偷走的東西雖然找不回來，但也不能怎麼辦，生活還是得過。」

這個混混！巴尼翁以微笑面對貴族子弟暗中觀察自己的目光，強忍住內心的怒火。

那隻龍，還有那個腳殘廢的傢伙，到底跑去哪了？

巴尼翁想著龍跟泰勒．史丹的下落，直視著前方走開了。凱爾匆匆瞥了他一眼，便毫不猶豫地轉頭看著臉色發白的尼歐，留下了一句溫暖的話。

「請加油。」

尼歐想必會被巴尼翁徹底訊問一番。

「凱爾少爺。」

見似乎有許多話想說，卻一下子不知該說些什麼的艾瑞克上前，凱爾重新回到自己的位置。

一下次就輪到我了。

凱爾點點頭回應黑龍的話後，便掃視了一下整張桌子，所有東北部的貴族子弟都在注視他，大概是因為第一次看到這麼正常的他吧。為了回應他們的期待，凱爾拿起眼前的酒瓶。

瞬間，所有人都別開了眼。

這就是混混的威力。

只是其他桌的人，依然好奇地看著凱爾。

凱爾從容地享受成為目光焦點的滋味，自在地將酒瓶遞給艾瑞克。

「之後再喝。」

「……嗯。」

盯著說話有些隨便的艾瑞克看了好一會，凱爾將目光轉向宴會廳入口上方的時鐘。很快就到晚餐時間了，宴會廳裡的貴族也都一一就坐。

理由只有一個。

從巴尼翁・史丹開始，剩下的大貴族子弟開始入場。

「吉耶勒公爵家，安東尼歐・吉耶勒少爺入場！」

吉耶勒公爵家的安東尼歐・吉耶勒少爺、歐森納公爵家的卡琳・歐森納小姐，以及與史丹家齊名的另一個侯爵家，艾蘭侯爵家。

等到他們一一帶著自己的人進入宴會廳，門才終於關上。然而即使他們到場，仍沒有多少人敢隨意起身去與他們對話。

因為接下來很快就有其他人要登場。

凱爾一派輕鬆地靠在椅背上，一邊盯著宴會廳的門瞧，時鐘的秒針逐漸往五點整跑去。

滴答滴答，就在指針恰好指到五點時——

嘰咿咿咿——

巨大的門扉開啟，宴會的主角帶著配角們登場了。

侍從本想以宏亮的聲音宣達，走在最前頭的他制止了侍從。

那是壚韵王國的王儲，也是大王子，亞伯特·克羅斯曼。他似乎非常享受成為目光的焦點。只見他從容地在沒有任何介紹的情況下，帶領著二、三王子前行，像在品味什麼一樣看著這幅風景，最後站上了宴會廳裡最高的位置。

砰。

他一就定位，入口的門也隨之關上，這代表所有人都已到場。亞伯特王儲居高臨下地俯瞰二、三王子及所有貴族。

「很高興見到各位，謝謝你們回應我的邀請。」

在這種場合，不需要自我介紹。亞伯特站在最高處俯瞰貴族子弟，凱爾冷冷地抬頭看他，然後又看了看時鐘。

也差不多該來了。

今天將要讓晚宴陷入騷動，說不定接下來一段時間，將會成為貴族之間最熱門話題的人物，目前尚未到場。

王儲的聲音傳入凱爾耳裡。

「各位都是使王國發光發熱的寶貴人才，未來都將成就豐功偉業，今天能如此齊聚一堂，我真是開心。」

王儲開始發揮他那油嘴滑舌的能力了。而就在這時……

「嗯？」

王儲的目光看向入口，緊閉的門扉似乎微微被人推開。從那小小的門縫中，傳來了騷動的聲音。

沒人察覺到凱爾的嘴角微微上揚。這時，侍從從角落的側門趕緊來到王儲身旁來了。

凱爾的直覺這麼告訴他。

下一刻，王儲的臉色因為侍從所說的話而閃過一絲異樣，接著便朝入口處微微探頭的騎士舉手。

嘰咿咿咿——

巨大的門再度敞開。由於是在王儲入場後才抵達，因此侍從並沒有宣達來人的名字。但其實他也不需要，因為但凡對貴族社會有一丁點的關心，光看身影都能輕鬆猜出來者何人。

時間抓得真好。

一張輪椅出現在晚宴廳裡。

被拋棄的長男，泰勒．史丹，與瘋狂神官凱奇一同現身晚宴廳。在無人察覺泰勒與凱奇的狀態下，輕輕看了凱爾一眼。光是這樣，對三人來說就夠了。

砰，一聲巨響，晚宴廳的門再度關上。

泰勒．史丹即便坐在輪椅上，讓穿著相當體面的禮服，嘴角帶著從容不迫的微笑。神官凱奇則身著死神的神官服。

看來他們還是決定直接表露身分。

凱爾認為這是個明智的決定。雖然神官出現在王室的宴會場上，會讓死神教團相當頭疼，但凱奇可不管這些事。

「這究竟是……」

一陣驚呼聲傳來，凱爾轉頭看向西北部的桌子。巴尼翁站起身，驚訝地看著泰勒。那可是巴尼翁平時不可能展露出來，有違貴族禮儀的一面。然而現在對巴尼翁來說，根本不是計較禮節的時候。

凱爾看著宴會廳的最高處，王儲亞伯特張開雙手，開口準備說話。

「沒想到會在這裡看到史丹侯爵家的長男，泰勒．史丹與死神神官大人。」

王儲看起來相當高興。泰勒坐在輪椅上，簡單地向王儲行了個禮。

「我從王國的貴族子弟那聽說，有能面見王儲殿下並與您談話的機會，因此雖然沒收到邀請，但還是冒昧前來。」

王儲亞伯特的嘴角掛著微妙的笑容。凱爾看得出來，那笑容代表他充分理解「談話的機會」是什麼意思。

「也是，我雖然是要各家族派代表來，但沒有代表的家族，則是誰來都無妨。只寄了一張邀請函去，想必泰勒少爺很難過吧？」

「是有些難過，殿下。」

凱爾悄悄看了巴尼翁一眼——沒有代表的家族。王儲似乎是拐個彎在貶低尚未正式被選為繼承人的巴尼翁呢。但也不意外，畢竟如今的史丹家，與三王子走得非常近。

這還真是奇怪。

這點讓凱爾覺得奇怪。雖然他還沒去打聽，也不太在意這件事，但就算國王再怎麼重視三王子，也不可能會輕易廢黜現任王儲。

即使如此，在《英雄的誕生》中，王儲依然很不放心二、三王子，對他們相當防備。而史丹侯爵家與三王子走得近，其他貴族也有各自擁護的王子，唯有王儲沒有足以為其撐腰的貴族支持。

看來真的有點什麼。

當然，凱爾並不特別想知道究竟有點「什麼」。

「讓你覺得難過，真是遺憾。但許久未見泰勒少爺，看你似乎還算健康，我非常高興。」

泰勒帶著微笑回應王儲的話。

「殿下，雖然我的腿不能動，但還有手、腦袋、眼睛、耳朵、嘴巴，這一切都還能用。不，我反而變得更加強悍了。」

「原來如此。好，你的確還是生龍活虎。我都忘了，能活到最後的人都是強者。」

凱爾能感覺到，王儲對泰勒產生了很大的興趣。巴尼翁再度換回彬彬有禮的面具，卻依然目光如炬地盯著泰勒。這情況也讓凱爾覺得非常有趣。

很適合觀察一下。

王儲、泰勒、巴尼翁以及各個勢力的貴族們，觀察他們的臉色，實在是有趣極了。唉，他突然懷念起爆米花了。

宴會廳裡的晚宴尚未正式開始，狀況卻已經一觸即發。對於自己只需要靜靜坐在那裡，凱爾甚是滿意。

「那麼這位是死神神官嗎？」

「永恆安息之神的侍從向王儲殿下請安。」

此刻凱奇的模樣，看起來就像個善良的聖女。只是在她腦子裡，充斥著無數跟詛咒術有關的知識。

王儲回應凱奇的請安，接著對泰勒說：「我們之後再談吧，現在該一起享用晚餐才是。不曉得該安排兩位坐在哪裡才好？」

王儲親口承諾，之後要與泰勒和凱奇詳談。

凱爾看了看自己這桌的人，所有人都是滿面愁容。尤其尼歐．圖斯，一副坐立難安的樣子。凱爾對不安的尼歐．圖斯咧嘴笑了笑。尼歐瞪了凱爾一眼後，皺著眉頭把臉別開，那眼神就像在罵他怎麼有人這麼不長眼，竟然搞不清楚現在是什麼狀況。

帶著滿意笑容目睹這一切的凱爾，抬頭看向泰勒。

嗯？

這時，王儲與凱爾的視線交會。亞伯特正在思考安排哪個位置才好，凱爾則是正要看向泰勒，兩人的視線正好撞在一起。純粹是個偶然。

那一刻，凱爾的直覺告訴他。

應該會是這裡。

「似乎恰好有個合適的位置。」

王儲已經做了決定，凱爾也猜到了。

也是，除了這裡之外，沒別的地方了。

這是個沒有大貴族的地區。雖有依附其他大貴族派系的家族，但各方勢力依舊相當平衡。其他的大貴族也不敢輕易下手，且該地區最富有、最強大之人堅守中立。

「泰勒少爺，你可以去坐那邊東北部貴族的桌子，那裡的位置也比其他地方寬敞一些。」

呃，尼歐倒抽一口氣的聲音傳來，艾瑞克則無法掩飾自己滿臉的擔憂。凱爾先看了看他們，又把目光轉向泰勒與凱奇。

「謝謝您為我們安排位置，殿下。」

「謝謝您，殿下。」

「不用謝。各位都是要為王國帶來貢獻的人才，多相處在一起自然好。」

王儲一邊說，一邊看著東北部貴族子弟們齊聚的桌子。幾名侍從趕緊來到桌邊，王儲也再度開口。

「能否空出個座位呢？」

王儲的要求，有誰敢拒絕？艾瑞克立即起身回應王儲的話。

「當然沒問題，殿下。」

艾瑞克必須促成東北海岸投資，又拒絕依附於其他大貴族，因此才能做出這樣的舉動。在他的率先行動下，其他貴族也不情願地站起身來。在王儲的指揮之下，侍從很快重新安排了位置。事情不如想像中混亂，反倒進行得異常順利。

看著這一切，凱爾欲言又止。

艾瑞克再度滿面愁容地來到凱爾身旁，低聲地說：「凱爾，乖乖的，什麼都別做，知道嗎？」

凱爾忽視艾瑞克的話，只是看著自己的位置。新的客人就被安排在他旁邊，而這也是王儲指定的位置。

也是。不可能讓他坐在支持其他大貴族的傢伙隔壁，剩下的四個家族之中，就屬我們家最強大。

調整好位置後，侍從們低著頭退下了。

「坐吧。」

王儲亞伯特一聲令下，凱爾便大步走到自己的位置上，一屁股坐了下來。他旁邊沒有椅子，而是一把輪椅取而代之。

「很高興見到各位。」

泰勒向東北部貴族子弟問好，還帶著滿臉笑容。理所當然地，泰勒身旁坐的是凱奇。兩人，不，包括凱爾在內，三人裝成像是第一次見面一樣問候。

—這狀況還真有趣。

凱爾聽著黑龍的聲音在腦海中響起，內心深表同意，並看了王儲一眼。

「雖然有些耽擱了，不過我們繼續吧。」

王儲宣布晚宴正式開始。

「我一直很希望能邀請王國未來的人才們前來，共進一頓晚餐。感謝各位回應我的邀請，也祝各位有頓愉快的夜晚。」

語音剛落，侍從們便同時入內，為每一桌送上餐點，貴族桌子後方的樂團則開始奏樂。這確實與一般人的晚餐有著天壤之別。不僅融合了宴會的形式，對話與變換座位也顯得更為自然。

「凱爾少爺，稍後我們要去向王儲請安。」

聽了亞米勒小姐的話，凱爾點點頭回應，隨後便專注在盤子裡的食物。但他的腦袋其實非常混亂。

他的意圖是什麼？

王儲肯定不是因為感激而召集貴族前來，絕對有什麼理由。當然，自己已經想到了好幾個可能。

可能是因為西大陸南部很快就要爆發戰爭，或是注意到威波王國即將爆發內戰的徵兆。

蘿絲琳王女想去的魔塔所在的國家——威波王國，即將要爆發內戰。在魔法師的國度，魔法師與非魔法師將展開戰爭。

凱爾的腦海中充斥著許多想法，但他很快決定不繼續深入思考。

反正我也不打算幹嘛，王儲的意圖跟我有什麼關係？

不關他的事。他開始品嘗眼前的食物。

—肯定很好吃，肯定很好吃。渺小的人類就是很會做菜。

面無表情地聽著黑龍的叨念，凱爾從容自在地享用料理，王室的食物果真美味。他的手不由自主地伸向侍從沒有拿走的紅酒杯，卻發現酒杯消失了。

「凱爾，五分鐘就好。」

艾瑞克迫切的聲音，讓凱爾收回了伸向紅酒杯的手，繼續品嘗盤中食物。東北部貴族桌的所有人，都靜靜地看著凱爾。其實這裡的十個家族，本就分為許多派系，相互之間有些尷尬，現在又有被拋棄的長男泰勒加入，這傢伙有如魔法炸彈那樣棘手。

人們帶著詭異的表情，看著在這種情況下仍泰然自若地享用美食的凱爾。

凱爾聽見龍的聲音在腦中響起。

—這裡到處都是魔法錄影器。

「哦。」

凱爾露出淺淺的微笑後，低聲回應。任誰來看，都會覺得他是因為品嘗到美食而發出讚嘆。

不過有件事我很確定。

王儲在監視著貴族子弟。當然，二、三王子肯定也知道。也就是說，這是整個王室的意思。

凱爾扯了扯單邊的嘴角，那笑容讓艾瑞克猛然站起身來，連帶的亞米勒與吉伯特也跟著起身。

許多貴族已經向王儲請完安了。

看到他們三人起身，凱爾也緩緩站了起來，輕輕地將頭髮往後撥，說：「走吧。」

凱爾在三人的帶領下，朝王儲所在的高臺走去。

「喔，是我們東北部的人才們！」

王儲以歡快的微笑迎接四人。他從剛才開始便沒有繼續坐在椅子上，而是起身一一與前來請安的人握手。

亞伯特．克羅斯曼，金髮藍眼，宛如從童話書裡走出來的王子。那耀眼的金髮，是統治壚韵王國的克羅斯曼王族的特徵，據說是受到太陽神庇佑的證據。

「很高興見到您，殿下。艾瑞克．惠斯曼獻上久違的問候。」

「好，很好。艾瑞克少爺，我們有事要談吧？」

王儲率先提起東北海岸投資一事，讓艾瑞克喜出望外。

「是的！我一直在等著跟您談論這件事。」

「我當然也在期待這一刻。你可是負責戍守我們東北部的入口，支撐王國一隅的惠斯曼伯爵家最機智聰慧的艾瑞克少爺，我可不想耽擱你一點時間。」

他開始了。凱爾靜靜站在一旁，看著正在發揮油嘴滑舌能力的王儲，以及笑開懷的艾瑞克。沒過多久，王儲也開始稱讚起一旁的吉伯特與亞米勒。

真有趣。

凱爾靜靜看著他們，最後終於輪到自己。王儲微低下頭對凱爾伸出手。

「這是負責管理東北部邊疆，海尼特斯伯爵家的凱爾少爺吧？雖然是第一次見到你，但多虧了伯爵家，使我們不再需要害怕闇黑森林。這不知道讓我夜裡睡得有多麼安穩，心裡又有多麼平靜。」

凱爾今天的目標只有一個。

「我也聽說，凱爾少爺是個相當不受拘束的人。想必是海尼特斯領地的雕塑家們自由的靈魂，帶給你不少啟發吧？你是如此自由，靈魂又是這麼的純粹。」

面對知名的混混還能夠這樣稱讚，也真是不容易。從這點來看，王儲實在很了不起。但站在他的立場，凱爾只要不在這裡做些流氓行徑，他當然就能說出許多好話。王室也想把手伸入東北部，因此低調又把領地管理得很好的海尼特斯伯爵家，自然不會被王族討厭。

所以對個人的喜好，不會影響到整個家族就是了。

凱爾鄭重地握住王儲的手，並不著痕跡地活動了動舌頭，輪到他上場了。

一頭金髮、穿著一身白西裝的王儲，以及紅髮黑西裝的凱爾，兩人看起來都無比從容。

凱爾平靜的聲音響起：「今天見到王儲殿下，我也充分地感覺到了。我們有如太陽一般照耀子民的國王陛下，也有擔心百姓在夜裡受黑暗所擾，有如月光一般看顧子民的王儲殿下。」

凱爾的語氣從容平靜，連姿態都相當穩重。

「……是嗎？」

王儲的表情瞬間變得有些不悅，然後才又恢復原本的神色。

凱爾並沒有錯過這一瞬間。

他再度從容地開口，以沉著穩重的嗓音道：「是的，殿下。王儲殿下在王國臣民心裡，是有如繁星一般崇高的存在，今天我凱爾能拜見您的尊容，夜裡恐怕會感動得睡不著覺。」

艾瑞克張大了嘴，吉伯特與亞米勒則震驚地看著凱爾。凱爾看著王儲那雙不滿的眼，心想自己終於朝「遠離王儲」的目標跨出了一步。

這時，黑龍驚訝的聲音在腦海中響起。

—為什麼這個叫做王儲的渺小人類，能用魔法把頭髮染色？這可是要偉大的龍才有辦法察覺的水準。是其他的龍替他染的嗎？還是其他的力量？

該死。

這一刻，凱爾發現自己又得知一個沒有用，且完全不能告訴其他人的祕密。
這次難道是身世之謎嗎？他根本不想知道這種事。

chapter 009

不知道，我不知道

凱爾對著亞伯特王儲露出溫柔的微笑，但他在心中不斷地碎念。

不知道，我什麼都不知道。

黑龍不斷嘟囔著怎麼會有龍對討厭的人類使用偉大的魔法，但牠似乎忘了自己也是這樣的龍，而凱爾當然沒把這些話當一回事。

—咦？他連眼珠也是染過色的？這不安好心的人類到底在打什麼鬼主意？脆弱的人類，你要小心啊！

只要你不要繼續講，我就不會有事了。

—哦？而且這個人類不弱耶？脆弱的人類，你真的要注意，等等一不小心死掉！

媽的。凱爾第一次覺得這樣滔滔不絕說話的黑龍有點討厭，與此同時凱爾的腦袋也轉個不停，開始思考到底怎麼回事。

亞伯特王儲的母親並不是王妃，只是一名在王宮中工作的平凡婢女，後來才進入了後宮，而現任王妃則是三王子的母親。據說亞伯特王儲的母親在他小的時候，突然離奇去世。

凱爾開始思考，王儲母親的真面目究竟會是什麼？

另一方面，亞伯特王儲被普遍認為武力並不出色，相當平凡。

為什麼黑龍卻說他不弱？

在小說《英雄的誕生》中，崔漢也判斷亞伯特王儲很平凡，那麼他究竟隱藏了些什麼？黑龍又是怎麼發現這些事的？

不對，亞伯特王儲他有沒有在隱藏什麼，根本不關我的事啊。

凱爾決定直接忽略還在自言自語的黑龍。而黑龍似乎覺得眼前的情況很神奇，一直在講關於王儲的事。

「……凱爾少爺，感覺你和我有點相似呢。」

亞伯特王儲這麼說道，不過凱爾根本沒有認真聽，隨意地開口回答。

「這是我人生最大的榮幸啊，殿下。」

聽到這句話的亞伯特王儲似乎有點慌張，放開了凱爾的手。

不過凱爾並沒發現王儲的異狀，只是什麼話都沒說便往後退了幾步，靜靜地站在艾瑞克後方。每當情況變得很複雜時，只要把艾瑞克當成擋箭牌就好。

在仔細觀察亞伯特王儲一陣子後，凱爾又把視線移往艾瑞克身上。只見他們立刻自然地對話了起來，看著眼前景象，凱爾再度陷入沉思。

看來是有理由的呢。

為什麼亞伯特王儲會突然對第二、第三王子產生防備心，還有為什麼國王會突然改寵愛三王子，凱爾猜出一些大概了。

亞伯特王儲不是國王親生的兒子嗎？還是有其他不為人知的身世祕密？

凱爾突然回想起還是金綠秀的時候，高三考完學測後，為了要賺錢過活去餐廳打工，餐廳老闆娘每天晚上都會看的那部狗血八點檔劇情。當然，現在他腦中的主角變成了王儲亞伯特．克羅斯曼就是了。

凱爾再度下定了決心。

靜靜待著，什麼都不做。

從現在開始，他要保持沉默，不能再得知更多無謂的情報了。

凱爾徹底遵守了諾言，今天他一口酒都沒喝，也因此有不少第一次見到他的其他地區的貴族家子弟們靠過來打招呼。每當發生這種情況，凱爾就會悄悄用眼神示意艾瑞克，對方就會出動。

這種情況重複了幾次後，凱爾忍不住喃喃自語道：「哦，這樣其實還不錯嘛。」

聽到凱爾低聲嘟囔的吉伯特和亞米勒愣了一下，隨後他們便用眼神對話了起來。

「他真的不太對勁吧？」

「對啊。」

兩人開始默默往後退，想悄悄遠離凱爾和艾瑞克。不過下一刻，亞米勒就停住了腳步，因為凱爾把視線移向了她。

「不過我說啊，亞米勒小姐。」

「什麼事呢？」

「我聽說您的領地位於海岸邊，景致非常動人，真好奇有多美呢。」

「我們那裡的風景真的很不錯，尤其是鬼斧神工的沿海斷崖，景色非常美麗呢。」

美麗個頭啊。想到那座斷崖，凱爾就能想像那個「風之聲」有多難取得了。

凱爾第三個要獲得的古代之力「風之聲」，在小說中是威波王國內戰時，非魔法師聯盟的成員持有的力量，雖說威波王國的人得到位於壚韵王國裡的古代之力有點奇怪，不過這又是另一個又臭又長的故事了。

簡而言之，小說中那個力量的持有者是魔法師屠殺者，也就是發動內戰、充滿狂氣的暴君，對他來說這個力量其實用途並不大。

看來魔塔馬上要崩塌了。

威波王國內戰結束後魔塔也將會崩毀，而西大陸上新魔塔的塔主有力候選人，就是蘿絲琳。

崔漢、魔法師屠殺者，以及帝國的皇太子。

這三人在小說中一開始就以英雄人物之姿出場，他們和西大陸中北部發生的所有事件都有關聯，當然在西大陸南部有叢林女王統一了南部勢力，小說前半部也暗示這些人會牽扯在一起。

這片維持了大約兩百年和平的大陸將出現裂痕，展開互相爭奪霸權的戰爭。

凱爾看著東奔西走的艾瑞克，又看了看手錶，這場晚宴差不多要結束了。當然，更多的貴族子弟們是期待著晚宴結束後的會談。

這也不關我的事吧。

凱爾對這些並沒有興趣。

「吉伯特少爺，晚宴結束之後我就能離開了吧？」

凱爾就像是來野餐一樣，隨性地抓起了水果放進嘴裡。

吉伯特看著凱爾，點了點頭。

「是可以沒錯，不過晚宴過後預計還要晉見王儲殿下，您不打算一起過去嗎？」

「不打算。我去了又有什麼用？關於投資的事，您們三位應該更了解才對。」

聽到凱爾這句話，吉伯特表情微變，似乎有些驚訝。

「……看來您讀過資料了。」

「算是吧。」

凱爾大概地回應帶過，而後看到了再次從位子上站起的亞伯特王儲，這是晚宴已經要結束了的訊號。凱爾想不通今天這場晚宴究竟有什麼意圖，不過他並不覺得可惜，畢竟接下來自己應該就不會和亞伯特王儲扯上關係了。

只不過，接下來對方的話讓他皺起了眉頭。

「今天的晚宴很愉快。對了，我另外準備了一個簡單的葡萄酒派對，想參加的人可以留下來享受一下。啊，還有，我已經為各位在這次國王的誕辰慶典上安排了座位。」

王儲愉快地笑道。

「我希望大家在那值得慶祝的一天，能一起共襄盛舉。」

唉。凱爾強忍住差點嘆出了的那口氣，亞伯特王儲說的「共襄盛舉」，其實就相當於強迫參加。

看來炸彈爆炸時我也會在廣場啊。

雖然凱爾多少有預料到，但他還是相當不情願。

「那麼今天晚宴就到這裡結束了。」

凱爾聽到這句話後，便從位子上站了起來。雖然大部分的人都想去參加王儲和第二、第三王子出席的紅酒派對，不過沒有獲得許可能和王儲見面的人，就算是想去也不得其門而入的。

這時，有人坐著輪椅經過凱爾身邊，讓他微微低頭一看。只見凱奇推著泰勒的輪椅經過，同時用只有他能聽到的音量低聲道。

「之後再見囉，親愛的弟弟。」

就說我不想當你們弟弟了。

凱爾緊盯著凱奇，用眼神表達強烈的不滿。凱奇卻裝作什麼都沒注意到，以善良的神官姿態走向了王儲。

「凱爾少爺，我送您出去吧。」

「亞米勒小姐。」

亞米勒走了過來，表示要送凱爾離開這裡。

看著一頭綠髮、散發沉著冷靜氛圍的亞米勒，凱爾忍不住問道。

「您是擔心我離開時會闖下什麼禍嗎？」

「很遺憾，尼歐少爺已經先行離席了。」

「哦。」

原來是擔心尼歐來找凱爾麻煩，亞米勒才想陪著他出去。凱爾沒再多說什麼，走向了晚宴廳的入口兼出口，亞米勒也跟在他身旁，一路上兩人沒說什麼話便抵達了凱爾的馬車，羅恩已經在那裡候著了。

「凱爾少爺，您今天辛苦了。」

聽到亞米勒這番話，凱爾點了點頭，「的確滿辛苦的。不過接下來亞米勒小姐會比我更辛苦吧。」

亞米勒露出淡淡的微笑，隨後也開了口。

「畢竟一定要得到好結果才行啊。」

凱爾還是察覺了她神情中的迫切。東北部的海岸，還真是沒什麼用的一塊土地，那裡除了陡峭的沿海斷崖外，也沒有特別豐富的水資源。

更大的問題是，沿海斷崖附近的大量漩渦。雖然經驗豐富的領地人民們能夠避開漩渦，但對其他人來說，卻是相當危險的地方。

造成漩渦的原因當然就是「風之聲」。

亞米勒和吉伯特無論如何都想替這片沒用的海洋爭取到投資，凱爾看著亞米勒，對方露出了一副堅定不移的神情，並開了口。

「我也相信一定能獲得很好的結果。」

「亞米勒小姐。」

「是，凱爾少爺。」

凱爾心想，今天艾瑞克、吉伯特和亞米勒幫自己這麼多，稍微幫他們一把好像也不是什麼壞事。畢竟東北部的貴族們當然是越團結越好，而且根據貴族家子弟的資料，亞米勒是一個口風很緊的人。

「我認為王儲殿下肯定會對這份投資很感興趣的。」

「我也是這麼想的。」

亞米勒同意了凱爾這番話，因為就算艾瑞克沒有先提起，亞伯特王儲也還記得這件投資案。

「是的。」

「亞米勒小姐，您應該是希望以觀光名義獲得投資案吧？」

這是要利用沿海斷崖的觀光投資案，不過在凱爾眼中，這根本是天方夜譚。

凱爾靠向了亞米勒，小聲在她耳邊說道，「如果您真的很急著獲得投資，請您好好想想烏瓦爾領地的位置，不就是位於威波王國和北部的各個王國之間嗎？這個位置可是很有戰略價值的呢。」

「您說什麼？」

看到亞米勒露出疑惑的表情，凱爾聳了聳肩並補充了一句。

「當然啦，這些話亞米勒小姐您記在心裡就好了。」

「……好的，我會先記起來的。」

凱爾看著雖然充滿疑惑，但也什麼都不多問的亞米勒感到相當滿意，隨後便搭上了馬車。

凱爾輕輕揮了揮手，亞米勒看到後也稍微點了點頭當作告別。

凱爾對著關上馬車門的羅恩說道，「出發吧。」

「是的，少爺。」

馬車立刻出發了，凱爾看著窗外低著頭陷入苦惱的亞米勒，也開始思考起東北部的那片海岸。

雖然壚韵王國大部分的海岸都是平坦的沙灘，不過亞米勒和吉伯特領地中的那片海岸卻不一樣，海岸線非常曲折複雜，還有相當多大大小小的島嶼，而且周遭還是陡峭的斷崖。雖然在那裡也有幾處能夠讓船隻停靠的港口，不過能在那裡捕魚的漁夫，都是能輕鬆避開漩渦的高手中的高手。

因為那裡太過和平，才會只想得到要搞觀光。

不過亞伯特王儲知道，和平時代已經快要結束了。

無論如何，我只要在魔法師屠殺者開始漂流之前，得到那個古代之力就行了。

凱爾決定不再去想那部分的事，而在晚宴結束的那天晚上，凱爾聽到了兩個消息。

「我們發現了四個魔法炸彈。」

在小說《英雄的誕生》中，是有五個人帶著炸彈，還有另外五個放在不同地點。

「炸彈全都在廣場附近。」

「給我看看地圖吧。」凱爾說完便向崔漢伸出了手。

崔漢將黑龍留在了放置魔法炸彈的那一帶自己先回來找凱爾，他似乎非常著急地跑回來，少見地流了滿臉的汗。

「在發現第一個炸彈後，我就抱著黑龍到處奔走，經過仔細地搜索後，總共又發現了三個炸彈，之後就沒有了。當然，廣場周遭應該還要再搜索一遍，不過目前在我們有經過的地方都沒有找到。」

叩叩。凱爾用手指敲了敲地圖。

這次是只在不同地點藏了四個炸彈，另外還會有六個人帶著炸彈嗎？還是有其他的變數？

凱爾陷入了思考，並從位子上站了起來。

「至少到後天慶典之前都還是安全的，不用太著急。」

「不過危險的東西還是盡快處理掉比較好吧？」

「後天凌晨再去偷走吧。」

「……您說什麼？」

凱爾認知中的魔法炸彈，是要製作者發出訊號才能引爆，不過只要有黑龍和蘿絲琳這種比一般魔法師還要強大的法力，雖然會花點時間，但還是能中途攔截那些訊號的。不過，帶在人身上的炸彈，應該只能靠蘿絲琳來解除。

那是當天才能進行的事。

只有那樣，和訊號相連的那個嗜血魔法師，才會認為魔法炸彈還是能正常引爆。

「不是要破壞炸彈，而是偷過來嗎？」

凱爾對表達疑惑的崔漢再度遞出地圖並說道：「那麼好用的東西幹嘛要破壞？」

雖然不能使用，不過裡頭的瑪那結晶可是很好用的材料呢。

「我可是要拿來用呢。」

崔漢覺得眼前凱爾的笑容非常陰險，凱爾看著一臉迷糊地收下地圖的崔漢，又下達了一個指示。

「可能還會有其他魔法炸彈，你們再去找看看吧，也要隨時確認炸彈的位置有沒有改變。」

未來幾天，崔漢和黑龍會隱身在廣場附近，繼續探查周邊情況。這將會是相當累人、枯燥又得隨時繃緊神經的任務。凱爾心想，反正不是自己去做。

凱爾對著睡了一覺醒來的氳和紅開口道：「該交飯錢了。」

隨後他又轉過身指示崔漢：「快去工作吧。」

伸了伸懶腰的兩隻貓咪以及一旁的崔漢，在凱爾的命令下準備上工，他們從陽臺窗戶跳了下去。凱爾愜意地目送他們離開，隨後拿出在晚宴時沒喝的紅酒，一人喝了幾杯後便上床睡覺。

在睡覺期間，傳來了一則消息。睜開眼的凱爾，立刻聽取了該消息——在國王誕辰日的前一天，比勞斯終於抵達了首都。

凱爾動身前往和比勞斯見面的旅館，也就是十名狼族小孩的所在之處。凱爾坐在馬車上，身旁還有氳、紅以及拉克。

凱爾想起剛剛拉克說的話，開了口提問。

「你要我幫忙照顧你的弟弟妹妹嗎？」

「是的，這就是我的交換條件。」

「那你能為我做些什麼呢？」

「不只有我能替您做事。」拉克毫無猶豫地開口，這和之前的他很不一樣。

「不只是你，那還會有誰？」

拉克露出開朗的表情回答：「我的弟弟妹妹們也能一起，我們聚在一起的話就會變得更強大。」

凱爾覺得背部一陣陰涼。

該不會？

拉克不給凱爾有能說「該不會」的僥倖機會，直接和凱爾直球對決。

「青狼族的騎士團在歷史上相當有名，在歷史中——」

「我可沒聽過那種事。」

凱爾直接無視了坐在對面的拉克。

眼看凱爾不想理自己，拉克點了點頭，嘟起嘴巴喃喃自語了起來。

「您沒聽過的話，我可以說明給您聽嗎？」

拉克雖然看起來畏手畏腳的，卻還是堅持把想說的話說完了，不過凱爾毫不猶豫地搖了搖頭。

「沒有必要。」

凱爾瞪大眼睛盯著拉克看。

「但是……」

不只要我帶走十名狼族小孩，還要再加上拉克，讓你們組成騎士團？

要是只有拉克自己一人的話，是非常害怕鯨族的。但如果是為了自己的伙伴的話，拉克卻是敢直接去槓上鯨族之王，他就是這樣的傢伙。

他就像是某種邪教中會出現的那種不顧一切盲目崇拜的傢伙，竟然要我把他當作部下？

「不要再說那些不像話的話了。」

聽到凱爾冷酷的聲音，拉克的肩膀縮了起來。不過凱爾對他這副模樣並不在意，而是繼續說了下去。

「你要讓那些還這麼小的孩子組成騎士團？你明明就拜託我要保護那些孩子耶，這和你的交換條件有矛盾吧？」

要是叫這群小孩組成騎士團，那這些狼族可能就變成比邪教還要誇張、專門叫人去送死的那種組織了。

這實在太嚇人了。而且更重要的是……

「那些孩子們都同意嗎？為什麼是你一個人決定？」

凱爾向獨自做出決定的拉克提出質疑，拉克露出了呆住的表情，隨後低下了頭開口。

「非常抱歉。」

「這有什麼好道歉的。」凱爾對著迅速抬起頭的拉克繼續說了下去，「我現在知道你想拜託我什麼事了，我也會思考看看能從你身上獲得什麼。」

當然凱爾早就想好要拉克替他做什麼了。大約三個月後，埋在一座險峻的山上古代之力將會現蹤，之後這個相當值錢的古代之力大概會留在那裡六個月，而要登上那座險峻的山，就得依靠狂暴化後的狼族了。

只要把那個古代之力賣給叢林女王，就算海尼特斯伯爵家家道中落，我還是能夠一輩子不愁吃穿。

當然凱爾並不是要直接把那個古代之力賣給對方，而是會再加上更多有價值的東西。對方身為女王，應該很有錢，多撈一點也不為過吧？

「您覺得我能派上用場嗎？」

凱爾看著又變得膽小畏縮的拉克，嘆出了一口氣，結果拉克聽到嘆氣聲，又整個人瑟縮成一團。

「理所當然的事就別問了，我不可能不需要你啊。」凱爾開口說道。

拉克聞言發出了驚嘆聲，隨後不斷點著頭回答：「好的，不管您提出什麼樣的條件，我都一定赴湯蹈火在所不辭！」

「好啦。」

凱爾拿出一個小錢袋丟了過去，拉克下意識地接住。

「今天你久違見到弟弟妹妹們，就帶他們去首都參觀一下，走走逛逛吧。」

「參觀嗎？」

「對啊，你們應該都是第一次來到首都吧？去買點好吃的吧。」

畢竟要把小孩都趕走才能好好對話啊。

「氳和紅也會和你們一起去，應該不會迷路的。」

「喵嗚！」

「喵喵！」

聽到凱爾這番話，一直安靜窩在馬車角落的氳和紅才終於有了存在感。牠們一起來到了拉克身邊，並用前爪戳了戳他的腳。

「氳、紅，別戳啦！我會癢啦！」

拉克似乎覺得氳和紅很可愛，摸了摸牠們的頭。

凱爾倒是覺得，這兩隻貓咪其實是在認真攻擊拉克。看著眼前的景象，凱爾開始思考。

看來以後要把狼族小孩交給漢斯照顧，不然就是要另找保母了。

凱爾想著除了漢斯，還會有誰能擔任保母的工作，會做飯又愛乾淨的人應該很適合。這時凱爾突然想起了第二主廚、羅恩的兒子比克羅斯，令他露出了有些不情願的表情。

雖然比克羅斯在家裡的形象是很會做飯又愛乾淨，平常很正直且彬彬有禮，但這都是表面而已。比克羅斯其實是個熱愛拷問的神經病，可不能讓他毀掉狼族小孩們那天真可愛的性格啊。

而且還要把比克羅斯派去和崔漢一起行動。

雖然在小說劇情發展中這並不是必要的，不過凱爾打算讓比克羅斯和崔漢、蘿絲琳一起去柏雷王國，負責進行拷問。凱爾思考著還有哪個適合的人選可以負起責任照顧狼族小孩，不久後便抵達了目的地並走下馬車。

「跟我來吧。」

拉克站在原地，看起來似乎很緊張，凱爾拍了拍他的肩膀示意，隨後拉克便抱著氳和紅一起走進了旅館。

「歡迎光臨！這裡是充滿葡萄香氣的地方！請問您們是同一行人嗎？」

凱爾聽到年輕店員熱情地打招呼後點了點頭，隨後立刻往反方向的門走過去，現在崔漢帶來的一行人就住在位於這家旅館後方的別館。

凱爾對著想跟上來帶路的店員揮了揮手婉拒，隨後毫不猶豫地走向了別館，在凱爾來到別館的前門時，他立刻對拉克使了使眼色。

「畢竟你弟弟妹妹住在這，就由你來開門吧。」

「好、好的！」

拉克扭扭捏捏地走上前，將貓咪們放下來後握住了門把，這是他在狂暴化失去意識之後，第一次見到弟弟妹妹們。凱爾悄悄地往後退了一步，因為他不太想看見那裡頭的景象。

喀。拉克轉了轉門把並將門打開，終於能看清別館中的樣子，先映入眼簾的是一個舒適的客廳。

「哎唷。」

凱爾又退了兩步，這是他出於本能的動作。

「哥哥！」

「哥！」

「葛格啊！」

「拉克哥哥！」

十名狼族小孩紛紛衝向拉克，拉克同時也奔向小孩們，最後緊緊擁抱在一起。令人感動的重逢場面出現在凱爾眼前，不過這也讓他深刻體會到十名小孩這個數字有多嚇人，他悄悄轉過頭，不想看眼前畫面。

「……凱爾少爺。」

「好久不見了啊，比勞斯。」

是凱爾把比勞斯叫過來這處別館的，他雖然露出笑容，不過看起來卻有點緊張，隨後凱爾看向了從比勞斯後方走過來的另一名男人。

「初次見面，凱爾少爺。」

「你就是和崔漢一起行動的商團主嗎？」

這名六十多歲的男子，有著看起來善良的臉孔和健康的體態，他就是委託崔漢處理青狼族相關事務的人。

「是的，我從崔漢先生那裡聽了很多關於您的事情。凱爾少爺，很榮幸見到您。」

「有什麼好榮幸的，看了我這混混的臉也不是什麼好事吧？」

凱爾向這名男人伸出手，對方也握住凱爾的手並正式自我介紹。

「我是奧德烏斯·普林。」

凱爾的嘴角微微往上揚。

奧德烏斯·普林，過去曾被視為普林商會下一任主人的有力人選，不過他卻放棄這個機會，自己創立了另一個小商團。同時，他也是比勞斯的大伯，在小說中就是他將崔漢介紹給比勞斯，也是他喚醒了比勞斯隱藏在心中的貪欲野心。

他是個比羅恩還要陰險的人物。

奧德烏斯表面上經營著一個小規模商團，實際上他卻以另一副面貌在黑市行走。對某些人來說他非常善良，對另一些人來說，卻會覺得他辛狠手辣，這就是奧德烏斯。

而目前知道奧德烏斯過著雙面人生的，就只有凱爾了。凱爾卻裝作什麼都不知道的樣子，和奧德烏斯寒暄起來。

「你也姓普林啊，看來是跟比勞斯有關的人呢，幸會幸會。」

「我也相當驚訝，沒想到少爺您也認識比勞斯。我只在他小時候見過幾次，這還是在他長大後頭一次見到，真的很開心，看來最近我遇上了不少好緣分啊！」

比勞斯看著奧德烏斯，隱藏不住他心中複雜的情緒。這名離開普林商會過著平凡生活的人，大家都說他非常善良，在比勞斯小時候的記憶中，這名大伯是唯一一個讓他留下好印象的人。

對啦，他對比勞斯來說是個好人。

凱爾放開奧德烏斯的手，隨後向比勞斯開了口：「我們上樓去喝一杯吧。」

這棟別館的二樓有個小酒吧。

接著凱爾也向奧德烏斯說道：「之後崔漢和蘿絲琳也馬上就要來了，到時候大家一起坐下來聊聊吧。」

「好的，我也很希望有一天能和凱爾少爺喝上一杯呢。」

凱爾露出微笑回應了奧德烏斯，「下次一定要一起喝一杯啊。」

凱爾拍了拍用複雜的表情站在原地的比勞斯的肩膀，邁出腳步要前往二樓，十名狼族小孩卻擋在了他的面前。

「凱爾少爺，非常感謝您！」

「非常謝謝您！」

凱爾看著向自己道謝的這十名小孩，腦中只浮現一個想法。

頭好痛啊。

這十個孩子散發了一股以後會變得超強的氛圍，儘管他們的父母、親戚以及其他兄弟姐妹們都已經喪命，但他們仍然擁有堅定不移的眼神，同時也保留著小孩該有的純真善良。他們之中也沒有特別年幼的，大約都是十到十三歲之間。

與其請一位保母，不如直接派訓練官給他們就好。

不過凱爾想了想，還是決定不要這麼做，隨後向拉克揮了揮手示意他們出去。

凱爾沒有回應這些狼族小孩們的話，而是直接走上二樓。此時，孩子們依舊對著凱爾的背影不斷大喊著謝謝之類的話，這讓凱爾背脊發涼。

比勞斯也跟著凱爾的步伐走上二樓，並且開口提問。

「凱爾少爺，您這究竟是在做什麼呢？」

凱爾立刻隨意地開口回答：「為了我舒適的退休生活做準備。」

比勞斯露出了一副覺得「你在說什麼」的表情，隨後從櫥櫃中拿出了一瓶酒和兩個酒杯。比勞斯坐在凱爾的對面，幫自己倒了酒後一口飲盡。

「你是沒看到我坐在這裡嗎？」

「非常抱歉，凱爾少爺。我心裡太煩燥了。」

比勞斯接著又倒了幾杯酒立刻喝下，幾乎要喝完半瓶了。這時他看向了凱爾，或者應該說是仔細打量，眼前這個人原本還是一名混混，現在卻說不會再那樣子過活。甚至自己沒想到來見這個人的時候，竟然還會遇見大伯，這是他連作夢都沒想過的事。

比勞斯又打算往自己的酒杯倒酒，不過卻被凱爾出手阻止，凱爾拿過酒瓶後替他倒了酒。

「雖然我不知道你為什麼心裡很煩，不過你這樣自己喝悶酒可以解決事情嗎？」

「凱爾少爺。」

「你說吧。」凱爾一邊這麼說一邊也替自己倒了酒。

「奧德烏斯大人，其實就是我的大伯。」

比勞斯因為不被允許使用普林這個姓氏，因此他也無法直接稱呼奧德烏斯為大伯，而是叫他「奧德烏斯大人」。不過奧德烏斯卻是在比勞斯童年時期，唯一讓他感到溫暖的人。

在小說《英雄的誕生》中，奧德烏斯曾這樣和比勞斯說過。

「在我的心目中，你就是我的姪子，也是我的家人，我認為你有這樣的資格。」

這句話對比勞斯來說是一個新起點，也成了催化劑。之後小說中比勞斯也透過奧德烏斯認識了崔漢，被崔漢的強大力量所折服的比勞斯便開始跟隨崔漢，隨後更加入了競爭商會主人繼承人的行列。

「凱爾少爺，您難道不好奇為什麼明明奧德烏斯大人有著普林這個姓氏，卻另外創立了一個小規模商團嗎？」

說什麼好奇不好奇的，我早就知道原因啦。他可是那個掌控了西北部和中部黑市的奧德烏斯啊。

凱爾再度在自己的杯子中倒滿酒，隨後開了口回答。

「我為什麼要對這件事感到好奇？」

凱爾喝完酒放下杯子時，看到了露出笑容的比勞斯。

「也對，普林也不是什麼高貴的姓氏。」

「是啊，不管是你還是奧德烏斯，不都姓普林嗎？」

「我不過是個庶子而已。」

凱爾嘲諷似地笑了一聲，隨後回應了比勞斯的話。

「庶子就不算普林家的一員嗎？在別人眼裡你就是姓普林啊。」

儘管家族沒有給比勞斯「普林」這個姓氏，但在外人眼中，他就是普林家族的成員。因此，外人並不會因為他是庶子而輕視他，因為「普林」這個名字在三大商團中是相當強大的存在，這是事實。

比勞斯直直盯著凱爾看了一陣子後，搶過凱爾手上的酒瓶，替他倒了酒。

「凱爾少爺。」

「怎麼了？」

「凱爾少爺，總覺得您說的話都很有道理。」

「的確是啊。」

「所以我說啊……」

「什麼？」

「您之前跟我借的那些裝備，到底都拿去偷什麼東西了呢？」

這一瞬間，比勞斯能看到凱爾嘴角出現的微笑，凱爾則是拿起酒杯一派輕鬆地回答。

「我只偷了一個東西，不過以後還要繼續偷就是了。」

現在已經救出了黑龍，剩下的就是明天的事了。

比勞斯的嘴角抖了幾下，應該沒有會親口說出自己偷東西的貴族家子弟才對，但是他眼前就有一個。

「我也可以加入您的行動嗎？」

聽到比勞斯的話，凱爾搖了搖頭，「真是不好意思啊。」

喀地一聲，凱爾將酒杯放回桌上，繼續說了下去，「位子已經滿囉。」

他早就想好要使喚的人有哪些了。

「哈！哈哈哈哈！」

比勞斯就這樣笑了好一陣子後，拿起裝滿酒的杯子仰頭喝下，隨後用力地將杯子放回桌上。

「看來，我只好去偷其他東西了。」

比勞斯已經想好要搶走什麼東西了，就是普林商會主人的位子，他下定決心一定要爬上那個大位，因為自己的欲望和野心就是這麼大。

凱爾對著比勞斯開了口：「隨便你吧。」

比勞斯聞言又笑得更大聲，凱爾其實不在乎比勞斯笑還是不笑，畢竟讓比勞斯和奧德烏斯見到面，就算達到他今天的目的了，接下來他只要愜意地享受美酒就行了。

不過為了明天的事，凱爾也只能再偷閒一下，就得馬上趕回住處。畢竟入夜後就要開始行動了，他本來打算在傍晚時先睡一覺，可惜計畫被打亂了。

「羅恩，怎麼了嗎？」

羅恩鞠躬向凱爾問候，隨後開了口。

「少爺，小的有個不情之請。」

「什麼？」

羅恩抬起頭繼續對凱爾說道：「小犬就拜託您了。」

「你兒子？你是說比克羅斯嗎？」

「是的。」

「他怎麼了嗎？」

接著凱爾第一次看到羅恩收起仁慈和藹的臉，露出了他的真實面貌。

羅恩用職業殺手的神情對凱爾說道：「我必須要去狩獵狐狸一趟。」

儘管已經是老人，但羅恩依舊是一名職業殺手，抬起頭的羅恩面無表情，只有嘴角微微地往上揚。

「我們少爺應該也知道，我的另一個工作就是殺人吧？」

凱爾明明沒有喝醉，總覺得酒氣衝了上來，感覺到後腦勺一陣陰涼，凱爾盡力隱藏住緊張的心情，開口向羅恩提問。

「所以呢？」

羅恩聽到這和平常一樣口氣很差、毫無教養的驕傲少爺語氣，差點又要擺出一副慈祥的臉孔應對，不過羅恩忍了下來，對著凱爾回答。

「所以說，我要離開去執行殺人任務了。」

「留下你兒子不管？」

「是的。」

「你剛剛說的狩獵狐狸指的是殺人嗎？」

凱爾終於知道了職業殺手羅恩真正的笑臉是什麼樣子，那是只有嘴角微微上揚的詭異笑容，乾脆不笑還比較好一點。

羅恩用開心的語氣繼續說下去。

「沒有錯，我要去狩獵一大群狐狸。」不過他的聲音卻相當低沉，「要碎屍萬段。」

不是羅恩自己屍骨無存，就是他把那些目標碎屍萬段，只會有這兩種狀況其中之一。

凱爾聽到「碎屍萬段」這個說法起了雞皮疙瘩，隨後陷入了苦惱。羅恩就這樣看著突然沉默起來的凱爾嘆了好幾口氣，還用手從上往下摸過整張臉，看起來非常煩躁，直到最後終於開了口。

「……你快去快回吧。」

羅恩收起嘴角上的微笑，凱爾則是穿著睡衣躺上床，繼續說了下去。

「我會交代漢斯，先幫你辦理停職手續，你只要定期跟我回報近況就好。錢的部分，就用你自己的身分向普林商會請款吧。不過你幹嘛要把比克羅斯交給我照顧？他都已經成年了，會自己照顧好自已吧。」

凱爾決定要把事情想得簡單一點，現在崔漢一行人就算沒羅恩在也沒有問題，拉克已經能夠狂暴化了，所以少了比克羅斯或羅恩的戰力也沒關係。

不過為了維護壚韵王國東北部的穩定，更重要的是在大約一年過後，崔漢的身邊需要有羅恩在。

「不過你停職的期限只有一年。」凱爾將頭靠在枕頭上繼續說道，「一路順風。」

一年後還有其他事要做呢。

「可不要受傷了。」

想到未來至少一年可以睡得香甜，凱爾開心地伸直了雙腳看向羅恩，而後身體猛地抖了一下。

眼前這名老人不發一語地抖了抖肩，隨後笑了出來，這嚇人的模樣讓凱爾在被子裡縮成一團。

他幹嘛啊？

凱爾表情僵住，而羅恩並沒有看向凱爾，只是繼續無聲地笑。

還以為這小鬼是個混帳，沒想到我羅恩．莫蘭才是那個混帳。

羅恩心想著現在的狀況還真荒唐，隨後向凱爾開了口。

「那我就大概一個月向您回報一次，這樣可以嗎？」

「嗯，你開心就好。」

接著羅恩便無聲無息地走至門口，並開了門出去。在關上門前，他向凱爾說了最後一句話。

「那麼，我去去就回。」

羅恩沒等凱爾回答就關上了門。

確認羅恩離開後，凱爾安心下來，閉眼進入夢鄉。

凌晨時分，凱爾面前站著六個人。包括他親自召集的人，以及透過崔漢集結的人。

凱爾看著蘿絲琳開口：「蘿絲琳小姐，棕色頭髮也很適合妳呢。」

其實蘿絲琳並不太清楚今天她要做些什麼事，只是聽說有魔法炸彈就知道事態嚴重，二話不說就答應幫忙，但凱爾也承諾會給她報酬。

「對吧？看來我可以安心地到處亂跑了。」

蘿絲琳的頭髮染成棕色，眼珠也變成了棕色，而她的身邊就站著氳和紅。

「拉克，就算你沒有狂暴化，應該也能發揮出一定程度的狼族力量吧？」

「是的，沒有問題。」

凱爾將站在原地看起來有點緊張的拉克，還有崔漢、黑龍等在場其他人分成兩組人馬。看起來像黑色玻璃球的瑪那干擾裝置，已經由崔漢埋進廣場裡的各個角落，接下來兩組人只要各自解除兩個魔法炸彈就好了。

「蘿絲琳，麻煩妳和拉克一組。至於崔漢和黑龍，就和氳還有紅一組。」

原本靜靜聽著的蘿絲琳似乎感到有點疑惑，拉克同樣露出了不解的表情。

「那凱爾少爺您呢？」

聽到這句話，崔漢、黑龍、氳和紅各自代替凱爾回答。

「凱爾大人他的身體和力量，有點……」

「脆弱。」

「不需要他啦。」

「他派不上用場。」

「唉。」蘿絲琳看向凱爾，嘆了一口氣。

拉克則是露出非常驚訝的表情，不過凱爾不當一回事，將從比勞斯那裡借來的東西遞給了崔漢。

「我太弱了，只會變成拖油瓶。而且等等天亮了之後，就要準備參加活動了，所以我不能和你們一起行動。」

在夜晚和凌晨之間，也就是王室騎士團要和首都警衛隊換班展開夜間巡邏之前，他們要利用這段空檔潛入放置炸彈的地方，並進行拆除。在黑色玻璃球發揮作用開始干擾瑪那之前，他們都要在特定的地點待命，觀察祕密組織成員的動向和廣場狀況。

國王誕辰日慶祝活動的開始時間，是上午的九點鐘，凱爾看了看手錶確認了時間，隨後向一行人開了口。

「那麼，大家就出發吧！」隨後又補充道，「記得把解除的魔法炸彈帶回來。」

聽到這句話，蘿絲琳笑著對凱爾道：「您沒忘記其中一個是要給我的吧？」

「當然。」

「這大概就是我的報酬了吧。」

以報酬來說算很多了。

凱爾打開了陽臺窗戶，現在這個陽臺反而更常被當作出入口使用。冷冽的晚風吹進房裡，與此同時六個人也迅速地跳出窗戶離開，其中有的是透明化了，又或是速度真的很快，馬上消失得不見蹤影。

凱爾關上窗戶的同時，再度深切體會到他們又變得更強了。

現在剩下凱爾獨自留在房裡。

嗚嗚嗚嗡——

凱爾摸了摸出現在眼前的巨大盾牌和銀光翅膀，要是發生什麼變數，只要有這個，至少還能保住一命。

「就算要用的話，我也要用得看起來很弱。」

盾牌上頭有著心臟的圖樣，看起來有種神聖的感覺，凱爾輕輕拍了拍盾牌，他決定要是真的不得已要用的話，也要盡量不讓其他人看到。

凱爾坐在沙發上，反覆練習要怎麼把盾牌用得看起來很弱，隨後他突然看見了鏡子中自己的模樣。

應該沒問題吧？

那名嗜血魔法師，他非常喜歡紅色，所以在青狼族事件當時，他在見到蘿絲琳之後，甚至還說要把她的頭砍下來收藏——只因她的紅髮和紅眼。

凱爾用手梳了梳自己亮麗的紅髮，陷入了思考。

我應該不會和那傢伙有近距離接觸吧？

就算真的發生那種事，只要叫崔漢把他殺死就好了。凱爾一邊這麼想，一邊等待著羅恩來叫醒自己。

在時間差不多的時候，羅恩再度來到房裡，凱爾對著他開了口。

「看來今天是你最後一次服侍我呢。」

「一年之後我就會回來服侍您的。」

真是嚇人的話。

一年之後，凱爾打算直接把羅恩派到崔漢身邊，他用今天要把兩個包袱丟掉的心情，輕鬆地開了口。

「快準備出門吧。」

在做完所有準備後，凱爾便要出發前往王宮。所有貴族家子弟們要先集合，隨後再一起移動到廣場，而黑龍也會先來王宮一趟，報告事情進度。

來到住處大門口，凱爾隨後搭上了馬車，今天他搭的不是海尼特斯家的馬車，而是其他人的馬車。

「您怎麼會突然說要一起過去呢？」

凱爾一上車便問了這個問題，亞米勒只是用她特有的沉穩微笑，作為回答。

今天是亞米勒先聯絡凱爾，希望能一起搭馬車前去的。

亞米勒看凱爾沒有打招呼就直接切入重點，她也不多說廢話，乾脆地說出了她想討論的問題。

「凱爾少爺，您覺得如果在我們烏瓦爾領地建個海軍基地如何呢？」

其實在出發前，凱爾收到了艾瑞克寄來的信，內容提到觀光投資提案沒有獲得好結果，因此吉伯特和亞米勒感到非常失望。

不過眼前的亞米勒似乎沒有想像中沮喪，反而像是下定了某種決心。

雖然你忍著不鬧事了，但事情還是不太順利。

凱爾嘴角往上一揚。

「既然都說是海軍基地了，看起來亞米勒小姐已經做好決定了。」

亞米勒微微點了點頭，「是啊，不過因為這不是我能擅自決定的事，所以我先聯絡過身為家主的母親了，也打算今天和吉伯特少爺討論這件事。」

要在一個地區蓋新的軍事基地，其實並不是一件容易的事，比起花費的金額，地區間的利害關係才是主要問題所在，特別是在這種和平的時期。

所以王室才會把眼光放在東北部，除了因為那是在東部唯一有海的地區之外，更關鍵的是那一帶的貴族間勢力相當平衡，這讓其他地區的勢力難以插手。

「那麼亞米勒小姐擔心的是，如果海軍基地建成，王室的影響力會超過領主在領地內的影響力嗎？」

「是的。」亞米勒毫不猶豫地回答，接著對凱爾說了下去，「所以今天才會找您一起搭馬車。」

也就是她另有話說。

凱爾將身體往椅背上靠了靠，態度自然到像在搭自家馬車一樣。

「雖然我很好奇亞米勒小姐想對我說些什麼，不過我有一件事必須要先跟您說。」

凱爾大概猜到亞米勒為什麼會來找自己了。

「海尼特斯伯爵家的財產，只有伯爵大人，也就是我父親，才有權決定如何使用。身為混混的我，是沒有任何決定權的。」

若是王室批准在烏巴爾領地建設海軍基地，屆時必定會投入大量資金。這樣一來，海軍基地的主導權自然就會轉移到王室手中。

在不是王室直屬的領地中，王室和貴族要一起發展軍事建設的話，在主導權及實質掌握權上如何分配，都要經過詳細討論並訂下條約。這和原本只是單純發展沿海斷崖觀光的投資案相比，投入的人力和資源規模都有極大的差距。

亞米勒和吉伯特的領地，說穿了就是個普通領地，並沒有足夠的資源或人力能夠補足差距。

要是亞米勒想阻止這一切，就只有一個方法——向有錢人借錢。

「真的是這樣嗎？」

亞米勒一雙聰慧的眼睛看著凱爾，嘴角露出一絲微笑。在亞伯特王儲舉辦的那場晚宴當天，亞米勒送走了凱爾之後，在接下來的紅酒派對上，她和艾瑞克、吉伯特一起進入了王儲的房間裡。

當時亞伯特王儲聽到東北部觀光投資案後面有難色，不過卻也能看出他對東北部海岸很有興趣。當天亞米勒回到住處之後，回想起凱爾對她說的話，並想通了其中的意涵。

「我在和王儲的對話之中能明顯感覺出來，王儲對威波王國還有北部的王國相當防備，因此我委託了情報公會去幫忙打聽。」

果然。

從亞米勒的話中能夠發現，亞伯特王儲和王室已經嗅到威波王國即將發生內戰的氣氛，而且也發現北方的騎士們開始召集兵力了。

還真意外啊。

亞米勒的行動力意外地不錯呢。目前亞米勒家的領地經濟狀況並不理想，以至於她相當依賴艾瑞克的惠斯曼家族。向情報公會購買其他國家的情報需要大筆資金，亞米勒卻能果斷砸錢換情報，這份決斷力令人欣賞。

亞米勒看著靜靜聽著的凱爾，繼續說了下去。

「我聽說海尼特斯伯爵家正在修補城牆，作為一個不容許任何危險和威脅入侵的領地，相信你們對兵力也有一定的興趣吧？」

凱爾聽到亞米勒的話後點了點頭，「我會和父親提議這件事的。」

「我們這邊也會正式聯絡海尼特斯伯爵家。」

凱爾和亞米勒看著彼此，各自露出了笑容。

只要在東北部建造了海軍基地，壚韵王國東北部的主導權就將由凱爾、艾瑞克等四個家族掌握。而在興建軍事基地的過程中，海尼特斯伯爵家能透過投資取得部分實質權力的話，屆時他們家不只可以獲得兵力，更能得到與海洋有關的經濟和政治利益。

亞米勒猶豫了一下，隨後又開口道。

「老實說，我有點擔心漩渦的問題。不過因為已經有通行多年的航路，再加上他國入侵時漩渦反而成了優點，因此我打算好好推行這項投資。」

聽到「漩渦」一詞，凱爾忍住嘴角那越來越大幅度的笑容。不久之後，那些漩渦就會被自己玩弄於股掌間。

以後乾脆在沿海斷崖上蓋一棟別墅，在那裡享受愜意的老年生活好像也不錯。

畢竟等巴森繼承了領地後，自己也不方便繼續在領地內生活。戰爭爆發的期間，就找個地方躲起來，等戰爭結束後，再到亞米勒和吉伯特的領地蓋個房子，每天看著大海悠閒度日，似乎也很不錯。而且那裡離海尼特斯伯爵家也很近，各方面來說都很方便。

「凱爾少爺，那就拜託您了。」

「哈哈，竟然向我這個混混拜託。其實我也沒什麼權力啦，只能幫忙傳個話而已。」凱爾一邊笑一邊揮了揮手。

現在的亞米勒根本不信凱爾這套說詞。

「亞米勒，要是能力不足的話就要小心謹慎一點，但要是想獲得力量的話，就要大膽一點。」

當時身為家主的亞米勒母親，說了這番話表示對建設海軍基地的贊同，而亞米勒和她的媽媽很像，因此在小心謹慎的同時，也大膽地努力嘗試，這也是亞米勒的待人之道。

「光是替我們傳話，就已經是幫大忙了。」

亞米勒伸出了手，凱爾便也伸手握住。隨後，她輕輕放開手，補充道。

「下次請來烏瓦爾領地走一走吧，那裡其實有很多不錯的景點呢。」

「有機會的話，我會去的。」

風之聲，也就是能讓他腳程變快的力量，同時也能讓他獲得可以用來攻擊和防禦的漩渦，這個古代之力就位於烏瓦爾領地的近海。

「希望那個機會早日到來呢！」

這句話說完後不久，馬車正好抵達了王宮，凱爾走下馬車後環顧了四周，現在是八點鐘。

為了這次的慶典致詞活動，相關人員將會提前一小時集合。從八點三十分起，王室騎士團會開始管控出入口，廣場內將擠滿人群。到時候無論是誰，不管是想進來或是想出去都很困難。三十分鐘後，慶典致詞將正式開始。凱爾打算在騎士團開始管制出入的八點三十分，開始玩「大家來找碴」。

要找的就是項鍊、背包還有吊飾。

魔法炸彈被偽裝成了不同的樣貌，由不同的人帶在身上，凱爾一行人就是要找出這些人。不過，就算找不到也沒差啦，反正答案很快就會揭曉了。

「哦，你們來啦？」

凱爾和亞米勒來到艾瑞克和吉伯特面前，大家打起了招呼。

「大家來得真早呢。」

「是啊，畢竟八點五分就要出發了。」艾瑞克說了這句話後，用眼神向凱爾示意——今天一整天都別亂來啊。

看到艾瑞克的眼神後，凱爾點了點頭，隨後在心裡複誦了一遍。

我什麼都不知道。

隨後亞伯特王儲出現在凱爾眼前，今天貴族家子弟們都將跟在王儲的馬車後方移動。

這時，有某個人出現在亞伯特王儲身邊，凱爾看到後伸手遮住了嘴巴，以免上揚的嘴角被人發現。

「老天爺啊！」

「怎麼會有這種事？」

先是艾瑞克發出驚嘆，接著在場其他貴族家子弟們也紛紛喊了出來，不過凱爾沒有仔細聽他們說了些什麼，而是把遮住嘴巴的手放了下來。他一派輕鬆的表情，和站在亞伯特王儲身邊的人對上了眼。

那人就是被拋棄的長男，泰勒・史丹。

泰勒用自己的雙腳站在了亞伯特王儲的身邊，同時他也一直對看著自己的凱爾使眼色。

這時凱爾腦中聽到了黑龍的聲音。黑龍是來進行狀況回報的，等回報完便會立刻返回。

—我來了。

凱爾聽到後微微點了點頭，隨後腦中繼續響起黑龍的聲音。

—大家正在解除藏在各個地點的魔法炸彈，預計於八點五十五分解除完畢。

看來一切都在順利地進行中呢。

「脆弱的人類，我還很忙，就先走啦！要是遇到危險，就用你那個盾牌吧！」

隨後凱爾就沒再聽到黑龍的聲音了，看來是一講完就立刻回去了。黑龍總是會默默地努力完成吩咐牠的事呢，看來以後也能繼續使喚。

盾牌什麼的，我看根本用不到吧。

凱爾覺得事態照這樣順利發展下去，一定不會有用到盾牌的機會。

「騎士隊做好出發的準備了。」一名騎士這麼說道。

隨後亞伯特王儲搭上了遊行用的馬車，貴族家子弟們則乘坐帶有王室圖騰的馬車。

「出發吧。」

凱爾同樣搭上了王室的馬車。

不久後，車隊便出發了。馬車內的凱爾雙手抱胸，一副不情願地看著與自己同車的人。

「真高興見到大家，在上次的晚宴也有一面之緣，這次又見面了呢！」

沒坐著輪椅，而是直接坐在馬車內座椅上的泰勒向大家打了招呼。

「很高興見到您，我叫亞米勒・烏瓦爾。」

「我也很高興能見到您。」

亞米勒·烏瓦爾還有巴尼翁的跟班尼歐·圖斯，也在同一輛馬車上，感覺就像是王儲故意安排的一樣。

雖然輪到凱爾打招呼了，不過他什麼話都沒說，只是別過頭盯著窗外看。畢竟他是混混，用這種無禮的態度也算合理吧。

凱爾繼續雙手抱胸，盯著光榮廣場的方向。

不久後，那裡就要亂成一團了。

——《伯爵家的混混01》完

CD025

變成伯爵家的混混 01

백작가의 망나니가 되었다

作　　者　유려한(Yu Ryeo-Han)
譯　　者　高郁傑、陳品芳、紫蘇
封面設計　P_YuFang
封面繪者　달리
責任編輯　林思妤

發　　行　深空出版
出 版 者　深空出版有限公司
地　　址　臺北市中正區館前路 59號 9樓
電　　話　(02)2375-8892
傳　　真　(02)7713-6561
電子信箱　service@starwatcher.com.tw
官網網址　www.starwatcher.com.tw
初版日期　2025年 02月

總 經 銷　聯合發行股份有限公司
地　　址　新北市新店區寶橋路 235巷 6弄 6號 2樓
電　　話　(02)2917-8022

國家圖書館出版品預行編目(CIP)資料

變成伯爵家的混混 / Yu Ryeo-Han 著.
-- 初版. -- 臺北市：
深空出版有限公司出版：深空出版發行, 2025.02
冊；　公分
ISBN 978-626-99031-6-0(第 1 冊：平裝). --
862.57　　113018630